U0473328

PARADISE NEWS

天堂消息

PARADISE NEWS

David Lodge

[英] 戴维·洛奇 著

李力 译

新星出版社　NEW STAR PRESS

PARADISE NEWS
Copyright © DAVID LODGE, 1991
Simplifed Chinese translation rights arranged through BIG APPLE AGENCY, INC.
All rights reserved.
Simplified Chinese translation rights 2018 by New Star Press Co., Ltd.

著作版权合同登记号：01-2018-3690

图书在版编目（CIP）数据

天堂消息／（英）戴维·洛奇著；李力译. ——北京：新星出版社，2018.10
（戴维·洛奇作品）
ISBN 978-7-5133-3214-9

Ⅰ.①天… Ⅱ.①戴… ②李… Ⅲ.①长篇小说-英国-现代 Ⅳ.①I561.45

中国版本图书馆 CIP 数据核字（2018）第 204471 号

天堂消息

[英] 戴维·洛奇 著；李力 译

策划编辑：程　卓
责任编辑：程　卓
责任校对：刘　义
责任印制：李珊珊
装帧设计：冷暖儿

出版发行：新星出版社
出 版 人：马汝军
社　　址：北京市西城区车公庄大街丙3号楼　　100044
网　　址：www.newstarpress.com
电　　话：010-88310888
传　　真：010-65270449
法律顾问：北京市岳成律师事务所

读者服务：010-88310811　　service@newstarpress.com
邮购地址：北京市西城区车公庄大街丙3号楼　　100044

印　　刷：北京汇瑞嘉合文化发展有限公司
开　　本：889mm×1194mm　　1/32
印　　张：11.5
字　　数：245千字
版　　次：2018年10月第一版　　2018年10月第一次印刷
书　　号：ISBN 978-7-5133-3214-9
定　　价：69.00元

版权专有，侵权必究；如有质量问题，请与印刷厂联系调换。

献给

麦克·肖

"人间天堂!难道你不向往?那是当然!"

——哈里·惠特尼
《夏威夷指南》,1875年

第一部

夜色中御风而来
穿过那千姿百态、妆点群山的云彩
游人怀着渴慕
降落在
夏威夷那一片彩梦斑斓

——美国诗人威廉·梅勒迪思
《夏威夷纪行》

1

"这帮人啊，何苦呢？真是何苦呢？"

伦敦希思罗国际机场。大群乘客潮水般涌入第四航站楼。莱斯利·皮尔逊是特沃威斯旅行社的高级代表，负责在机场接团，看到蜂拥而至的乘客，他脸上浮起一丝怜悯、轻蔑的神情。航站楼内原本就很拥挤，前不久又发生了一起坠机事件，安检自然格外严苛。于是在这个盛夏的上午，这里更是人挤人，不亦乐乎。据说，此次坠机是一起恐怖袭击事件，已经有三个恐怖组织声称对此负责。也就是说，至少有两拨人打算平白落一个滥杀无辜的名声。这就是现代社会，莱斯利·皮尔逊见识得越多，反而越发糊涂，也越发厌恶了。

今天上午，机场安检人员以超乎寻常的工作热情仔细检查乘客的托运行李，甚至连人和随身行李也全都不放过。办理登机手续的柜台前面排出几条长队，行进缓慢，队尾几乎抵到对面墙上了。与队列交叉的，是两排更长的队伍，都是排队等着通过护照检查的乘客。排队的人姿态各异，有的轮番将身体重心左右移动，有的倚在堆满行李的推车把手上，还有的蹲坐在旅行箱上。他们脸上的表情有紧张、焦躁、无聊、隐忍，但并没有显出倦意。相对而言，他们还算精神体面，彩色休闲装干净有型，胡子刚刚刮过，妆容和发型也保持完好。但莱斯利·皮尔逊凭经验知道，万一出点儿意外，比如累成狗的空管给你来个消极怠工或者行李员磨磨蹭蹭，航班就不能按时起飞。那样一来，用不了多长时间，文明的外壳就会裂缝喽。他就亲眼见过这个候机大厅，还有那边的出境大厅，全被延误的乘客挤得水泄不通。他们穿着脏乎乎皱巴巴的衣服，横七竖八地躺卧在大厅的地板上、座椅上，在荧光灯的照耀下昏昏睡去，有的大张着嘴巴，有的手脚旁逸斜出，活像是大屠杀或者原子弹爆炸后的现场遇难者。几名清洁工在一具具躺卧的人体之间择路穿行，好似在打扫硝烟散尽后的战场。今天，情况还没糟到那步田地，但已不是很妙了。

"何苦呢？他们到底图什么呀？"莱斯利再次嘀咕。

"当然是阳光、沙滩和性呗，还是免费的呢。"特雷弗·康诺利傻笑着回答说。他刚进特沃威斯旅行社工作，正跟着莱斯利实习，看他如何识别和迎接参团的游客、验查他们的旅行证件、确定没有人搞错出行日期（让你吃惊的事多着呢）、护照没有问题、签证也已按规定办理，然后再指点他们去各处排队办理登机手续。顾客需要的话，他还帮忙推推行李车、答疑解惑什么的。

莱斯利不屑地哼了一声，说："那也不必费这么大周折嘛，到西班牙的马略卡岛就行，英国南方的伯恩茅斯也可以。说起这个，今年夏天多美啊。困在这种鬼地方，什么也别指望喽。"他朝上方翻了个白眼，瞪了一眼机场那不高的铁灰色屋顶。在那里，整个候机大厅的管道线路都裸露着，大概是超现代派的建筑风格吧，但莱斯利却感觉身心压抑憋屈，好像是置身于酒店的地窖里，或是军舰甲板下的机房里。他扫了一眼文件夹上当天参团的游客名单："就说这拨人吧，他们要去哪儿？火奴鲁鲁。火奴鲁鲁！得花一整天的时间才能飞到呐！"

"十八个半小时，包括在洛杉矶转机的时间。"特雷弗说。

"十八个半小时窝在那么个大号沙丁鱼罐头里？真是有病！要叫我说呀，他们全都疯了。"莱斯利说着，将整个拥挤的大厅扫视了一遍，双目炯炯，如同灯塔的探照灯。他注意到一位挺拔的高个子男子，颇有军人风范（实际上是一位退休警察）。"瞧他们，跟旅鼠似的。旅鼠！"他重重地吐出"旅鼠"两个字来，实际上他自己也不清楚旅鼠是什么。一种小动物，盲目地成群移动，然后一蹦就跳进海里玩集体自杀，不是吗？

"那就是图新鲜呗。"特雷弗说，"马略卡岛，谁还去那儿啊。黑池小镇太一般了。佛罗里达甚至加勒比海，都太普通了。你得不停地往远处奔，才能显出与众不同来。"

"来了两位。"莱斯利说。一对年轻夫妇穿过自动门走进大厅，犹豫地四下张望着。莱斯利认出了他们行李上贴着的特沃威斯旅行社黄紫两色的标记。"我敢打赌，他们准是去度蜜月的。"看他们从头新到脚的衣服，同服饰相搭配的崭新旅行箱包，莱斯利断定他们一定是新婚夫妇。可是看新娘领头站在前面、新郎推着行李跟在侧后的情形，二人之间有种疏离感，显然危机在新婚之时就已初露端倪了。他们很可能昨天才办完婚礼，在伦敦闷热吵闹的旅馆里过了一夜,又准备把新婚的第一天全耗在飞机上。飞机的座位狭窄,跟牙科诊所的椅子有得一拼,两人打算把自己捆在这么遭罪的椅子里,绕着地球飞上半圈儿。还不如去伯恩茅斯呢。

莱斯利微笑着上前一步做了自我介绍,然后查看小夫妻的机票和护照。"夏威夷,到那儿度蜜月真是再好不过了,先生。"

青年男子怯生生地一笑,他妻子却面露不悦:"有这么明显吗?"她留着一头金色直发,用一把玳瑁梳子把头发从额前拢到脑后,展露出一双清澈的蓝眼睛,蓝得像冰晶一样。

"哦,您瞧,在我的名单上您是哈维太太,在护照上您叫莱克小姐。这很明显嘛,女士。"

"你可真仔细。"她的回答也是冷冰冰的。

"这有问题吗?"小伙子着急地问,"我是说护照?"

"一点也不碍事,先生,没什么可担心的。请到二十一号柜台托运行李。恐怕你们得等些时候。"

"你不替我们办理托运吗?

"按照安全规则,乘客得亲自确认自己的物品。不过我同事康诺利先生在这儿,他很乐意帮你们把行李推过去。"

"谢谢,我们自己能推。"哈维太太显然是说她丈夫能推,因为她连瞟都没瞟他一眼,就自顾自朝二十一号柜台走去。

等他们走远了,特雷弗"唷"地长出一口气:"真高兴我不用受他这份罪。这妞儿太难缠了。"

"爱情啊,是年轻人的梦想。"莱斯利说,"世道不同了。这全怪婚前同居,搞得结婚一点也不浪漫了。"

这话是冲着特雷弗说的，特雷弗却假装糊涂，回答说："可不是嘛，我就常跟我女朋友讲，'婚姻是爱情的坟墓'。"莱斯利假装没看见特雷弗涎皮赖脸的笑，低头在名单上哈维夫妇的名字旁画上"√"号。"快瞪大你的眼睛，找一个名叫谢尔德雷克的单身旅客。看见他名字旁边标的星号没？"

"看见了。标星号什么意思？"

"意思是他这趟是免费旅行。一般只有记者、游记作家才够格儿。"

"这活儿我也乐意干啊。"

"那你首先得会写文章，特雷弗，首先得会拼单词。"

"现在没那必要了吧？电脑就替你写了。"

"无论如何，他一露面你得机灵点儿，给他留个好印象，要不他能下笔写文章损你。"

"怎么个损法？"

"比如说：'在机场迎宾的是一个邋里邋遢的向导，制服上落满了头皮屑，衣领上的扣子还掉了一粒。'"

"这得怪我女朋友，她答应要替我缝上的。"特雷弗有点慌神了。

"特雷弗，干我们这一行，仪表很重要。"莱斯利说，"游客刚到机场时都很紧张，摸不着头脑。你一亮相就应该赢得他们的信任。我们要像守护天使一样，把他们护送到那边去。"

"得了吧。"特雷弗嘴里这么说着，还是伸手紧了紧领带，拍了拍双肩和衣领。

随后过来的一对中年夫妇来自克罗伊登。那妇人又圆又胖，却强行塞进一套亮蓝色的紧身衣裤中,紧绷得直让人揪心。她竖起大拇指对旁边的丈夫一指:"他心脏不好,前面队这么长,他可排不了。"那位丈夫则微笑、摇头,示意莱斯利不必担心。他看上去确实不太健康,脸上泛着潮红,还长着斑点,一只酒徒才有的红鼻子像电灯泡一样嵌在脸中央。白衬衣下的肚皮松软下垂,像软面团一般覆盖在皮腰带的搭扣上。

"如果您愿意的话,我可以试试去给您弄辆轮椅来,先生。"莱斯利说。

"别,别,别傻了,莉莲。"他丈夫说,"别听她的,我很好。"

"他真的不适合长途旅行,"莉莲说,"可我们也不能让我儿子失望啊。是我儿子特里替我们安排了这次旅行,一切花销全由他包了。他还要从悉尼赶去夏威夷跟我们会合呢。"

"好棒啊。"莱斯利一边检查他们的旅行证件一边随声附和。

"我儿子在悉尼那边混得可好了,当上了时装摄影师,还有自己的工作室呐。有一天大清早,他六点钟就打电话过来,当然了,那边的时间和咱们这儿不一样,是吧?他跟我说:'我出钱请你和爹地出门玩儿一趟。你们只管去希思罗机场,剩下的事我全包了。'"

"这年头,年轻人对父母还能有这份孝心,听了真让人高兴。"莱斯利回答说,"特雷弗,带布鲁克斯先生和太太去十六号柜台,跟他们解释一下,说布鲁克斯先生身体不好。"他转向夫妻二人解释说:"那儿是商务舱入口,排队的人少一些。"

"那我们得额外掏钱吗?"布鲁克斯先生担心地问。

"不用,你们座位还是原来的。不过我们同航空公司有协议,残疾乘客可以从商务舱的入口检票登机。"

"残疾！我可没残疾。瞧你都干了些什么呀，莉莲？"

"闭嘴，西德尼，别占了便宜还不领情。多谢了。"布鲁克斯太太对莱斯利说。

特雷弗领着两位走了，却非常不情愿，因为远处走来了两个手拿黄紫色塑料小包的年轻姑娘。塑料小包是特沃威斯旅行社专门发的，好让参团的游客装文件用。两位姑娘身穿彩色运动装，都不算特别漂亮，也已经过了花样年华，不过正好是特雷弗喜欢与之调笑的那一类型。用他自己的话来说，"一看就知道可以一块儿嘻嘻哈哈"。

"两位小姐，第一次去夏威夷吧？"莱斯利问道。

"噢，是第一次。我们最远才到过佛罗里达呢，是吧，迪伊？"穿粉红和粉蓝两色运动装的姑娘回答道。她面孔宽而多肉，眼睛大而圆，孩子似的细发微微蜷曲，月晕一样环绕在脸旁。

"全程要飞多长时间？"迪伊问。她的运动装是浅紫加淡绿。跟粉加蓝相比，她的五官更加锐利，神情中多了几分狐疑。

"这个呀，你们还是不知道为好。"莱斯利的这句玩笑话让粉加蓝乐得花枝乱颤。

"噢，行了，快告诉我们吧。"她追问。

"今晚八点以前就到火奴鲁鲁了。"

"你没算上时差吧？"迪伊说。

"她可是教科学的老师。"粉加蓝主动补充了一句，似乎是想说明迪伊为何这么聪明。

"哦，那你得再加上十一个小时。"莱斯利说。

"天呐！"

"不要紧，迪伊。夏威夷值得一去。"粉加蓝转向莱斯利，"大家都说那儿美得像天堂，对吧？"

"一点不假。"莱斯利说，"两位女士，如果可以的话，请允许我对你们挑选的旅行装称赞一句，真是既方便又得体。"粉加蓝红着脸咻咻笑了，连迪伊也高兴起来，女王般地赏了他一个笑脸，然后两人朝二十一号柜台前的长队走去。特雷弗回来时正好晚了一步，没了帮忙推那一大堆行李的借口，也没法凑上去献殷勤了。

"小妞们怎么样啦？"特雷弗很好奇。

"我把她们打发走了，特雷弗。"莱斯利说，"我以无与伦比的古典礼仪，引导她们登程了。"

"去你的！"

上午缓缓过去，乘客的队伍越排越长。铁灰色管线和纵横的房梁之下，空气愈发混浊，人们也更加沮丧和焦躁。等着检查护照的乘客排成长队，慢慢向前挪动着。他们不时看看手表，生怕误了自己的航班。乘客 R.J. 谢尔德雷克掏出来的是一张"嘉宾赠票"，他递上机票时，不悦地冲那几排长队批评了几句。他身穿浅褐色猎装，拖着一只后轮内嵌的实用型硬壳行李箱。他过早地谢了顶，隆起的头顶又大又圆，硕大的下巴往前突出着，在这两个小丘之间，其余的五官就只能挨挨挤挤，委曲求全了。

"别担心，先生。"莱斯利说着，诡秘地挤挤眼睛，"跟我来，我带你走商务舱入口。"

"不不,我不能搞特殊,应该和普通旅客享受一样的待遇。"谢尔德雷克博士说。"博士"二字就在机票上写着。"这是田野调查的一部分嘛。"他又解释了一句,但谁也没听懂那个词到底是什么意思。特雷弗主动提出要帮他推行李,博士婉言谢绝后,自己拖着带轮皮箱,消失在人群中。

"这就是那个记者?"特雷弗问道。

"不知道。"莱斯利回答,"机票上写着他是位博士。"

"他那头皮屑比我还厉害呢,"特雷弗说,"而且脑袋上也没剩几根毛了。"

"先别张望,"莱斯利说,"有人在给你录像。"九米之外,一个壮汉将一架手持录像机对准了他们。壮汉两腮蓄着浓密的胡子,穿一件双色上衣,裤子熨得笔挺。他身边跟着一位女士,身穿黄色纯棉连衣裙,上面印着许多红色太阳伞,周身上下还佩戴了一大堆人造首饰。她一副溜溜达达的样子,仿佛是出门遛狗一般,狗狗停下来对着树干抬起后腿,她则心不在焉地四下打量。

"真不要脸!"

"嘘!是我们的客户。"莱斯利说。

埃弗索普夫妇刚乘支线小飞机从东米德兰飞来希思罗机场。"不介意把你们拍进我们的家庭电影吧?"他一边走近莱斯利一边说,"我一进门就瞧见你们的制服了。"

"不介意,先生。能看一下您的机票吗?"

"夏威夷,我们来了,哈哈!就等着拍呼拉舞女郎了。"

"有我在就不行。"埃弗索普太太拍了一下丈夫的粗手腕,"咱们不是说好了,这一趟是第二次蜜月旅行吗?"

"等到了夏威夷,亲爱的,你自己也得穿上呼拉舞草裙呢。"埃弗索普先生说完,冲莱斯利和特雷弗挤挤眼睛,"我都想入非非了。"

埃弗索普太太又拍了他一巴掌。特雷弗心领神会,坏坏地笑了。这种幽默简直太合他的胃口了。

贝斯特一家看起来则是任何类型的幽默都欠奉。贝斯特先生的包里装着各种娱乐场所的优惠门票——天堂湾音乐宴会、太平洋鲸鱼捕捞加工博物馆、怀梅阿瀑布公园,等等,但贝斯特先生还是大为光火,因为他家共有四口人,优惠票却只有三套。四口人——父亲、母亲、儿子、女儿——严格地按高矮顺序排好队,站在莱斯利面前。莱斯利竭力向这排有着浅色眼珠、淡棕色头发和薄嘴唇的一家子保证,本旅行社在火奴鲁鲁的工作人员一定会弥补这一失误。

"干吗不现在就把票给我们?"

莱斯利解释说,机场办公室里没有优惠票。

"这样可不太好。"贝斯特先生说。他又高又瘦,留一撇姜黄色的胡子。

"你得投诉他们,哈罗德。"贝斯特太太说。

"我正在投诉啊,"贝斯特先生回答,"我不是正在说话吗?你以为我在干什么?"

"我是说写信去投诉。"

"好好,我会写的。"贝斯特先生恼火地说着,同时扣上了海军蓝运动装的扣子,"别担心,我会写的。"他转身向前开步走,另外三位贝斯特马上列队跟上。

"知道吗,他可是律师!"贝斯特太太扭头扔下这句话,仿佛扔出的是一把匕首。

"又一位顾客满意喽。"特雷弗哀叹。

"有些顾客你就没法让他满意,"莱斯利说,"我太了解这种人了,隔着一里地我都能认出来。"

但接下来的两位旅客,就连莱斯利也辨别不出属于什么类型了。两人一点都不像是去度假的样子。他们好像是父子,因为都姓沃尔什。老沃尔什先生满脸皱纹,至少有七十岁了,瘦长脸,尖鼻子,一头蓬乱的白发活像是凤头鹦鹉的凤冠。小沃尔什大约四十五六岁,不过他领下那乱蓬蓬的花白胡须令人难以判断他的年龄。他俩的衣服厚重,样式落伍,颜色暗淡。小沃尔什先生考虑到这次旅行的性质与目的地,在衣着方面也算有所改变:把里面衬衣的领子整齐地翻在夹克领外面。这种穿法,莱斯利从20世纪50年代以后就很少看见了。老沃尔什穿一套棕色条纹精纺羊毛西装,戴着衬领,系着领带。老人睁着一双泪汪汪的眼睛,紧张地瞧着熙来攘往的人群,不时地暗自叹口气。

"你们也看见了,护照检查那边有点慢,"莱斯利一边核对证件一边说,"不过别担心,我保证你们误不了飞机。"

"真要误了,我才不担心呢。"老人说。

"我父亲以前没坐过飞机,他有点儿紧张。"小沃尔什解释道。

"可以理解。"莱斯利说,"不过沃尔什先生,一旦坐上去,您就会喜欢上的。是不是,特雷弗?"

"嗯？噢，可不是嘛，"特雷弗说，"您感觉不到是坐在飞机里，就跟坐火车一个样。"

老人怀疑地"哼"了一声。他儿子把自己的手提包递给老人，小心地将装有旅行文件的小包放进自己粗花呢夹克的内袋里，然后往两个行李箱之间一站，摆出一副苦力的架势。

"特雷弗，快帮沃尔什先生提行李。"莱斯利说。

"非常感谢，"小沃尔什说，"我刚才没找到空的推车。"

特雷弗嫌弃地上下打量着那两只疤痕累累的廉价行李箱，不情不愿地服从了莱斯利的命令。没几分钟他就转了回来，说道："这两人结伴去夏威夷，好奇怪啊。"

"特雷弗，我倒希望等哪天你有钱了，也能领你老爸出去旅游一次。"

"你开什么玩笑呢？"特雷弗说，"带他去马路上溜达我都不干，除非我能把他丢在马路边。"

"特雷弗，你知道神学家是怎么回事吗？"

"不知道。跟宗教有关吧。怎么问这个？"

"他儿子是位神学家，护照上就是这么写的。"

大约四十分钟后，父子二人在边检台和候机厅之间的安检门引发了一场混乱。老人通过金属探测门时，身上的什么东西引得报警器"嘟嘟"作响。安检员让他取下钥匙，再通过一次，警铃再次响了起来。安检员又要求他掏光口袋里所有的东西，摘下手表，警报还是响。于是安检员亲自动手了，训练有素地快速摸过老人的躯干，探入他的腋下和两腿内侧。老人双臂平伸，像稻草人一样，哆哆嗦嗦地躲避着那双上下搜索的手。他责备地瞪着儿子，儿子只能无可奈何地耸耸肩膀。排在后面的乘客，有的已将行李放在了X光机传送带上，想到自己的行李准在另一头横七竖八地堆成一堆，不禁焦躁不安起来。他们无声地扮着鬼脸，以示不耐烦。

"老先生，您脑袋里是不是有金属片啊？"安检员问道。

"没有。"老人恼怒地回答，"你把我当成啥了，机器'银'？"他说"人"时露出了明显的爱尔兰腔。

"有次我们真遇上一个人，花了一上午时间才弄明白，原来他脑袋里有一块金属片。他在打仗时被地雷炸伤过，腿里也全是弹片。您不会也有吧？"他满怀希望地追问。

"我说没有，就是没有。"

"那好，先生，请解下您的吊裤带再试一次，好吗？"

警报又一次响起。安检员叹了口气，说："对不起，先生，我们只好请您继续脱衣服了。"

"不行！你们敢！"老人一边喊叫，一边攥紧自己的裤腰带。

"不是在这里，先生。您这边请……"

"爹地！你的圣像！"他儿子突然大声喊道。他上前松开父亲的领带，解开他的衬领，掏出一条细细的不锈钢项链，上面坠着一块白蜡色的金属牌。

"这就是罪魁祸首！"安检员欢天喜地地嚷道。

"这可是路德圣女像，我得让你知道知道！"老人出声驳斥。

"那是那是。好了，如果您不介意，请把它摘下来一会儿，再

15

过一遍安全门。"

"自打我过世的妻子把它送给我,我一次都没摘下来过呐。这可是她1953年去朝圣时带回来的。"

"如果您不摘,就别坐飞机了。"安检员也不耐烦了。

"不坐正好。"老人说。

"好了,爹地。"儿子一边哄着老人,一边贴着父亲的苍苍白发,轻轻把链子摘了下来,收成亮闪闪的一团,托在掌心,交给安检员。老人似乎突然失去了抵抗的意志,耷拉着肩膀,还算顺从地走过安检门。这次警铃没再响起。

在拥挤的候机休息室里,伯纳德·沃尔什帮父亲重新戴上圣像。他动作很小心,留神不让链子刮到父亲支棱着的耳朵。那耳朵又大又红,肉乎乎的隐窝里还长着白色的硬毛。他把圣像顺进父亲发黄的内衣里,又替他扣好领扣,系好领带。伯纳德突然想起一桩往事。那年他十一岁,第一天去圣奥古斯丁中学上学。临出门前,父亲神情庄重地审视着他的新校服,还替他紧了紧领结。那领结是花哨的绛紫和金黄两色,跟特沃威斯旅行社的标志差不多。

离登机还有一段时间,伯纳德从一家快餐店买来两杯咖啡,找了两个面朝航班显示屏的座位坐下来。他从市区带来了两份报纸:一份《邮报》给父亲,一份《卫报》自己看。他举着《卫报》专心读了一会儿关于尼加拉瓜的报道,扭头一看,发现旁边父亲的座位上已经没人了,四下看去也不见他的身影。父亲一定是趁自己不注意走开了。伯纳德慌神了,仿佛胃一下子被人掏空。他抬眼扫视整个休息大厅,没有父亲的影子。不知怎的,在这样的紧急时分,他居然有空想到"休息"一词是多么的荒唐可笑。在这拥挤的大厅里,人群熙来攘往,说话声嗡嗡作响,空气混浊憋闷,玻璃耀眼炫目——这也叫休息厅?真是名不符实。为了看得更清楚,他抬腿站上了自己的座位。对面座位的八只浅色眼睛不以为然地盯上了他。他们是一家人,有着同样的淡棕色头发,箱包就搁在脚边,随时准备起身登机。就在这时,航班显示屏上开始闪烁飞往洛杉矶的航班号和登机口号码。

"该我们登机了。"淡棕色头发的一家之长发话了。他又高又瘦,穿着一件钉着黄纽扣的海军蓝运动夹克,干净利落。"二十九号登机口,起立。"他的妻儿们"唰"地应声起立。

伯纳德禁不住发出一声绝望的低吟。忽然,他注意到对面那家人的旅行包上贴着特沃威斯旅行社的黄紫两色标志,便问道:"对不起,你们有没有看见我父亲,就是刚才坐在这里的老人,你们看见他去哪儿了吗?"

"他往那边去了。"那家的小女儿指了指免税店的方向。她看样子只有十二岁左右,脸上生着许多雀斑。

"谢谢!"伯纳德说。

在免税店的威士忌酒架前,伯纳德找到了父亲。他正背着手、探着头,仿佛在博物馆里看展览一样,逐一审视各种威士忌的价格。

"天啊,可算找到你了。"他说,"以后可别再这样不打招呼就走开了。"

"一升詹姆森威士忌才卖八英镑,真便宜啊。"老人说。

"你难不成想背着威士忌飞越半个地球?再说,时间也来不及了,我们该登机了。"伯纳德说。

"酒在夏威夷也这么便宜吗?"

"是吧。不知道,我不清楚。"伯纳德最终还是哄小孩一般,给父亲买了一瓶詹姆森威士忌和一包香烟。但他刚买完就后悔了,因为装酒的盒子放在塑料袋里,又沉又难拎,况且他手里本来就拿着提包和雨衣。偏偏机场的长廊宽得像是大街,长得像是没有尽头。

"我们要一路步行到夏威夷吗?"父亲开始嘟囔抱怨。

长廊里多处设置了水平移动的自动电梯,但好几处都不运转。一刻多钟后他们才好不容易走回二十九号登机口。可是又出麻烦了。检票台前穿制服的小姑娘要检查登机牌,老先生却怎么也找不到他的了。

"可能被我忘在免税店了。"他说。

"天呐,一来一回就得半个小时啊。"他转身问地勤小姐,"能不能给他补发一张?"

"不太容易啊。"她回答,"先生,您肯定登机牌不在身上吗?是不是夹在护照里了?"

然而,老沃尔什先生连护照也一并落在免税店里了。

"你这是成心的!"伯纳德感觉气血直涌上头顶。

"我不是。"老先生气呼呼地说。

"你把证件忘在哪里了?威士忌酒柜旁边?"

"在那附近吧。我得回去看看。"

"还来得及吗?"伯纳德问地勤小姐。

"我给你们要辆小车吧。"她说着,伸手拿起无线步话机。

"小车"原来就是敞篷电瓶车,显然是为老弱病残乘客预备的。小车又快又稳,沿着漫长的走廊原路返回。司机时不时地鸣笛,催促迎面而来的行人让路。伯纳德心里很不安,觉得这次出门运气不佳,不仅是这一时的不顺,而且还会一直不顺下去。也许他们找护照要花去好几个小时,结果护照没找到,飞机却起飞了,他们拿着两张不能退改签的作废机票,除了乘地铁返回伦敦之外别无选择。也许老先生也想到这个结果了,要不然他怎么会突然开心起来?看别人一步一步朝登机口走,他还笑嘻嘻地冲人家挥手致意,乐得像是骑着旋转木马的两百斤的小胖子。迎面走来的人群中,有一个留着连鬓胡子的壮汉举着录像机,他停下脚步将镜头对准父子俩,小车开过去时,他连人带镜头地原地一百八十度旋转,将整个过程全部拍了下来。

老人的护照和夹在里面的登机牌被找到了。老先生方才随手将其放在了苏格兰和爱尔兰威士忌之间的货架上。

"你怎么把证件放在这里了?"伯纳德追问。

"我当时想掏钱,找我的钱包来着。刚才在那边,我被圣像起的乱子弄得晕头转向,口袋里的东西全放乱了。"沃尔什先生说。

伯纳德咕哝了一声。父亲的解释也说得过去。把证件搞丢这种事情,如果不是父亲为了不上飞机故意使的招数,那肯定就是无心之举了。他抓住父亲的胳膊,像带犯人一样领着他大步走出免税店，坐上小车。小车司机正从步话机里接收指令，见到他们高兴极了："找到了吗？那么扶稳了，路上我们还得再接一两个人。"

第一个接上车的是位高大魁梧的黑人妇女，她身上穿着条纹连衣裙，撑起来简直可以当帐篷住人了。女巨人又是笑又是喘地爬上小车后座，把肥大的臀部铺展在老先生旁边，伯纳德被挤得勉强倚靠在座位扶手上，摇摇欲坠。第二个上车的是位独腿男士，他坐在司机旁边，将拐杖像长矛一样往车前一横。这马戏团似的一车人，招来了四周行人的注目与讪笑，有几个人甚至开玩笑地竖起拇指，表示要求蹭车。

伯纳德抬腕看表，五分钟后飞机即将起飞。"我们刚好能赶上。"

其实他白白担心了，飞机晚点了三十分钟，乘客们还没开始登机呢。几位乘客嗔怪地看着沃尔什父子，似乎认为飞机晚点都怪他们。候机区非常拥挤，这么多人也不知道是怎么挤进同一架飞机里去的。沃尔什父子找座位时，又遇到淡棕色头发一家四口。他们坐成一排，行李就放在膝头。"人找到了。"伯纳德对雀斑女孩说完，对她父亲点头致意，对方咧了咧嘴，表示知道了。

他们在大厅尽头找到两个空座，走过去坐下。

"我要去厕所。"沃尔什先生说。

"不行。"伯纳德语气生硬地拒绝道。

"全怪那杯咖啡。我喝完咖啡就得去厕所。"

"等上了飞机再去吧。"但他转念一想，谁知道还要等多久才能登机？只好疲惫地答应："行，走吧。"然后站起身来。

"你不用陪我去。"

"我可不敢再让你离开我的视线一步了。"

父子并排站在小便池前时,父亲问儿子:"刚才你瞧见那黑女人了吗?那屁股可真大。老天啊,我还以为自己要给压扁了呢。"

要不要借此机会就尊重少数族裔的问题跟父亲谈一谈?伯纳德想想还是决定作罢。"黑人"一词,沃尔什先生向来是当贬义词用的。好在这一叫法渐渐为全社会接受了。不知道波利尼西亚人是否乐意被叫作"黑人",也许不乐意吧。

等父子返回二十九号登机口时,他们的座位已经坐了人。一位穿粉加蓝双色运动装的姑娘见他们面露难色,提起自己的包,让老人坐在她的旁边。伯纳德找了一张塑料矮桌,半靠半坐着。

"你们要住哪家酒店?"年轻女子搭讪。

"你是说……"伯纳德没明白。

"你们也是特沃威斯旅行团的吧?我们一起的。"她指指伯纳德公文包上的黄紫两色标志。那还是旅行社的人帮他贴上的。"到了夏威夷我们要住在怀基基椰园酒店。"她说。听她说"我们",伯纳德才注意到她身边还有一位女士,也穿着运动装,不过颜色是浅紫和淡绿。

"噢,我不确定要住哪家。"

"不确定?"姑娘一脸困惑。

"我给忘了。这次出门很仓促。"

"哦,我明白了。"姑娘说,"最后一刻才决定报团的,那就没得选了,是吧?不过能省一大笔钱呢。那年去希腊克里特岛,我们也是最后才定下的。是吧,迪伊?"

"千万别提了,一提就想起那边的厕所。"迪伊说。

"到了夏威夷,你肯定不用担心厕所的卫生状况。"粉加蓝笑着安慰同伴,"美国人在这方面还是很讲究的。"

"我们还要住酒店啊?"沃尔什先生表示不满,"我还以为到了就住赫秀拉家里呢。"

"爹地,我们多半会住姑母家里。但到底住在哪里,得到了才知道。"伯纳德沉默了片刻,但迫于两位女士好奇的目光,只得开口解释道:"我们这次去是为了探望我父亲的妹妹——我姑姑。她在火奴鲁鲁定居,所以我们可能不必住酒店。可是奇怪得很,出门最实惠的选择,就是跟团出游。"

"在火奴鲁鲁定居啊!那不等于一年到头都在度假嘛。"姑娘转身问沃尔什先生,"你是不是好久没见到你妹妹了?"

"是啊。"沃尔什先生说。

"那你一定急着见她咯?"

"说不上有多急。"他郁闷地说,"是她想见我,是有人说她想见我。"他浓眉下的双眼愤愤地瞪向伯纳德。

"我恐怕我姑妈身体不太好。"伯纳德说。

"哦,天呐!"

"她活不长了。"沃尔什先生冷冷地说。

两位姑娘一下子哑了。她们垂下眼帘,似乎整个儿缩进了色彩鲜艳的运动服中。伯纳德又愧又窘,仿佛他们父子做了什么有伤大雅、触犯戒律的事情。毕竟,用跟团的方式去探望病危亲属,总让人觉得有点儿不合适,甚至不体面。

2

上周五，大约是清晨五点钟，伯纳德接到了去夏威夷的邀请。他住在大学的学生宿舍里，因为负担不起费用，房间里没有安装私人电话。值夜班的宿管接到电话后，以为是什么急事，便敲门叫醒他，引他到一楼大厅用学生的公用电话接听。慌乱中伯纳德只在睡衣外披了一件晨衣，连拖鞋都没顾得上穿，赤脚站在门厅的瓷砖地上。他把脑袋伸进一个涂满电话号码的隔音罩，耳机里传来嘶哑、疲惫的女声，乍一听是美式腔调，但仔细一听，仍然是伦敦长大的爱尔兰人的一口乡音。

"喂，我是赫秀拉。"

"谁？"

"你姑姑，赫秀拉。"

"天哪！"

"还记得我吗？咱们家的另类分子，或者，优秀分子。"

"噢，我明白，我在别人眼里也属于另类呢。"

"是啊，我听说了……听着，现在英国是什么时间？"

"清晨五点左右。"

"清晨呀！对不起，我算错时间了。把你吵醒了吧？"

"没关系。你在哪？"

"在火奴鲁鲁，在盖瑟医院住院。"

"你生病了？"

"生病？远不止生病呢，伯纳德。他们开刀把我切开，瞧了瞧里面，又给缝上了。"

"天哪，真替你难过。"这话真是空洞无力至极。"真是糟糕，难道他们就没招儿了？"

"没招儿啦。我一直感觉疼，开始还以为是背疼，我脊背一直闹毛病。可惜不是背，是癌。"

"天呐！"他又一次低呼。

"准确来说，是恶性黑瘤。开始只是一块痣，我也没在意。人上了岁数就会长些斑斑点点的。等后来一查出来，医生当天就给我做了手术。可惜太晚了，癌症已经变成继发性的了。"

伯纳德一边听着电话，一边在心里推算赫秀拉的年纪。他们上一次见面时，自己还在上小学，姑妈还是风华正茂。这位从美国回来的姑妈虽说外表风光，却有些不明不白、不大光彩的隐情：她手上戴着结婚戒指，身边却没有丈夫陪伴。那时好像还是20世纪50年代初，嫁去美国的姑妈以为英国还跟二战时期一样，食品按人头配给，便提了好多美国糖果来看望伯纳德一家。不过伯纳德家日子向来拮据省俭，糖果依然是大受欢迎的。伯纳德一直记得姑妈站在自家后院的样子：身穿一件白底红点泡泡袖长裙，双唇和指甲都染得红艳艳的，齐肩的金色长发蓬松而富有弹性。当时母亲沉着脸说那颜色是染上去的。伯纳德算了算,姑妈现在差不多该有七十岁了。

赫秀拉似乎也在推算伯纳德的年龄。"伯纳德,跟你通话有种怪怪的感觉,你能相信吗?上一次见到你时,你还是个穿短裤的小学生呢。"

"是啊,是很奇怪。"伯纳德说,"后来你为什么再没回英国啊?"

"说来话长了,离得又那么远,不过这也不是原因。你父亲还好吗?"

"据我所知他还行。说实话我不常见到他,我们之间关系挺紧张的。"

"我们这家人可真行啊。你要想写一部家族史的话,可以取名叫《关系紧张》。"

伯纳德大笑起来。这勇敢的老太太,在死神的阴影下还有心情开玩笑,令他心中油然而生敬佩、孺慕之情。

"你是个作家,是吗?"赫秀拉问。

"只是在神学期刊上发表过几篇无聊的文章而已,还算不上作家。"

"伯纳德,你听好,把我的情况告诉杰克,好吗?"

"那是当然。"

"我自己不敢给他打电话,我不知道该怎么说。"

"他听了一定会伤心的。"

"他会吗?"她的语气中流露出几分期盼。

"当然了……医生真的没有什么治疗方法了吗?"

"他们让我做化疗。我咨询过肿瘤专家,问他治愈的可能性有多大。他说这病无药可治,化疗不过是拖延时间,多活几个月而已。我跟医生说我不做化疗,我宁愿死也要保住自己的头发。"

"你可真勇敢。"说话间,赤脚站在瓷砖地上的伯纳德感觉凉飕飕的,便轮流提脚,用脚掌摩擦另一条腿的小腿肚。这种时候还在意这样小小的不适,自己是不是有点自私?

"我才不勇敢呢,我都快吓死了。吓死,哈哈!人怎么总在无意中开这种倒霉玩笑。记得告诉杰克,我想见见他。"

"什么?"伯纳德还以为自己听错了。

"我想在临死前见一见我哥哥。"

"啊,我不知道……"他嗫嚅着,其实他心里很明白,自己父亲连想都不想就会拒绝。

"我给他出路费。"

"不光是路费的问题。我爹地上岁数了,他从来不喜欢出远门,他连飞机都没坐过呢。"

"天啊,真的?"

"现在他身体状况也不适合飞长途了。你有没有可能到这边来……来治疗?"他差点儿没把"死"字说出来,好不容易才找到"治疗"两个字来救场。

"你开玩笑吧?医院连家都不让我回呢。昨天我想自己去厕所,结果摔了一跤,手骨给摔折了。"

伯纳德赶紧竭力表达同情与难过。

"骨折算不了什么。我吞下了太多止痛药,甚至都没感觉到痛。可是我很虚弱,他们正商量着送我进养老院去住。我需要清理一下我的公寓,我那些东西。"电话里的声音变得含糊,如果不是线路问题,就是她人太虚弱,无力说话了。

"你有没有能帮忙的朋友?"

"朋友当然有,可大都跟我一样,上了年纪,也帮不上什么忙。她们来医院探视,吓得都不敢拿正眼瞧我,一个劲儿地在那里摆弄花草。毕竟不是一家人嘛。"

"是啊,是不一样。"

"告诉杰克,我又恢复信仰了,不是这个星期刚开始的,已经恢复好几年了。"

"好的,我会告诉他的。"

"他知道了肯定高兴,一高兴没准儿就愿意过来了。"

"姑妈,如果你愿意的话,我可以去看你。"

"你能来火奴鲁鲁?真的?什么时候?"

"我尽快吧。也许,下个星期。"

电话那边沉默了片刻,等她再出声时,声音沙哑了许多。"伯纳德,你真是个好孩子。我刚一开口,你就放下手边所有的事……"

"我没什么事儿,"他说,"现在学校正放暑假呢,要到九月末才开始忙。"

"你不外出度假吗?"

"不去,我没多少钱。"伯纳德说。

"那来回的路费由我出。"赫秀拉说。

"恐怕也只能如此了,姑姑。我这个大学教书的工作是临时的,平时也没攒下什么积蓄。"

"你上街转转,看能不能参加个包机旅行团。"这个建议虽然很有道理,却让伯纳德稍微吃了一惊。他和家人一直认为赫秀拉过得富足无忧,不必跟他们一样时时处处俭省节约。姑姑的人生相当传奇,二战后嫁了一个美国大兵,抛下自己的家人和宗教信仰,跑去美国追求纸醉金迷、贪图享受的生活了。不过,人老了往往有些抠门的。

"我尽力吧,"伯纳德说,"这些事上我不大有经验。"

"你来了可以住我公寓里,把住宿的钱省下来。我就住在怀基基岛的正中心,你来了会喜欢这里的。"

"我不太会玩,"伯纳德说,"我去这一趟就为了看看你,帮点忙什么的。"

"太好了,真是谢谢你,伯纳德。我确实很想见杰克,但是现在,你是第二个我想见的人。"

伯纳德从晨衣口袋里翻出一小片纸,扯过吊在电话旁边的一截铅笔头,记下了赫秀拉所在医院的电话号码。"顺便问一句,你是怎么查到我的电话号码的?"伯纳德问道。

"查号台啊,"她说,"你们学校的名字,是你姐姐特丽莎告诉我的。"

又是一个意料之外。"你还跟我姐有联系呢?"

"每年圣诞节我们都会互寄贺卡,她在卡片背后捎带手写几句家里的情况。"

"她知道你生病了吗？"

"实际上我是先给她打的电话，但没人接。"

"他们可能外出度假去了。"

"这样也好，我反倒找着你了，伯纳德。"赫秀拉说，"这大概就是天意吧。我觉得特丽莎不会放下手里的事情，跑到这儿来的。"

"嗯，她家里事太多，走不开的。"伯纳德说。

伯纳德躺回床上，却睡不着。他满脑子都是关于赫秀拉的疑问、回忆和猜想，还有他一时冲动、说走就走的远行。这趟远行的起因很让人伤怀，自己能给姑妈带去什么心灵慰藉、什么实际帮助呢？他一点把握也没有。但他仍然感觉兴奋，甚至欣喜，连他一向水波不兴的意识之流也泛起了涟漪。几天之后自己就要绕地球飞行半圈，不管出于什么原因，好歹也是一次冒险。这就是人们常说的"改变"吧。确实，自己目前的生活太过单调，还有什么能比远方更能戏剧性地改变眼前的苟且？更何况目的地可是夏威夷！火奴鲁鲁！怀基基！在心里默念这些地名，似乎每一个音节都带给他欢愉和新奇。他脑海中浮现出椰林白沙，翻卷的浪花，旁边有肤色黝黑的草裙姑娘在舞动、微笑。伴着舞娘的形象，达芙妮的模样不请自来，闯进了他的脑海。那是在汉菲尔德克罗斯的宿舍单间里，他第一次看见她脱去衣饰，袒露出硕大的乳房。那两颗巨大的白色肉球，顶端生着靶心一样的深色圆圈。她微笑着朝他转过身来，双乳沉甸甸地左右晃动。禁欲独身四十年之久的他对这一幕毫无准备，畏缩了一下，将目光掉转开去。这是他们短暂恋爱关系中的第一次

29

失败，后来他又一败再败。等他扭回头时，她已经穿上衣服，脸上的笑容也消失无踪了。

他曾经下定决心，决不再去回想达芙妮这个人，可人心变幻莫测、难以驾驭，无法让它长时间受制于自己。它总爱冲进往事的灌木丛中，刨出一根已经朽烂的记忆骨头，然后叼回来，摇着尾巴放在你的脚边。当曙光在窗帘上映出窗框的长方形时，伯纳德努力将思绪转回到即将开始的旅行上，好从脑海里抹去达芙妮双乳乱晃的形象。那对乳房摇来荡去，像两只大钟，鸣响了他们恋爱的丧钟。

他拧开床头灯，从书架上一排诗集的上方取出一本横放的地图册。太平洋那一大片浩瀚的蔚蓝，占据了满满两页纸的篇幅，澳大利亚同它相比，不过是西南角一个面积稍大的岛屿。夏威夷群岛只是书页中缝附近的一簇小点：考艾岛、莫洛凯岛、茂伊岛。在瓦胡岛的上方，火奴鲁鲁的字样旗帜般飘扬开来。夏威夷岛是唯一一个大得足以容下一颗绿色印点的岛。蓝色的海洋上有几条蜿蜒的虚线横过，那是早年探险家们的航海路线。英国的德雷克船长在1578年到1580年的环球航行中，恰好与夏威夷群岛擦肩而过。而库克船长1776年的航线正好抵达海岛。确实，有一行小字记录了这一传奇："库克船长于1779年2月24日殒命夏威夷。"这对伯纳德而言倒是新闻。地图上的太平洋仿佛一只巨碗，被绿色的亚洲和南北美洲曲臂拥在怀中。伯纳德这才意识到自己对地球另一半的历史和地理所知甚少。他接受的教育，他从事的工作，他全部的生活和世界观，全都打上了另一片海的烙印，那就是面积较小、人烟更为稠密的地中海。早期的基督教信徒把自己居住的地方视作"世界中心",基督教初期的发展在多大程度上是以这一假设为根基的呢?他意识到自己习惯性地用上了考问学生的口吻,便在脑海里自嘲般地补上一句:请大家讨论一下。不过为什么不可以呢?这个问题足以让学位班上的亚洲和非洲留学生探讨一阵子了。他在专门记录灵感的本子上草草记了几笔,又翻到另一页,记下需要处理的几件事情:

  旅行社:航班、机票
  银行(旅行支票)
  护照是否过期?是否需要签证?
  爹地。

  平时伯纳德都是去神学院的食堂吃早饭。今天食堂差不多是空的。一个角落里坐着一群尼日利亚五旬节教派教徒,围在一起晒太阳,喝茶聊天。另一角坐着一位来自德国魏玛的路德派信徒,他神色忧郁,眼睛盯着最新一期的《神学杂志》,右手将酸奶一勺一勺地送进胡须中央的一个黑洞里。饭后伯纳德乘公共汽车来到学校附近的购物中心,看见一家旅行社便推门走进去。只见墙上、窗上到处贴着色彩鲜艳的招贴画,画上年轻人在沙滩上狂欢,他们肤色黝黑,泳衣又紧又小,有的在沙滩上爱抚,有的在海水中蹦跳,有的紧抓着色彩艳丽的冲浪帆板。柜台上摆了一块黑板,上面像餐馆菜单一样罗列着各种旅游项目和价格:"帕尔玛十四日,二百四十二英镑。贝尼多姆七日,一百七十五英镑。科孚岛十四日，二百九十八英镑。"他趁排队的时候浏览了几份宣传手册，发现连篇累牍都是海湾、沙滩、情侣、冲浪、泳池和高耸的大酒店，内容多半大同小异。结果，马略卡岛与科孚岛如出一辙，克里特岛又与突尼斯难分彼此。宣传册仿佛真的使地中海成了世界中心，这一点连早期的基督徒都没能预见到。同其他许多事物一样，现在人们心目中"度假"的概念，在他这一代人的时间里已经发生了基因突变。伯纳德小的时候，每年夏天都跟家里人前往多佛海峡边上的小城黑斯廷斯。提到度假，伯纳德回忆起的就是塑料雨衣、潮湿的木板、灰色阴冷的海浪，还有汉弗莱太太包伙食的出租屋。那房子临海，背阴的餐厅幽暗阴森，散发着轻微的霉味。他们一家人围坐在一起，吃房东太太端上桌的软塌塌的火腿色拉。后来，"度假"对他而言是暑假期间作为某个乡村教区的牧师代表去罗马开会，或是陪同别人去圣地朝圣。总之，旅行都是进修性质的，费用有人资助，时间也是临时决定的。至于从旅游项目单上既定的路线中挑挑拣拣，预定一次为期半个月的标准化享乐，这对他来说还是件新鲜事，不过他发现这样很方便，而且价格看起来也很公道。

"下一位。"坐在柜台后的小伙子说。他穿的西服太过肥大，肩膀都快溜到手肘边上了。柜台前有一张酒吧常见的高脚凳，伯纳德坐了上去。

"我要去夏威夷，"他说，"火奴鲁鲁，越快越好。"这话连他自己都觉得味道怪怪的，想笑又忍住了。

小伙子也许让想去贝尼多姆和科孚岛的顾客给问烦了，略感兴趣地瞟了他一眼，伸手从柜台下面摸出一份小册子。

"我不是去度假的,"伯纳德赶紧说,"家里有急事,我只想弄张便宜机票。"

"你想待多长时间?"

"我还没定下来呢。"伯纳德压根儿就没想过这个问题,"大概两三周吧。"

小伙子开始敲击电脑键盘,十个指甲被他用牙啃得光秃秃的。标准的经济舱竟也贵得吓人,两周之内不能退改签的优惠往返机票已经售罄。"也许我能帮你找个提供吃住游全套服务的旅行团,票价也很划算,"年轻人说,"万一有人在最后一分钟退团什么的。特沃威斯有一个,不过他们的电脑现在出故障了,你就交给我好了。"

办完事后,伯纳德一路步行走回学校。虽然天气晴朗,周围环境却并不适宜步行。几英里外的城郊就是一座庞大的汽车工厂,路上的车辆多数是从那里开进开出的。有一辆专门运送汽车的双层货车路过,上面一辆辆轿车首尾相连,仿佛高速路上发生了连环追尾事故。双层货车缓慢沉重地爬上小山丘,气动刹车"嘶嘶"喘息着,喷出阵阵废气,将路边阴沟里的灰尘激荡而起,弄得马路上一片乌烟瘴气。伯纳德开始憧憬海风的湿润和海浪的私语。

幸亏圣约翰学院的校园远离交通主干线。学院是19世纪末或20世纪初创立的多所神学院之一,初衷是为了培训自由教会神职人员。后来因为信徒人数日渐减少,也为了顺应近代普世教会的精神,这批学院向所有的宗教信仰和派别敞开了大门,无论是僧是俗,来者不拒。学院的课程有比较宗教学、宗教间关系研究,还设有犹太教、伊斯兰教和印度教三大研究中心,关于基督教各个方面的课程当然也少不了。学生呢,有旧城区的社会工作者,派驻国外的传教士,第三世界的教士,领取退休金的老人,也有从本地大学毕业后无法顺利就业的学生。实际上,凡是能归拢到宗教这把大伞之下的一切,不论你是谁,都能进入诸多神学院学习。学院能授予学位或颁发毕业证的专业有:牧师学、《圣经》学、礼拜仪式学、传教士学和神学。开设的课程有:存在主义、现象学与宗教、情境伦理学、宪章主义理论和实践、早期基督教中的异端、女权主义神学、黑人神学、否定神学、《圣经》阐释学、布道术、教堂管理、基督教建筑、宗教舞蹈,等等。有时伯纳德觉得,由这些神学院所组成的南鲁米治综合学院,简直像是一家宗教大超市,并兼有它的优点和弊病。学校兼收并蓄、海纳百川的能力出奇地强,有足够的空间陈列人们所需要的一切货物,而且品类繁多,你需要的一切都包装得漂漂亮亮,放在伸手可及的货架上。但这种唾手可得的方便反而让人生出几分餍足,几分无聊。人们会觉得,既然有那么多种选择,也许任何一种都不再重要。但伯纳德无意于抱怨什么。像自己这样研究怀疑主义神学的人能找到一份工作,已实属不易。圣约翰学院给了他一份工作,虽说是临时的,但还有转成正式教职的希望啊。何况学院分给他一间学生宿舍住着,省去他许多的麻烦和费用。

回到宿舍,伯纳德先把自己凌乱的铁架窄床整理好。早上着急出门找旅行社,连被子都没收拾。然后,他坐到桌前,取出笔记本,准备给《末世论评议》写书评。本子里是他阅读过程神学著作时摘抄的片段，上面记着：过程神学的上帝，他爱宇宙万物。"他的超然存在，在于他绝对忠诚于他自身的爱，在于他施与爱时的永不倦怠，在于他对各种环境卓绝的适应，凡有他施与爱的地方，他都能适应。"真的吗？谁说的？写这本书的神学家说的。可是除了其他的神学研究者，谁会关心呢？那些到旅行社选择度假地点的人不会关心，那些开双层大货车的司机们也不会在乎。伯纳德觉得，现代激进神学派的许多观点同它们所取代的正统观念相比，都是一样的难以置信，缺乏依据。不过谁也没有注意到这一点，因为除了那些饭碗与其传承有利害关系的人，再没有人去读这类文章了。

有人敲门，喊他到学生用的公用电话亭去接长途电话。是姑妈赫秀拉。

"这次我选对时间了吧？"她问。

"选对了，现在是上午十一点。"

"我一直在想，也许有你作陪，杰克就愿意来了。"

"这个，我不知道啊。"伯纳德迟疑地说，"我陪不陪的，没啥差别吧。"

"你试试吧，我真的想见见杰克。"

"多出来的费用怎么办？"

"我来出。管他呢，我还留着存款干吗呀？"

"好吧，我试着劝劝他。"伯纳德说的是真心话，可心里却有点儿发沉。如果真说动了父亲，这趟夏威夷之行就变味了，吸引力也打了折扣。"我可不抱太大的希望啊。"他又补上一句。

他刚放下电话，铃声又响了起来，这回是旅行社那位年轻人打来的。他说特沃威斯旅行社组织的怀基基十四日游有一个空名额，价格优惠，下周四从希思罗机场动身，经洛杉矶到夏威夷。"费用是七百二十九英镑，两人合住一间。要想住单间也行，一天得再多付十英镑。"

"你是说，这是两个人的价格？"伯纳德追问。

"嗯，是两个人。实话告诉你，这俩人都快出游了才退团。但我以为你是一个人报团。"

"是一个人，但也可能会带一个同伴。"

"哦，是吗？"

听他说话的口气，伯纳德觉得非解释清楚不可，赶紧声明："是跟我父亲一起去。"

年轻人说他可以把名额保留过周末，下个周一伯纳德就必须要确认报不报名。

上午，伯纳德给父亲打了两次电话，没人接。午饭后再拨，还是没人接。最后他干脆拨了姐姐特丝①的号码，电话马上就通了。

"噢，是你。"她语气相当冷淡。兄妹两人最后一次说话是三年前的事了。那时，母亲的葬礼刚举行完，全家人聚在一起的时候，特丝说母亲发病去世全是伯纳德害的。伯纳德刚倒了一杯雪利酒，听了特丝这话，把酒杯放下，转身走出家门。从此双方关系一直很紧张。

伯纳德向她讲述了姑妈赫秀拉的病情，说自己要去火奴鲁鲁探

---

①特丝是特丽莎的昵称。

望她。

"你可真高尚啊。"她干巴巴地说,"你是冲着遗产去的吧?"

"我可没这么想过。"他说,"再说,我觉得赫秀拉并不是特别富有。"

"她前夫不是一直给她大笔大笔的赡养费吗?"

"这我不知道。实际上我对她的事一无所知,她的情况我还想跟你打听打听呢。"

"现在恐怕不行。我们刚从康沃尔回来。全程糟透了,我们怕路上车多不好走,就起了个大早,结果还是遇上了大堵车。"

"你们玩得好吗?"

"那边正闹水荒呢,用水全靠我们自己去水塔取。如果我非得干家务活的话,我宁可待在有自来水的家里。"

"你应该让弗兰克带你们去酒店住的。"

"一家七口人住酒店得花多少钱?你有没有个数啊?"

伯纳德没数,一时语塞。

"这些跟帕特里克可没关系。"帕特里克是姐姐的儿子,出生时大脑受了损伤,智力发育迟缓。这孩子生性倒也温和友善,就是口角流涎、吐字不清,常常一不小心就把桌上的杯盘全部打翻在地。伯纳德使劲地忍了又忍才没说出口:干吗不让帕特里克跟你们分开一两个星期。特丝以令人钦佩的精神呵护着帕特里克,同时也把他当成手里的一根棍子,用来打击世界上其他人。

"喂,爹地在家吗?我一整天都在给他打电话,就是没人接。"伯纳德说。

"今天是咱爸妈的结婚纪念日,"特丝说,"他早上请人给妈妈做了台弥撒,然后就去妈妈的墓地了。"

"哦。"他深感愧疚,这么重要的日子自己居然给忘了。"那他现在也该回家了吧。我刚才给他打电话,还是没人接。"

"他在看《左邻右舍》呢,每天吃完中午饭就看。看电视期间他从来不接电话的。"

"《左邻右舍》?是个电视节目吗?"

"伯纳德,全英国可能就你一个人不知道《左邻右舍》是什么了。你要愿意,我来给爹地讲赫秀拉的事。也许今晚我就会过去看看爹地。"

"不用了,我想还是由我来讲好些。实际上,我正打算明天去看他。"

"你想干什么?"

"谈谈赫秀拉的事。"

"有什么可谈的?那些陈年旧事,说了只会让他难过。"

"赫秀拉想让我带爹地去火奴鲁鲁。"

"什么?"

随后从电话中传来特丝一连串的规劝,大意是父亲做梦都想不到要去、她自己就不会让他去、路那么远、天那么热、爹地可经受不起、赫秀拉的要求太没道理,等等。伯纳德耐心地听着,忽然感觉有人牵了牵他的袖子,回头一看,是位菲律宾修女,她后面还排着一小队等着用电话的人。"对不起,特丝,我得挂电话了,"他说,"这是公用电话,后面的人已经排成队了。"

"你算怎么回事呀？伯纳德，四十四岁的人了，连部电话都没有。"特丝鄙夷地说，"看你活的，一团糟。"

伯纳德没有辩解，虽然没有私人电话，但他一点儿也不遗憾。

"你告诉爹地我明天下午过去。"说完他挂上了电话。

第二天，伯纳德乘长途汽车从鲁米治赶往伦敦。本应两小时十五分钟就到达伦敦的，但路上堵车堵得厉害：出城度假的轿车上面满载行李，后面拖着房车或小船，公共汽车上挤满了球迷，他们挥舞的条纹领巾在车窗外飘扬，各色车辆乱糟糟地混杂在一起，挤作一团。伯纳德的邻座说，这些球迷是要去温布利球场看慈善杯足球赛本赛季的第一场比赛。等汽车到达伦敦市中心时已经晚点了。

首都人声鼎沸，维多利亚车站一片混乱。皱眉看地图的外国游客、徒步旅行的年轻背包客、去海滨度假的全家老少、到乡村度周末的人、吵吵嚷嚷的球迷——所有的人摩肩接踵，互相推着、挤着、撞着，到处是喊叫声、诅咒声和球迷吼出的足球队歌，其间还夹杂着零星的法语、德语、西班牙语、阿拉伯语。无论坐出租车还是买地铁票都得转着圈来回排长队。现代社会这种大规模的迁徙和躁动，直到今天才第一次让伯纳德感到震惊、烦扰、冲击。如果这世上真有什么万物主宰，不妨把他想象成一位老师，被班上不守纪律的学生惹恼了，突然拍拍手镇住学生，命令道："都给我闭嘴，乖乖回到座位上去。"

每次返回南伦敦的老家，即使一路畅通也是件烦人的事。你得先从伦敦桥搭乘脏乎乎的电动火车，里面的装饰是座椅上横七竖八的划痕和五颜六色的涂鸦,坐到布雷克里后,要么费劲地步行一公里,要么等开往哈拉德路方向的公共汽车,然后再费劲地爬上山坡,自己的老家就在靠近山顶的十二号住宅。伯纳德拐过路口开始爬坡时,心里突然涌起一阵情感的波涛,那滋味不像怀旧,倒像是晕船。以前上学的时候,他不知有多少次背着装满课本的书包,躬身爬上这座山坡。道路两旁一模一样的联排房屋依然如故,依山势蜿蜒朝上,每一幢都用栅栏围出各自的一小块平地,门口筑着几级石阶。但是同自己记忆中的街道相比,这里还是有了细微的变化,比如各家的百叶窗、窗帘、前门廊、铝制窗框、悬吊花篮,无一不在彰显着房主因为拥有房屋而感到骄傲与自豪。当然还有另外一桩变化:道路两侧首尾相连地停满了汽车。看来连布雷克里都分享到了20世纪80年代的房地产景气。只是,大量"出售"的牌子表明,和其他地方一样,这里的地产泡沫也破裂了。

十二号的房子明显要比别人家破旧些,窗框上的油漆斑驳脱落,门前停了一辆崭新的大众高尔夫。毫无疑问车主很高兴沃尔什先生自家没有车辆需要停放。伯纳德爬到这里已经微微有些喘息,他走上台阶,按响门铃。从前门的彩色玻璃后面浮现出一张映着光斑和彩色的脸,那是父亲。老人透过玻璃看清来人,打开了门。"噢,是你。"他脸上没有一丝笑意,"进来吧。"

"那坡够陡的,真奇怪你还爬得动。"伯纳德说着,跟随父亲穿过阴暗的前厅,走进后面的厨房,里面有一股淡淡的卷心菜炖肉的味道。

"我不常出门。"父亲回答,"买东西有保姆帮我,晚饭有义工开车给我送到家里,叫作飞轮送餐。每周五他们给我送两份,周六热一热就行了。你吃饭了吗?"

伯纳德回答吃过了,父亲好像松了口气。"要不来杯茶吧。"伯纳德说。父亲点点头,拿起水壶准备烧水。伯纳德在不大的厨房里转了一圈,这里曾经是全家人生活的中心,而现在,父亲多半时间都喜欢待在这里。房间像一只过分拥挤的鸟巢,摆着电视机和父亲最喜爱的扶手椅,原来摆在起居室的各种小纪念品也都挪了过来。

"现在这房子对你有些大了吧?"他说。

"天呐,你也开始唠叨了。特丝天天催我把这房子卖了,搬出去住公寓。"

"这主意不错啊。"

"现在这附近的房产根本卖不动。你上来时没看见吗,那么多家都挂着'出售'的牌子?"

"卖房子的钱换一套小公寓肯定是够了吧?"

"我不打算卖这房子。"沃尔什先生说。

伯纳德发现自己挑了个讨人嫌的话题,便赶紧打住话头。他端详着摆放在橱柜上的一家人的照片:正中央的一张是母亲年轻时在照相馆拍的,已经有些褪色;环绕周围的分别是自己的哥哥、姐姐、妹妹以及他们各自的小家庭。特丝、弗兰克和五个孩子,哥哥布兰登和妻子弗朗西丝及三个儿女,妹妹丁普纳和丈夫劳瑞及两个养子。有些人不止一张照片:坐在童车里照的,跟同学在一起照的,穿婚纱照的,还有毕业时穿长袍照的。但没有一张伯纳德的照片。橱柜两边用图钉钉着几张手写的字条:交电费,收拾脏衣服给

P.，周五莫尼卡的弥撒，邮票，奶瓶，一点半《左邻右舍》。

"《左邻右舍》是你爱看的节目，是吧？"他觉得这个话题比较保险，便开口问道。可是父亲好像不高兴让人知道自己有看电视的习惯。"净是些胡编乱造，"他愤愤地说，"倒是能让我坐下来消消食。"他把烧开的水倒进茶壶，搅了搅，"过了那么久，今天什么风把你吹来了？"

"确实好久没回来了，爹地，因为我感觉，你不大想见我。""爹地"这一称呼在他小时候曾经招来别人的嘲笑讥讽，因为英格兰这边儿的孩子都把父亲称作"爸"，但爱尔兰人都称呼自己父亲"爹地"。沃尔什先生转过身去，不置一词。"特丝没告诉你我为什么回来吗？"

"她讲了赫秀拉的事儿。"

"赫秀拉病得不轻，爹地。"

"这种事情谁都得遇上。"见父亲这么镇静，伯纳德断定特丝一定全都对父亲讲了。

"她想见见你。"

"哈！"父亲一声冷笑，将茶壶端来放在桌上。

"我说我可以去看她，但她真正想见的人是你。"

"为什么是我？"

"你是她最亲的亲人了，不是吗？"

"是又怎么样？"

"她就要去世了，爹地，一个人孤零零地远在异国他乡。她想见见自己的亲人，这不是很自然的嘛。"

"她跑那么远定居时,早就该料到这么一天了。那地方叫什么?夏威夷?"他不屑地挤出最后一个"夷"音,像班卓琴弦发出的声音。

"当年她为什么跑去那里?"

他父亲耸耸肩。"别问我,我跟她有年头没通音信了。她肯定是先去度假,喜欢上了那里的气候,就决定留下不走了。她无牵无挂的,走到哪儿都能找到乐子。这就是赫秀拉的毛病,总是自己找乐子。现在她吃着苦头了吧。"

"她让我告诉你,她又重新信奉天主了。"

沃尔什先生默默地想了片刻,干巴巴地说:"这倒是个好消息。"

"那她原先为什么离开教会?"

"她嫁了个离过婚的男人。天主教会反对这种婚姻。"

"啊,原来是这么回事!你和妈妈对她的事总是遮遮掩掩的,我一直也没弄清。"

"你就没必要知道。1946年,你还只是个毛孩子呢。"

"我还记得她回国那次。大概是在1952年吧?"

"对,她丈夫跟别的女人跑了之后,她回来过一次。"

"他这么快就和姑姑离婚了?"

"这桩婚事从一开始就注定长不了。我们都跟她讲过,可她听不进去嘛。"

渐渐地,在伯纳德的追问诱导之下,沃尔什先生大略讲述了赫秀拉年轻时的往事。赫秀拉在五个孩子中行末,也是唯一的女儿。在30年代中期,赫秀拉十三岁左右时,全家人从爱尔兰移民到了英格兰。二战爆发时，她依然跟父母住在一起，找了一份打字员的工作。她本想去参加妇女战时服务组织，但父母劝住了她，其一是担心她的贞操受损，其二是自家的四个儿子都已应征入伍，二老不想身边一个孩子都不留。后来大儿子肖恩所在的运输船被鱼雷击中，肖恩阵亡了（肖恩的全身像放在橱柜上显要的一角，他穿着一等兵军服，以稍息的姿势站着，笑眯眯地望着镜头），父母就把女儿抓得更紧了。所以整个战争期间赫秀拉一直陪父母住着，每天到位于伦敦市中心的政府部门工作。就这样他们一起熬过了伦敦大轰炸，扛过了德军接连不断的报复式袭击。到了1944年，赫秀拉遇到一位美国空军军官，爱上了他。军官是负责联络的参谋军士，在盟军诺曼底登陆前夕派驻到英国。伯纳德看过太多老新闻纪录片，有足够的画面使这段故事丰满生动起来：灯火管制下的伦敦街道一片漆黑，天堂舞厅那宽敞的舞池中，一对对舞伴飞旋舞动，男士都是平头军装，女士披肩长发连衣短裙，其间传来一阵阵的警报声，探照灯来回扫射，一份份电报，一条条号外，整个氛围惊险刺激，变化莫测。赫秀拉的恋人叫里克·里德尔。"里克，什么名字嘛——厉害，还克人。"父亲评论道，"光听这名字就不妙嘛。"后来，她发现里克在美国居然有家室，家里顿时吵翻了天。到了二战后期，里克先后被派往法国和德国，战后一退役便回美国跟水性杨花的妻子离了婚，然后写信给赫秀拉向她求婚。"她'嗖'一声抬腿就走了，"沃尔什先生恨恨地说，"压根儿也不想想这对父母是怎样的雪上加霜啊。他们本来就为肖恩的死伤心得不行，她却扔下他们就不管了。"

"可是,"伯纳德插嘴,"你跟帕特里克和迈克尔两位叔叔,那时不是已经打完仗回家了吗?"这话稍微带点恭维父亲战争经历的味道。父亲入伍前因为体检得分较低,战争期间多半时间都待在伦敦南区,在一支防空气球分队里服役。

"我们自己也得养家糊口啊。"沃尔什先生说着,起身去提烧开的第二壶水。"那时候生活艰难啊,谁手里都没有多少钱。赫秀拉每星期拿回家的工资对两位老人很重要。也不全是钱的问题,父母需要她帮着渡过肖恩阵亡这一关。你知道,老人可是把自己的头生子当成偶像来崇拜了。"沃尔什先生往茶壶里续上开水,然后提着空水壶走到橱柜前,凝视着照片里笑嘻嘻的一等兵。"肖恩连个尸首也没找到,我们很难相信他真的战死了。"

"那赫秀拉早晚也得嫁人离开家吧?"

"我们从来不认为赫秀拉是那种适合婚嫁的人。她一向喜欢舞会聚会什么的,可是从来没有固定的男朋友。哪一天等男孩子认真了,她就毫不客气地甩掉人家。她有点轻佻,说句实话。所以,当她突然跟那个美国佬好上时,我们都大吃了一惊。不管怎样,她找到第一班客轮,我想是叫毛里塔尼亚号吧,坐上船就去'腥泽西'跟里克结婚去了。刚开始的时候,她什么都挺好的,我们收到一捆一捆的信和明信片,全在讲美国,讲他们佛罗里达的蜜月旅行多美,她家的房子多大,汽车多大,冰箱多大,冰箱里有这种好吃的、那种好喝的。你可以想象我们听了甭提多高兴了,那时战争刚刚结束,我们在英国可是还靠食品配给过日子呢。"

"姑姑也常给我们寄些食品包裹嘛,我还记得呢。"伯纳德说。

他突然记起小时候，有一天厨房的桌子上冒出了一罐花生酱，一种他从未见过或听过的东西。他问妈妈酱是打哪儿来的，妈妈没好气地说："打你姑妈赫秀拉那儿呗，还能打哪儿来？"那罐子上贴着一张纸，上面画着一只人形的花生，从它微笑的嘴里吹出一个泡泡，上面写着："真好吃！"他把手指伸进罐子里蘸了一点尝尝，花生酱油腻腻的，很奇怪，味道介于甜咸之间。结果脑袋上挨了妈妈一巴掌。

"那是最最起码的了，"沃尔什先生说，"再往后信来得越来越稀拉。里克在加利福尼亚找到了一份工作，在飞机制造厂里混得不错，于是他们就搬了家。然后有一天她来信说要回国度假，一个人回来。"

"我记得她来探亲那次，"伯纳德说，"她有件白底红点的裙子。"

"老天啊，她的衣服一天一换，上面的点多得能让你变成斗鸡眼。"沃尔什先生说，"可是她丈夫没跟着回来。她只得老实承认里克几个月前撇下她，跟另一个女人跑了。她可不能说我们没警告过她。幸运的是他们没有孩子。"

"她当时想过要回国吗？"

"她私下里可能想过，可是她不喜欢这里，老是嫌这里阴冷、灰大。她回到加州后，据我所知，她跟里克办了离婚，拿到了一大笔钱。然后她开始工作，先是给牙医当秘书，后来又去了一家律师事务所。她老是换工作，住址也变来变去的，最后就没有她的音讯了。"

"她再没结过婚?"

"没有。一朝被蛇咬,十年怕井绳呀。"

"之后她再也没回来过吗?"

"没有,连父亲临终去世她也没回来。她自己说家里去的信她事后好几个月才收到。这么一来大家对她的印象就更不好了。就算信上写的是她的旧地址,那也是她的错。"

一时间大家默默地喝茶。

"我觉得你应该跟我去一趟夏威夷,爹地。"伯纳德开口了。

"路太远了。有多远来着?"

"是挺远的,"伯纳德承认,"不过坐飞机也用不了一天的时间。"

"我这辈子从没坐过飞机,"沃尔什先生说,"现在也不打算开这个头。"

"坐飞机没什么嘛。现在老的少的,大家都坐飞机。从统计数字来看,坐飞机出门是最保险的了。"

"我可不是害怕,"沃尔什先生凛然道,"我只是不想坐。"

"赫秀拉愿意给我们出机票钱。"

"多少钱?"

"我可以拿到特别优惠的机票,七百二十九英镑。"

"老天!一个人?"

伯纳德点点头。他断定父亲已经动心了,尽管父亲嘴上仍说:"我猜她以为这样就能弥补一切了,把家里人扔下了四十多年,她以为她出了钱,只消弯弯小手指头,我们就会颠颠地跑着去看她了。哼!万能的美元。"

"你要不去的话，以后会后悔的。"

"我为什么要后悔？"

"我是说，现在请你你不去，要是她去世了，等她去世了，你会因为没走这一趟后悔的。"

"她没权利要我去。"父亲不安地咕哝道，"这对我不公平，我都这么大年纪了。旅行对你算不了什么，你去嘛。"

"可我几乎不认识她，她想见的人是你。"伯纳德又不合时宜地多加了一句，"探访病人，也是天主教七大慈善事工之一嘛。"

"你这是在摆架子教我怎么尽宗教义务吗？"老人厉声反击，高耸的颧骨涨得通红，"所有的人里边，就你不配。"

所有说服父亲的可能都已不复存在，更何况特丝几分钟前也赶来了，她家住在肯特郡边界绿树掩映的郊外住宅区里，开车过来的目的想瞒也瞒不住：监视他们父子的谈话。自家几个孩子当中，布伦登在北方一所大学当助理注册主任，丁普纳的丈夫在东盎格利亚当兽医，就数特丝离父亲家最近，自然也数她同父亲接触最多，承担的责任也最多。这不免令她有些自以为是，对几个弟妹总有些牢骚，对父亲也稍显霸道。她一进门，就开始把她认为该洗的脏衣服一件件捡成一堆；用手摸摸窗台，抱怨保姆灰擦得不干净；闻闻冰箱里的食物，凡是过不了她的质检关的东西统统扔进垃圾箱里。她"咚咚咚"地在厨房里走动着，震得架子上的瓷器叮当直响。特丝身材高大，臀部和临产孕妇的臀部一般肥大。她有着跟父亲一样的尖鼻子，一头羊毛般浓密的黑色鬈发里，已掺有些许白发。

"去看赫秀拉的事，你是怎么想的？"她问父亲，却让伯纳德吃了一惊。他原以为特丝会轻蔑地表示反对呢。正在为冰箱里的食品大受损失而生闷气的沃尔什先生，似乎也吃了一惊。

"你不会认为我应该去吧？"

"我倒是想去，"特丝说，"要是我能像伯纳德那样无牵无挂的话，我不在乎去趟夏威夷呀，何况还有人出路费呢。"

"这一趟可不是去游山玩水的，你知道，"伯纳德说，"赫秀拉姑妈快要去世了。"

"她就这么说说罢了。你怎么知道她不是自己吓唬自己？你跟她的医生谈过吗？"

"没直接谈过。不过赫秀拉说大夫讲了，就算做化疗，她也只有几个月好活了，更何况她还不愿做化疗。"

"为什么不做化疗？"沃尔什先生问。

"她说她宁死也不想失去头发。"

沃尔什先生脸上现出淡淡一丝没有温度的笑容："这话倒像赫秀拉的脾气。"

"爹地，也许你应该去一趟，如果一路上你能应付得了的话。"特丝说着，将手搭在父亲的肩上，"不管怎么说，她唯一健在的至亲就是你。她也许想让你去那边……料理些事情。"

见沃尔什先生露出思索的神情，伯纳德马上明白了他的小心思。如果赫秀拉去世，就会留下一些钱，也许是一大笔钱呢。她又没有丈夫、儿女，她哥哥杰克就是她唯一在世的至亲了。如果父亲得到遗产，这笔钱自然会留给他的儿辈孙辈。至于分配多寡，就得由父亲根据每个人的表现，比如孝心、社会地位、家中是否有残疾孩子需要照料诸多因素来决定了。如果伯纳德独自前往夏威夷，他那不胜感激的姑妈就有可能把所有的钱都留给他，留给家里这个不肖之子。

"好吧，也许我该走一趟，"沃尔什先生叹道，"不管怎么说，她也是我的妹妹，可怜呐。"

"太好了。"伯纳德说。虽然他们的决定有利己的动机在其中，而且结局于他不利，但伯纳德还是为姑妈感到高兴。

"我这就去确认机票，咱们下周四动身。"

"下周四！"特丝惊叫，"下周四爹地怎么可能准备好？他连护照都没有，还有签证怎么办？"

"护照由我进城排队替爹地领，"伯纳德说，"现在英国人去美国做短期访问也不用办签证了。"这是旅行社的那位小伙子告诉他的。

"那我最好列张清单。"沃尔什先生说完，拿过一张纸写上"列清单"，然后用胶带把纸条贴在橱柜边儿上。

"好了，这下你称心如意了吧。"特丝对伯纳德说，好像是他央求半天之后，总算做出了让步。"我可是把爹地托付给你了啊，但凡有事，唯你是问。"

3

"这样旅行可真不赖啊。早知道这么容易,老早以前我就坐飞机了,你像大老爷一样舒舒坦坦坐在这里,漂亮小姑娘忙前忙后伺候你,吃的喝的都给你送到眼前,一路上还有免费的酒喝,可比家里强多了。喂,服务员,下一次路过的时候,麻烦你再给我一只漂亮的小瓶,好吗?"

"请您稍等,先生!"

"爹地,你喝得够多了。"

"走开。我的酒量不比谁差,随便哪天,我都能把你喝到桌子底下去!"

"过会儿你又该难受了,酒精会让人脱水的。"

"脱个屁啊。原谅我说粗话,亲爱的,一不留神就跑出来了。这只是一时的粗野,我再也不说了。但这家伙拿我当小孩子,真叫我上火。你叫什么名字,亲爱的?基妮?噢,叫珍妮!多可爱的名字。'我梦见浅棕色头发的珍妮……'"

老人用嘶哑的高音唱完了一句,便开始咳嗽,咳嗽声震彻肺腑,仿佛是从一口深邃的痰液自流井里发出来的。

"没事,亲爱的,我没事。"他好不容易才止住咳嗽,喘着粗气说,"别为我担心,只不过是一点小喉炎,抽两根烟就好了。你还别笑话我,我跟你说,这办法最灵验了,以毒攻毒。给,你也来一支。"

"爹地,我告诉过你,这里是无烟区。"

"哦,我忘了。我猜你也只会买无烟舱的座位,一心只顾着自己,跟赫秀拉,我的妹妹一个样。我们这次是去看我妹妹的。她生病了,可厉害呢。你明白我的意思吗?是癌症!"

老人嘶哑着嗓子低声说出来的这两个字,还有他这一小时里所唠叨的一切,都越过倒霉的珍妮和她的男朋友,传到了罗杰·谢尔德雷克的耳朵里。机舱中间的一趟,每排有六个座位,坐在右侧第二个座位上的谢尔德雷克先生不禁皱起眉头。他正打算集中精力阅读一堆由夏威夷旅游局提供的统计表。在无法确定时间的此时此刻,在吃完午饭或晚饭或管它什么饭之后,他不得不别别扭扭地把统计表举在杯盘之上,举在北大西洋上空的某处,阅读。

"要是你不想吃那块奶酪,亲爱的珍妮,我愿意代劳。噢,瞧啊,你还剩了些奶油!"老人开始从邻座吃剩的餐盘里翻找,找到几袋玻璃纸包装的奶酪、饼干、小筒奶油,一股脑儿全塞进自己的上衣口袋里。

"爹地,看在老天的分上,你在干什么呀?那些东西一化就全染在你的衣服上了。"

"不会化的,都是密封好的。"

"拿出来给我。"

老人不情愿地交出战利品，儿子用餐巾纸包好塞进自己的提包里。

"要知道我们待会儿就得自己管饭了，"老人对珍妮解释说，"而且，谁知道我们到达的时候那里的商店还开不开门？没准儿就得靠这些填饱肚子哩。你们也要去夏威夷吗？"

"不去，只到洛杉矶。"珍妮说，也许她是临时刚改的行程。要到夏威夷的话，就还得再听这个讨厌的老傻瓜唠叨上五个小时，想想就让人心烦。

自从他们在希思罗机场登机以来，老头儿就没完没了地出乱子，招人嫌。他首先是在飞机舷梯前制造了一场交通阻塞。在临登机的前一刻，他突然害怕起来，执拗地死抓着舷梯的扶手，就是不肯上飞机。他儿子和几个航空公司的职员在旁边又是好言诱哄，又是严词恐吓，好说歹说才劝他上了飞机。等坐下来系好安全带了，老人又是呻吟又是呜咽的，还把胸前的圣像掏出来攥在手里，叽哩咕噜地连声祷告。不一会儿，他又痛心地尖叫了一声，原来他刚买的免税威士忌被他自己或他儿子落在候机厅的椅子底下了，他要回去拿，别人费了好大的劲儿才把他拦住，因为飞机已经开始在跑道上滑行了。飞机播放录像教乘客如何自救时，他大张着嘴惊恐地傻看着电视屏幕，看屏幕上面一位满面含笑的飞行助理做示范，教人们怎样穿救生衣。屏幕左下角插入一个带着光环的圆圈，里面一位女播音员在为失聪乘客用手语解说这段示范。"这是啥？那女的在干啥啊？她是仙女还是妖怪？"老人扯着嗓门大喊。当飞机轰鸣着在跑道上滑行时，老人双目紧闭，双手死死地抓住座椅扶手，手指

53

关节都攥得发白，口里一遍又一遍地疾速念着"耶稣玛利亚约瑟夫"。飞机升空后，起落架"砰"的一声收起，他又尖叫了一声："圣母啊，是炸弹爆炸了吗？"

飞机平稳地爬升到云层之上，阳光倾泻进机舱，发动机的轰鸣声也减弱了。老人虽不再一惊一乍地喊叫，但仍不肯放松警惕。他紧紧抓住扶手，似乎认为有他这样使劲提着，飞机就能浮在空中不至于掉下去了。他像笼中小鸟一般眨巴着眼睛，转动着脑袋，打量周围泰然自若的乘客和机组人员。慢慢地，他开始放松，等看见空姐推着小车送来酒水饮料，他放松的速度大大加快了。他给自己点了爱尔兰威士忌，看到空姐递上的是苏格兰黑格威士忌，他非要嘲弄一句才肯收下。空姐被他逗乐了，又多塞了一瓶给他。一刻钟之后，老人所有的恐惧连同自控力都一齐消失了。他先是冲着饱受折磨的儿子喋喋不休，然后又转向右边的加州大学生珍妮。在用餐时间里老人一刻不停地唠叨，吃完饭了仍没有住口的意思。

"对，我妹妹二战后就移民到美国了，就是你们常说的，嫁给美国大兵的新娘。可那人不地道，后来又跟另一个女的跑了，幸亏他们没孩子。他给了我妹妹一大笔钱，你们叫什么来着？离婚赡养费。这样我妹妹就能到处寻开心了。她选了夏威夷去住着，比那里离家更远的地方怕是再也难找了，是吧？现在她快咽气了，还得是我们颠颠地绕半个地球去瞧她……"

1988年，夏威夷迎来了约六百一十万游客，人均逗留十点二天，总消费额为八十一点四亿美元。与之相比，1982年的游客数为四百二十五万，1965年仅为七十万。游客数的剧增显然同1969年大型客机的引进和使用有关。1970年,乘船前来观光的游客下降到一万六千七百三十五人,而乘飞机前来的人数达到二百一十七万之多。自1975年之后,乘船的人数更是微乎其微,不再具有统计价值。罗杰·谢尔德雷克皱着眉,努力想把精神集中到这些数据上,不去听那老头的唠唠叨叨。那对父子不是普通的观光客,老人讲的话又不能给他的研究提供什么例证,所以老头的唠叨令谢尔德雷克加倍恼火。

"他在罗马的英吉利学院读书时,人家说他是那一届的尖子生……他本来能成大器,做到蒙席①,甚至主教,可他全放弃了。虚度光阴啊……"

老人说这话时吐露秘密般压低了声音,扭头背对着显然是议论对象的儿子。珍妮被他的悄悄话弄得满脸尴尬,罗杰·谢尔德雷克却支棱起了耳朵。

"只是个临时教师,在一所什么神学院里……他这种人教的,肯定是古怪神学……"

罗杰·谢尔德雷克探身向前,看了看坐在同一排正被揭发的人。那个大胡子男人要么是在祷告,要么就是在沉思,反正他双目紧闭,两手摊开放在腿上,胸口有规律地一起一伏。

"我常说,你需要的神学知识,全都写进《一便士要理问答》里了……"

---

① 教宗赐予有功神父的荣誉头衔。

55

谁创造了你?

天主造我。

天主为何造你?

天主造我,是为了在今生了解祂,爱戴祂,侍奉祂,在来世同祂一起永享喜乐。(注意:没提到在今生享受喜乐。)

天主根据谁的形象造了你?

天主根据祂自己的形象造了我。(此话不通,"根据"一词应该是"依照"。肯定吗?也许介词的使用体现了某种微妙的神学见解。)

这种与天主的相像,是存在于你的肉体之中,还是你的灵魂之中?

相像主要存在于我的灵魂之中。(注意:使用的是"主要"一词,而不是"完全"。天主是男性的形象,父亲的形象,白发,银须飘飘,需要修剪。肤色肯定也是白的,微皱起眉头,好像一被招惹就要大发雷霆之怒。圣父坐在天堂的宝座之上,耶稣坐在右手边,圣灵盘旋在上方,玛利亚和其他圣人站在一旁,天使们组成的合唱队在歌唱。云霞铺地。)

你是从什么时候开始不再信仰这位天主的?

也许是我在接受圣职之前进行培训的时候。肯定是我在圣埃塞尔伯特执教的时候。实在是记不清了。

你记不清了?

谁能记得自己是从什么时候开始不再相信圣诞老人的呢?这种转变一般没有一个确切的时间——比如碰巧看见父母往自己床头放礼物,从那时起就不信了。这是一种直觉,你到了一定年龄,成长到某一阶段，就会得出这样的结论。而且你不会马上承认这一转变，也不会刨根问底地去追问"真有圣诞老人吗？"因为你心里害怕答案是否定的，在某种程度上，你情愿继续相信圣诞老人的存在。毕竟，这一说法解释得通啊，礼物一直都有人送来。如果礼物是圣诞老人送的，即使礼物不合你的心意，你也有许多办法去轻松化解那份失望：也许圣诞老人没收到你的信吧。但如果礼物是父母送的，那问题可就多了。

你这是把对天主的信仰和对圣诞老人的信任相提并论吗？

不是，当然不是。这只是一个类比。对于一个自己珍视的理念，只有在失去信心之后很久，我们才敢于坦白承认。而且有些人永远都不会承认。我常常回想我在神学院的那些同学，也许我们中间没一个信的，但是谁都不肯承认。

你既然不再信奉天主，怎么还能够继续给未来的神父们讲授神学呢？

你不需要信仰《一便士要理问答》中的天主，也照样可以做一名优秀的神学教师。

那你信仰什么样的天主呢？

信仰作为"我们生存之根本的天主"，作为"终极关怀"的天主，作为"世间来世"的天主。

这样的天主，人们如何向我祷告呢？

问得好。答案当然是多种多样的。比如，祈祷时，人们可以象征性地表达自己的愿望，要有宗教信仰，也就是要有德行，要公正，无私，忘我，无欲。

但是如果没有赏罚分明、与个人有直接联系的天主，人为什么希望具备这些品质呢？

就为了具备这些品质而修身养性。

那你具备这个意义上的宗教信仰吗？

不具备。我希望自己有，也曾经以为自己有，但我错了。

你是怎么知道自己错了的？

我想是因为认识了达芙妮吧。

伯纳德睁开眼睛。在他打盹或做梦或冥想的时候，面前的餐盘和塑料包装袋已被清理掉了。舷窗上的遮光板放了下来，灯光也暗淡下来，飞机客舱里弥漫着人工营造出的黄昏氛围。前方悬挂的屏幕里，浅色调的电影画面时而上跳时而下掣，一场汽车追逐正在进行之中。汽车在街角处猛一拐弯，跃入空中，然后滚翻、爆炸、起火，无声的动作像芭蕾舞般优雅。沃尔什先生此时已是鼾声大作。他的头垂在胸前，像没有筋骨的傀儡。伯纳德先将父亲的座椅靠背放低，然后一手扶着他的头，一手在他脑后垫了只枕头。老人抗议地咕哝一声，鼾声却止住了。

伯纳德把那本一直在钻研的神学专著带上了飞机，此时却又无心翻阅。他戴上耳机，用旋钮调到电影音轨，很快就猜出了电影的大概情节。影片的主人公是一位即将退休的美国警察。一次，他去医院例行体检，化检样本却跟另一个人的给弄混了，结果他收到通知，说他将不久于人世。于是他抱着必死无疑的想法，在退休前的一星期主动请战，要求承担最危险的任务。他的目的是能够落个因公殉职的名头,这样一来,他的妻子——虽然二人关系疏远——就能领到一笔足够供儿子上大学用的抚恤金。令这位警察气恼的是,无论他如何遇险,偏偏就是死不成。非但如此,他还成了一位被大肆宣扬的公众英雄,这让一向认为他"谨慎得异乎寻常"的同事们既惊讶又妒忌。

伯纳德虽然瞧不上影片中借用绝症来做文章的陈旧套路,却也被逗乐了。观众们一边欣赏主人公直面人生的悲哀与高尚,一边欣慰地知道他根本没病,并且确信,单是这类影片的类型就足以确保他平安无事。影片中也简略地提到另一个角色(一位黑人公交车司机——这一点更是加倍地一带而过了),跟主人公体检样本弄混的就是这个黑人了,可惜他全然不知自己重病在身。不过看电影嘛,向来是眼不见心不烦,所以观众也就不太在意了。在影片末尾,主人公从一幢高楼上摔了下来,紧接而来的是一组葬礼的镜头。乍一看影片拍摄者们好像突然想起了艺术的完整性,打算逆着观众的心理行事,实际上这却是导演再虚伪不过的把戏,因为镜头一转,画面上出现的是拄着双拐的老警察,带着与自己和好如初的妻子,一起来为那位黑人司机送葬。

片末播放字幕时,伯纳德起身到飞机尾部去上厕所。排队的人很多,一眼看不见队头。他前面是一位穿衬衣和红色吊带裤的小伙子。只听前面一个女人大声说,这是她和丈夫的第二次蜜月旅行。伯纳德从她说话时将元音揉搓得厉害的习惯中断定她准是东米德兰人。前面的小伙子讪笑一声,转头面对伯纳德用尖酸的语气说:"真是土豪啊。"

59

"对不起,你是说?"伯纳德没听明白。

"你听见她的话没有?第二次蜜月旅行,两人肯定是受虐狂。"他头发蓬乱,眼中闪着一丝狂乱的亮光。伯纳德猜测午餐时酗酒的并非他父亲一个人。

"你结婚了没?"年轻人问。

"没有。"

"听我的劝,千万别结婚。"

"哦,这对我倒不是什么难事。"

"好极了。唉,老婆都不搭理你了,还度什么蜜月啊?"

伯纳德猜小伙子是自怜自艾,便说:"她不可能总这样吧?"

"你是不了解塞西莉。"年轻人沮丧地说,"可我了解,我知道她的为人。生起气来不留一分情面,半分也不留。我见过她是怎么教训饭馆招待的,我是说伦敦那种成年招待,都老油条成那样了,还被她训得直掉眼泪。"他自己也是一幅泪眼婆娑的模样了。

"那为什么……?"

"为什么娶她?"

"不是,我是想说,为什么她不跟你讲话?"

"还不是因为那个贱货布伦达。"年轻人说,"她跑来我们婚礼上,多喝了几杯,什么都往外说。她告诉塞西莉去年公司办圣诞聚会时,我和她在仓库里有过一次。塞西莉说她是个撒谎精,泼了她一脸香槟。哈,婚礼上可热闹了!真正的热闹。"年轻人提起往事,咧嘴苦笑,"一帮人上去把布伦达拥了出去,她一边走还一边大喊'他屁股上有没有块疤?'你瞧,我小时候翻公园栅栏的时候受过伤。"他揉揉屁股,似乎那块疤痕仍在隐隐作痛。

"对不起,小伙子们。"一位中年妇女挤过去,留下一股浓烈的香水味。她穿的艳黄色裙子上印有一把把红色的沙滩遮阳伞。

"哦,我猜卫生间里面一定有免费的洗漱用品。"伯纳德提醒道。

"噢,对,谢谢。"年轻人跌跌撞撞走进狭窄的厕所隔间,低声诅咒着用力拉上了折叠门。

几分钟后,伯纳德出了厕所,往座位走去。在灯光朦胧的机舱中,他凭那件衬衣和红色吊带裤认出了刚才那位年轻人。他颓然瘫在椅子里,身边是一位年轻女子,一头金色直发用一把玳瑁梳子和一副耳机拢在脑后,露出白净的额头。显然塞西莉是在听音乐而没有看电影,因为她手上捧了一本平装小说,迎着顶灯射下来的灯光,正在神情专注地阅读。小伙子跟她说了句什么,怕她不理,又伸手触了触她的胳膊。她头也不抬地抖开了他的手。小伙子愤怒地往椅背上一仰。

伯纳德也认出了那位黄裙太太。坐在她旁边的是一位手持录像机蓄连鬓胡子的男人。他坐在舷窗边,拉起了遮光板,正在拍摄窗外景色。伯纳德想不出他能拍到什么。飞机飞行在九千多米的高空,下面只有一片连绵不断的云层。突然飞机颠簸起来。伯纳德踉跄几步,只听"砰"的一声,"系好安全带"的警示灯闪烁起来,同时广播中传来机长低沉的声音,说飞机正在经过气流区,要乘客回到各自的座位上坐好。伯纳德返回后,见父亲直挺挺地端坐着,双手紧握座椅扶手,两眼惊恐地大睁着:"看在天主的分上,到底怎么回事啊？"

"不过是气流区，爹地，就是空气流动。没什么可担心的。"

"我得喝上一杯。"

"不行。"伯纳德说，"新电影马上要开演了，看看吧。"

"我渴死了。连杯茶都没得喝吗？"

"可能没有，起码这会儿不会有。你要愿意，我去给你弄点果汁或水来。"

"我难受啊，"老人呻吟着，"肚子发胀，脚也肿了，嘴巴里干得像沙漠。"

"这全怨你，自己非要喝那么多酒。我提醒过你吧。"

"我真不该听你的劝，出这趟远门。"老人开始发牢骚，"我都这把年纪了，出什么门嘛，真是发了疯。哎哟，要了我的老命了。"

"你要是早肯听劝，现在一点事也没有。"伯纳德说着，费劲地弯下腰，挤进座椅间狭窄的空隙里替父亲解开鞋带。等他直起身时，已经憋得满脸通红、上气不接下气了。同一排另一端坐着的一个半秃顶的男人，好像想看看又出了什么乱子，伸出头略带敌意地看着伯纳德做完这一切。他身穿米黄色猎装，手中捧着本书。伯纳德看看表，沮丧地发现时间才过去了五个小时，还得再飞六个小时才能到达呢。

"这玩意儿上有厕所吗？"

"当然有啦，你想去吗？"

"我得去清清肚子里的胀气。天啊，只要把我绑在飞机尾巴上，不用引擎，我自己就能一气儿把它呲到夏威夷去。"

伯纳德暗暗发笑，同时也有些吃惊，不知是酒精刺激的作用还是高空飞行的缘故，父亲居然满口粗话。他以前在伯纳德面前可从未说过一句。父亲原先工作、喝酒、聊天的地方全是些粗鲁的糙汉子，这些粗话大概是他从那些地方沾染上的。不过他在家人面前从来不爆粗口。沃尔什先生大半辈子都在伦敦码头的一家运输公司里当调度员，退休前只做到高级发货员。伯纳德在十四岁那年曾借口有事去父亲上班的地方找他。在停满卡车的大院一角，父亲有一间简陋的小木头棚子做办公室。卡车司机们火腿般粗的胳膊上刺着文身，他们朝地面啐上一口，冲着带沟槽的大号车轮踹上一脚，然后爬进驾驶室去。父亲面前是一张不锈钢桌子，上面堆满了文件和穿在长铁钎上的票据。他看见伯纳德，很不高兴地问："你怎么跑这儿来了？"伯纳德讲了他微不足道的事由，父亲又说："以后不准你再到这儿来。"那时伯纳德才第一次意识到，父亲为自己卑微的工作内容和肮脏的工作环境感到羞耻。他想说几句宽慰的话，却又找不到合适的词，便满怀内疚和羞愧，悄悄溜走了。这一幕仿佛是弗洛伊德所谓的原始情景，即儿童第一次从父母那里发现了性的秘密。只不过，伯纳德看到的一幕极具爱尔兰特色，因为他发现的是自家社会阶层的秘密，与性无关。

苏·巴特沃思在卫生间里花了好长时间才擦掉自己粉加蓝运动衣上的一块油斑。开门出来时她与紧紧挨门站着的沃尔什先生撞了个满怀。此前他们在机场闲聊过几句。沃尔什先生也很尴尬，退后一步，生气地问站在背后的儿子："你怎么把我领到女厕所来了？"

"没关系，爹地，这里不分男女。"

"刚才那部电影好看吗?"苏没话找话,借以掩饰双方的尴尬,"后来我还真给那葬礼骗到了。"

老人一声不吭。

"我父亲刚刚睡醒,可能不太舒服。"大胡子儿子说,"你自己进去能行吗,爹地?"

"当然啦。"

"那你还等什么?"

苏见老人看了自己一眼,知道老人是要等自己离开才肯进去。苏回到迪伊身边,见她正在翻看飞机上赠送的《环球世界》。

"我碰到那个爱尔兰老头儿和儿子一起去洗手间了。"

"洗手间那么小,能容得下两个人?"

"不是,你真傻,我是说我从里面出来时,遇到他俩在外面等着。他挺不错的,那老头的儿子,你不觉得吗?他跟你很合适,迪伊。"

"你得了吧,他看上去都有五十岁了。"

"我觉得没那么老,大概四十五岁吧。但他留胡子,不太好猜出年龄。"

"我讨厌留胡子的男人。"迪伊轻轻打了个寒战,"接吻的时候就好像摸黑时碰了一脸蜘蛛网。"

"胡子可以刮掉嘛。他对他老爸挺好的,我喜欢性情温柔的男人。"

"你要喜欢就自个儿留着。"

"迪伊,我已经名花有主了呀。"

"夏威夷离家远着呢。"

"迪伊，你太可怕了。"苏咯咯地笑了起来。

"可话说回来，"迪伊说，"我觉得他已经结婚了。"

"我觉得没结。"苏说，"也可能他妻子去世了。他看上去像个吃过苦的人。"

"他老爸不是正在给他苦头吃嘛。"迪伊说。

时间一小时一小时地慢慢过去。又一部电影开始了，这次讲的是怀俄明州一个小男孩同一匹马的故事。伯纳德觉得这电影极尽煽情之能事，简直难以忍受，但为了带动父亲去看，也就勉强坚持下去了。空姐第二次来送餐，遮光板全部拉开，机舱里顿时注满了阳光。飞机在洛杉矶降落时，天空依旧晴朗，只是空气中多了一层雾霾，让阳光黯然失色。当地时间是下午四点，但乘客体内的生物钟却仍停在午夜时分。他们身体僵硬地慢慢走过一条铺着地毯的长廊，麻木地站在平行电梯上，像是传送带上被运送的物件。到了一个安静的大厅，他们在活动挡板和粗绳索间隔出的区域里排成一队，耐心地等待护照检查。这场景让人隐约想到了什么呢？伯纳德联想起在电影里看见的来世的情景，还有那条通往来世的走廊。那是他青少年时代在老电影院里看过的老电影。影片中的飞行员战死后，身着戎装、神态安详地乘着自动电梯，上到一个类似天堂接待处的地方，向殷勤多礼的天使职员报到。那里一片洁白，各种家具也是弯曲而成的组合家具。这就是大众心目中的"候判所"，亦即人死之后、去向未定之前灵魂所在的地方。

"去度假?"一位官员检查伯纳德的入境卡时提问。

他回答"是"。旅行社的小伙子向他建议过,若有此类提问就说是去度假,免得因为护照过期而生出什么麻烦。

"老人是跟你一起的吗?"

"他是我父亲。"

官员看看伯纳德,又看了看老人,目光落在入境卡上。"你们要住在怀基基冲浪人酒店?"

"是的。"伯纳德已从旅行文件包里找到了酒店的名字。

官员在他们护照上盖了章,撕下入境卡的一部分。"祝你们旅行愉快,"他说,"当心风大浪急哈。"

伯纳德勉强挤出个笑脸,沃尔什先生则根本不理会他话中的讥讽,也不理会他身边的一切。他累坏了,佝偻着背,双手无力地耷拉着,眼睛充血,目光呆滞。伯纳德几乎不忍心去看父亲,父亲疲倦的样子让他深感愧疚。幸运的是他们很快就通过了海关。淡棕色头发一家反倒给拦住了,做父亲的大为光火。

"这太可笑了。"他怒冲冲地说,"我们像走私犯吗?"

"走私犯要是看起来就像走私犯的话,朋友,我们这活儿可就好干喽。"

海关工作人员口里说着,不停手地翻检箱子里的东西。"这是什么?"他怀疑地闻着一只小包。

"茶叶。"

"怎么不装在茶袋里?"

"我们不喜欢用茶袋,"当妈妈的说,"而且我们也不喜欢你们美国的茶。"

一位满脸疲惫、穿特沃威斯制服的黑人女士走近伯纳德和他的父亲:"嗨!你们好吗?"没等他们回答,她紧接着又说:"你们去火奴鲁鲁的飞机从第七候机楼起飞。请按指示牌指示的方向到出口,乘坐机场电车。天气很热,请多保重。"伯纳德领着父亲穿过国际航班到港大厅,走进了候机主楼的吵闹和躁动中。这里明显不同于英国,而且时间也不一样。人们的穿着打扮五花八门,从办公室西装到运动短裤全能看到,他们有的目标明确地疾步行走,有的坐在桌边吃喝,有的在商店购物。伯纳德倚在行李车上,觉得自己像个隐身的鬼魂,谁也看不见自己。

"这儿是夏威夷吗?"沃尔什先生说。

"不是,爹地,是洛杉矶。去火奴鲁鲁还得换一次飞机。"

"我不坐飞机,"沃尔什先生说,"今天不坐,永远不坐。"

"别闹了,"伯纳德换上一副开玩笑的口吻说,"你不会是想永远待在洛杉矶机场吧?"

候机大厅里开着空调,所以没什么感觉。但一走出自动门来到大街上,伯纳德顿时浑身冒汗。他能感觉到汗水在衣服里面顺着两肋直往下滚落。身上的衣服突然间变得难以忍受的厚重,而且磨得浑身发痒。灼热的空气里充溢着浓重的飞机燃料和柴油的味道,似乎随时都有自燃的危险。沃尔什先生的嘴巴一张一合,像条晾在岸上的鱼。"圣母啊,我快要热化了。"他喘息道。

空气中除了热浪之外还有声浪:汽车轮胎擦过沥青地面的嗖嗖声,汽车喇叭低沉的长鸣声,飞机起飞掠过头顶时的轰鸣声。色彩缤纷的轿车、出租车、公共汽车接连开过,像水族箱里的一条条鱼,忽而转身冲到别人的前面,忽而又摆尾离去。但是伯纳德没看见一辆电车。他不知所措地四下张望,下午朦胧的阳光使他眯缝起眼睛。忽然他瞥见那位穿粉加蓝运动装的姑娘,不远处停着一辆小巴。她一脚踏在车门口的踏脚板上,一面朝他们招手。

"快走,爹地。"

"我们去哪儿?"

明明是一辆小巴,真搞不懂美国人怎么能管它叫电车?英语和英语也不一样啊。伯纳德把行李放进小巴一侧的行李厢内。司机打开车门,等他们刚一上去,就"砰"的一声关上了门,像关紧一只铁制的牢笼。车厢里空调吹送出阵阵冷风,乘客们被吹得直打哆嗦。伯纳德朝粉加蓝姑娘笑笑表示感谢,对方也报之一笑,但她笑着笑着忍不住打了个哈欠。她的女伴坐在一旁双目紧闭,一副吃苦受罪的苦相。顺着通道往前走,伯纳德朝塞西莉身边愁眉不展的小伙子点点头,他在衬衣外面加了件亚麻夹克,卷着袖子。塞西莉歪头瞧着窗外过往的车辆,像欣赏世界上最迷人的景色一般专注。淡棕色头发一家也上了车,两个孩子眼睛发红,脸色发白。特沃威斯旅行团中,似乎只有那对二度蜜月的夫妇不知疲倦,仍在汽车后排兴致勃勃地聊着天。车子要开动时,他们大声喊司机等一等,说团里另一对夫妇还没有上车。那对夫妇好不容易出现了,他们满身大汗,满面通红。妻子穿着蓝色紧身衣裤,推着堆满行李的手推车跑在前面,后面跟着大腹便便、蹒跚而行的丈夫。他们爬上车时,来自米德兰平原的夫妇兴高采烈地加油叫好,大声表扬自己拦车等人的功劳。看来自飞机从伦敦起飞之后,两位太太之间就已熟络起来,现在她们的友谊又延展到了两位先生之间。四个人往后排一坐便开始大侃特侃起来,坐在前面一排的伯纳德不想偷听都不成。

"唷!我们从海关出来时就走错路了。"蓝色紧身衣太太说,"要是误了飞机就惨了,我儿子特里到机场接不到人,该会怎么说呀?"

"我们早上离开东米德兰时也差点儿误了飞机,路上交通简直一塌糊涂。"黄衫太太说。

"我儿子说他带了个朋友让我们见见。我希望那姑娘会跟他一起来接我们。"

"布赖恩本来不想走那条路,但为了省下在机场停车的钱,我们叫了辆出租。现在停车费也太贵了吧?"

"我儿子在摄影这一行干得不错,替澳大利亚那边所有的主要时装杂志工作。我跟西德尼说,要是他女朋友是位模特呀,我一点也不会吃惊。"

"布赖恩也很喜欢摄影,当然只是业余爱好了,他得忙生意。"

"生意?"西德尼说。

"对,日光浴床,批发兼零售。"布赖恩说,"大约一年前我的生意还不错,但近来一直马马虎虎。我觉得全怪那些宣传皮肤癌的唬人文章。写文章的那些笨蛋根本不知道 UVA 和 UVB 有什么区别。"

"哦,你说什么……?"

"紫外线 A 和紫外线 B,就是两种能把人晒黑的射线。"

69

"噢。"

"紫外线A同你皮肤外层死细胞里的黑色素起反应……"

"死细胞?"西德尼不安地问。

"已经死的和将要死的,"布赖恩说,"这是常事嘛。紫外线A和黑色素发生反应,让人肤色加深。紫外线B则能把人晒伤。太阳同时放出两种射线,而日光浴床只放紫外线A,所以对人体健康很有益处。这可是经得起论证的。"

"你自己用日光浴床吗?"

"我?不用。噢,我是过敏性皮肤,你知道。大概一千人中只有一个人过敏,对大多数人来说,它们可靠得像房子一样。如果你想买,我给你打折。"

"我?嗯,不要,谢谢。我得小心才是。"

"说实话我能以优惠价卖给你一百五十张日光浴床。我们正考虑改行做运动器材的生意呢。"

特沃威斯旅行团坐小巴来到第七候机楼,然后再乘坐许多的垂直电梯、水平电梯来到休息厅,等候换乘飞机。一路上两对中年夫妇始终不知疲倦地聊着。

"唉,我儿子也该成家了。上周我还跟西德尼说,特里也该稳定下来了,他的生活里全是各种享乐:聚会、聚餐、冲浪——这些当然不错。可是成家也不能太晚了啊。你家孩子呢?"

"我有两个儿子。他们留在家里跟我妈一块儿看家呢。谁也不想带着孩子一块儿度蜜月,对吧?"

"我女儿已经出嫁了,住在克劳利,她丈夫是搞电脑的。他们住得可舒服了，客厅有六米长，厨房里用浅色橡木包的墙。西德尼替他们装修的浴室，算是送给他们的结婚礼物吧。浴室里有个圆形浴缸，带热水按摩功能的，水龙头都是金色的。他就是干这行的嘛。"

"你是搞建筑的？"布赖恩问。

"曾经是。专搞管道和集中供暖，还有豪华浴室。公司里就我和另外三个人，退休前我不得不把公司卖了。"

"发了一笔吧？"

"也就刚够退休养老的。"

"你现在是不是正在找机会小小投资一笔？"

"不投，谢谢。"

"运动健身器材这东西吧，没什么大意思。你用过没有？你信我一句，那玩意儿没意思得很。要不人们干吗一边在上面锻炼一边听随身听呢。你要是买了台划桨机，你就得整天划划划，买台脚踏机就成天蹬轮子。现在我有个主意：客户跟我们签个租赁合同，我们每个月给你换一种健身器材。就像流动图书馆一样，咱们来搞个健身器材租赁馆，你觉得怎么样？"

"恐怕对我不合适，或者说，要我的老命正合适。你瞧，我心脏不好，遵医嘱提前退的休。"

"可是健身器对心脏很有好处，真的有好处！它正是你需要的。"

"那你的日光浴床怎么办哪？"

"能卖几个钱就卖几个钱处理掉算完。我原本打算到火奴鲁鲁的酒店里碰碰运气。"

西德尼怀疑地笑了笑:"我从没想过在夏威夷会有人买日光浴床。"

"我也没指望有。可是如果我能在那边谈成几笔生意,我这趟就算是出差,而不是旅游了,这样我就不用交旅行税了,明白吗?我妻子贝丽尔当然就得算是我的私人助理了。"

"噢,我明白了。高明。"西德尼说。

特沃威斯的其他成员没有互相结交,但也没有走散。他们都聚在候机休息室的一角,互相守望着,生怕自己没听见通知,误了去火奴鲁鲁的飞机。候机厅的窗外是一条飞机跑道,从窗口可以望见飞机在跑道上降落的情景。伯纳德很有兴趣地盯着地平线的上空。每隔一分钟左右,一颗星星般闪闪烁烁的小圆点就会出现在天际中央。慢慢地,小圆点越长越大、越长越大,长成了一架巨型喷气式客机,它的着陆阻力板下垂着,信号灯闪亮着,慢慢地朝地面降落。机轮"砰"的一声砸在跑道上,腾起一股烟雾。几分钟后,这沉重的庞然大物以逼人的气势从他眼前一掠而过,冲出视野,伯纳德举目再向天际望去,那儿似乎空空荡荡的,但毫无疑问,又一个小圆点出现了。它像一粒发亮的种子,慢慢长成另一架飞机。

"外面有什么好玩的吗?"

伯纳德转过身,见那位米黄猎装男士站在自己身边。

"在看飞机着陆。每隔一分钟一架,精准得像时钟。我猜这里大概是世界上最繁忙的机场之一吧。"

"不是,实际上它都排不进前十名。"

"真的?"

"若论飞机起降频率,芝加哥奥黑尔机场是世界上最繁忙的机场;若论往来的国际航班班次,伦敦希思罗机场要比奥黑尔的多,而且希思罗的客流量在世界上排名第一。"

"你很在行嘛。"伯纳德说。

"出于职业兴趣罢了。"

"你是干旅游这一行的?"

"从某种意义上可以这么说吧。我搞的是人类学,专业方向是旅游。我在西南伦敦波利大学任教。"

伯纳德更加兴趣盎然地望了他一眼。他看上去最多三十五六岁,却早早地谢了顶,露出半个隆起的圆头顶,下巴结实有力,上面长了一层硬硬的黑胡茬,像吸附在吸铁石上的铁屑。

"是吗?"伯纳德说,"我不知道旅游归属于人类学。"

"是的,这是一个新兴学科。海外许多国际生交钱来留学呢,所以我们在学校里很吃香,科研经费非常充足。影响力研究……吸引力研究……当然,搞传统人类学的那些人瞧不起我们,他们那是嫉妒。我刚开始读博时,导师要我研究非洲一个名不见经传的部落,名字叫'乌夫'。他们的语言中没有将来时,而且一年当中只在冬至和夏至才各洗一次澡。"

"真有意思。"伯纳德说。

"是呀,可是你要研究乌夫部落的话,就没人给你大笔的科研经费了。况且谁愿意在泥棚子里陪浑身恶臭、不知道明天为何的野人住上两年?我现在的研究能让我住五星级酒店,最次也是三星的。顺便说一句,我姓谢尔德雷克,罗杰·谢尔德雷克。你也许碰巧读过我写的书吧？《观光论》，萨里大学出版社出版。"

"没有，恐怕我没有拜读过。"

"哦，我还以为你也是搞学术的呢。飞机上我听你父亲说了一路。"谢尔德雷克的大下巴朝沃尔什先生的方向一扬，沃尔什先生正颓然坐在附近的椅子上，麻木憔悴得有如难民中转营里的一员。"他说你是神学家。"

"哦，我在一所神学院教书。"

"你自己不信仰宗教？"

"不信。"

"太棒了。"谢尔德雷克说，"我也算间接对宗教感兴趣。我书中的主旨就是：观光旅游是宗教仪式的替代形式，是世俗版的朝圣。人们通过参观高级文化的神龛来收集神灵的恩典，旅游纪念品就是圣物，旅游指南是礼拜辅导。你明白我的意思了吧？"

"挺有意思的。"伯纳德说，"如此说来，你这次度假也不能丢下工作了。"他指指对方不锈钢行李箱上的特沃威斯标记。

"老天，不是。"谢尔德雷克苦笑，"我从不度假。这就是我转到这个研究方向的首要原因。从小时候起我就讨厌度假，简直是浪费时间嘛。本来可以待在家里做自己喜欢的事，却偏要跑到海边去傻坐着拍沙饼。后来我订婚了。那时我俩都是学生，我的未婚妻非拽着我去欧洲旅行。我们去了巴黎、威尼斯、佛罗伦萨，还有一些其他人常去的地方，烦得要死。有一天，我们坐在希腊巴特农神庙旁的一堆石头上，瞧着别的游客在附近一边闲逛一边拍照，听他们用各种语言交谈。就在那时我脑子里冒出来一个想法：旅游是世界上新形式的宗教。天主教、基督新教、印度教、伊斯兰教、佛教、无神论,各个宗教都有一个相同之处:都相信参拜旅游胜地的重要性,比如巴特农神庙、西斯廷礼拜堂、埃菲尔铁塔。当时当地我就确定了我的博士论文题目,而且从没后悔过。这次特沃威斯旅游包吃包住包玩,其实是以实物形式赞助的科研经费,是英国旅行社联合会出的钱。他们以为时不时给学术研究搞点赞助是一种不错的公关手段,其实他们哪知道啊。"他又一次龇牙冷笑。

"怎么讲?"

"就像马克思解构资本主义,弗洛伊德解构家庭生活一样,我正在解构旅游业。知道吗?我认为人们并不是真的想去度假,就像他们不想去教堂做礼拜一样。他们是被洗脑之后,才以为度假会对自己有好处,会给他们带来快乐。实际上多次调查表明,度假给他们带来的是压力,而且是大得令人难以置信的压力。"

"这些人看着还算精神嘛。"伯纳德指了指等着登机去火奴鲁鲁的乘客。登机时间快要到了,越来越多的人聚拢过来,其中多半是穿着彩色休闲装的美国人,还有几位短裤凉鞋打扮,似乎打算下了飞机就直奔海滩而去。他们拖着腔调、鼻音浓重的说话声越来越高,中间还夹杂着大笑大叫大嚷。

"强颜欢笑罢了。"谢尔德雷克说,"如果说他们当中多半都灌了双份的马提尼酒以壮行色,我也不会吃惊。他们知道去度假的人应该有怎样的言行举止,他们早就学会了。你往他们眼睛的深处看,就能看见焦虑和恐惧。"

"不管细看谁的眼睛,都能看到焦虑和恐惧。不信你看看我的。"伯纳德本想这么说，张口却改成了"那你是去夏威夷研究观光啰？"

"不不，这次是另外一种观光。吸引人们大老远到毛里求斯、塞舌尔群岛、加勒比地区和夏威夷这些海滨胜地度假的，并不是旅游。"他很快从公文包里取出一本旅游小册子，用手遮了封面上印的字，让伯纳德看。小册子上印着热带沙滩的彩色照片，蔚蓝的海水和天空，白得耀眼的沙滩，中景处有几个人悠然卧在棕榈树树荫里。"这照片告诉你些什么？"

"你前往天堂的护照。"伯纳德说。

谢尔德雷克没想到他一下就答对了，有些不甘心。"你以前肯定见过这照片。"他说着挪开手掌，露出的一行字，正是"你前往天堂的护照"。

"对，这就是特沃威斯的小册子嘛。"伯纳德向他坦白。

"是吗？"谢尔德雷克凑近小册子看了看，"还真是，不必管它，这些东西全都一样，这些宣传册在我这儿成捆成堆的，上面的照片和标题多多少少都一个样。天堂。照片当然跟实际情况毫无相似之处。"

"是吗？"

"去年有六百万人到夏威夷旅游，不知道他们中到底有多少人能寻到这么一块人迹罕至的沙滩。宣传画纯粹是个神话。我的下一本书就要以此为主题：旅游业和天堂的神话。我之所以跟你讲这些，就是想着也许你能给我出出主意。"

"我？"

"这难道不是涉及宗教领域了?"

"我认为,这……你搞研究的最终目的是什么?"

"拯救世界。"谢尔德雷克庄严地说。

"你的意思是?"

"旅游业就要把这颗星球消耗光了。"谢尔德雷克又低头去翻公文包,从中掏出一沓剪报,里面有几处还用黄色荧光笔做了记号。他快速地翻着剪报说:"美国五大湖地区的小径已被踩成一道道壕沟;西斯廷礼拜堂的壁画正在遭受游客呼吸和体温的侵蚀;巴黎圣母院每分钟有一百零八名游客入内参观,游客的脚步正在磨损圣母院的地面,游客乘坐的大巴排出的废气正在腐蚀它的石刻雕饰;阿尔卑斯滑雪场外的汽车排成长队,尾气造成的污染正在毒杀树木,引发山体滑坡和雪崩;地中海就像一个没有下水道排污的厕所,在里面游泳的人中六分之一会受到病菌感染;1987年威尼斯因为人满为患不得不关闭一天;1963年全年只有四十四人乘木筏顺科罗拉多河漂流,而现在一天就有一千人次;1939年出国旅行的人数只有一百万,去年达到了四亿,到2000年这个数字可能增加到六亿五千万,此外还有五倍于此的人在国内旅游。这些,仅能源消耗一项就令人咋舌了。"

"老天啊。"伯纳德说。

"在不动用法律的情况下,唯一能阻止人们外出旅行的方法就是向人们证明,去度假并非是去娱乐,而是去参与一种迷信活动。旅游业恰好在宗教信仰衰落的时代兴盛起来,这绝不是巧合,它是人们新的鸦片。这一真相必须昭示于众,广而告之。"

"如果你成功了,岂不是自己砸了自己的饭碗吗?"

"我想短时期内还没有这个危险。"谢尔德雷克扫了一眼拥挤的大厅说道。

就在这时,候机区一阵骚动。一群乘客朝登机口蜂拥而去,原来他们看见机场的一名地勤人员拿起了麦克风。

"女士们先生们,请坐在三十七至四十六排的乘客准备登机。"他宣布说。

"是我们。"伯纳德说,"我得让父亲起来准备了。"

"我在二十一排。"谢尔德雷克看着登机牌说,"飞机看来要满员了,真遗憾。本想听听你的高见呢。也许到火奴鲁鲁后我们能再次见面聊聊。你住在哪家酒店?"

"现在还不知道。"伯纳德说。

"我住在怀厄特帝国大酒店,是特沃威斯手册中最好的一家酒店了。要是我自己掏腰包的话一天要多交三十英镑呐。哪天过来一起喝一杯吧?"

"谢谢你的好意,"伯纳德说,"但我得看情况,还不知道我会有多忙呢。要知道我不是去度假的。"

"嗯,我猜也是。"谢尔德雷克瞟了一眼老沃尔什先生说。

4

整整一天他们都在追逐太阳，但太阳趁他们在洛杉矶中转时，远远超过了他们。在飞往夏威夷的途中，夜色笼罩了飞机。伯纳德的座位靠窗，但窗外所能看见的只是茫茫无际的黑色深渊。从航空公司赠送的杂志里，他找到一份飞行线路图，发现从美国西海岸到四千公里之外的夏威夷，这当中没有一丁点陆地的标记。万一飞机出了故障怎么办？飞机引擎同时熄火又怎么办？但这一想法似乎并没有困扰到飞机上的其他任何人。空姐头插鲜花，身穿艳丽的花布围裙，毫不吝啬地向乘客们赠送各种饮料，也不分是餐前餐后还是进餐之中。于是机舱里洋溢起一派聚会的欢快气氛。几个大块头美国汉子，捏着塑料杯，在过道上来来回回闲逛，俨然一副酒吧俱乐部里的做派。他们靠着椅背聊天讲笑话，哄然爆发出笑声，互相拍肩打背。伯纳德嫉妒他们从一举一动中散发出的自信。他自己总有一种拘谨的感觉，总觉得非要先举手征得机组人员的同意之后，才能离开自己的座位。他看见罗杰·谢尔德雷克顺着另一侧的过道走过来，赶紧用杂志把脸挡住。他可不想同他展开第二轮旅游业的专题讨论，因为他生怕吵醒父亲。老人此时已经大发慈悲睡着了。刚才伯纳德不让他喝餐前开胃酒,在他吃照烧鸡肉时,才让他喝了四分之一瓶加州产的勃艮地葡萄酒,这就足以打发他进入梦乡了。

机舱里的灯光暗淡下来,又一部电影开始了。伯纳德觉得自己这一天所看的电影肯定比过去三年看的还要多。这次是一部浪漫喜剧片,片中两位主人公既美貌又富有,显然注定要彼此相爱。但电影设法凭借一系列不太可能发生的误会和误解,生生拖延了一小时四十分钟,之后才让他们坠入爱河,就连伯纳德都觉得情节太过老套。但让他感到新奇又有些震惊的是,随着情节的发展,影片中出现了男女主人公分别同其他多人上床的镜头。他小时候在电影院里看的电影可不是这样的。他怀着对性的轻微好奇看下去,也为父亲已经睡着而倍感庆幸。电影放完后他打了一会儿盹,直到被飞机引擎发出的异样声吵醒。他感到身体在下沉,飞机开始降落了。看看机舱外,仍是漆黑一团。不一会儿飞机改变了飞行方向,机身倾斜过来,他再次朝窗外望去,就在那里,在黑色天鹅绒般的海面上,奇迹般地出现了一连串灯光组成的复式项链,流光溢彩。他推了推父亲的肩膀。

"爹地,醒醒!我们快到了。"

老人咕哝着醒来,舔舔嘴唇,揉揉泛红的眼睛。

"快看啊,太迷人了,你坐我这边来。"

"不了,我信你就是了。"

飞机肯定是正朝着火奴鲁鲁的方向降落。这期间伯纳德把脸紧贴在舷窗玻璃上,双手罩在脸的两侧挡住机舱里的光线,入迷地盯着窗外。飞机越降越低,那一串串闪烁的灯光也随之由虚到实,幻化成高楼、街道、房舍和移动的车辆。在大海无边的夜色中，出现这么一座灯火通明、生机勃勃的现代化城市，这是多么令人惊奇的事情啊。而且，他们乘坐的飞机能在黑暗中越过广袤辽阔的海面，准确地找到这一光明的国度，也真可谓是个奇迹。这样夜间渡海的事情，简直像神话故事一般，但是，周围的乘客伸懒腰打哈欠，好像觉得这事寻常得很。飞机又一次下降、倾斜，机舱里"系好安全带"的警示灯红光闪烁。

火奴鲁鲁的夜风带给伯纳德一种全新的感受，那几乎伸出手就可以触及的风，温和而润滑，拂过脸庞时，好像一只大狗正友好地伸出舌头舔舐你的面颊，呼吸中还带着鸡蛋花的香气和一丝丝汽油味。这种气息，你一下飞机几乎马上就能感受到，因为通道四面通风，不像别的机场，通道里空气不畅，光线刺眼，只能算是那能把人憋出幽闭恐惧症的机舱的延续。伯纳德和父亲仍穿着登机时的厚衣服，很快就大汗淋漓。好在一阵微风扑面而来，灯光照耀下，棕榈树叶沙沙作响。机场大楼旁好像是一座热带花园，里面点缀着人工池塘和溪流，花木枝叶间，几只射灯放射着光芒。沃尔什先生看见花园后才敢相信，他们总算到达目的地了。他停住脚步，傻呆呆地看着，说："看！热带丛林。"

他们走进到港大厅，在行李转盘旁边等候行李。这时，一位穿特沃威斯旅行社制服、肤色黧黑的漂亮女郎走上前来，笑容灿烂地说："阿罗哈！欢迎光临夏威夷！我叫琳达，是你们的机场迎宾小姐。"

"你好。我姓沃尔什，这位是我父亲。"伯纳德说。

"好的。"琳达说着,用文件夹垫着名单在两人的名字后面打上钩。"伯纳德·沃尔什先生和约翰·沃尔什先生。"她好奇地打量了他们一眼,"没有沃尔什太太吗?"

"没有。"伯纳德说。他已经习惯了别人的好奇。

"好吧。"琳达说,"等二位取出行李后,请到那边问询处跟别的乘客会合,一会儿有个欢迎仪式。"

伯纳德听她说"欢迎仪式",突然莫名其妙地心慌起来。也许自己以往的私事被以讹传讹、先他一步地传到了夏威夷,本地教区的一些头面人物便结队前来欢迎他——抑或羞辱他。

"欢迎仪式?"

"对,是包含在旅费之内的。你们住在怀基基冲浪人酒店,对吗?"

"对的。"伯纳德觉得时间已晚,俩人又累又乏,不可能马上去赫秀拉的家了。

"机场外面有小巴等着接客人回旅馆。"琳达说,"欢迎仪式一结束马上发车。"

趁着等行李的时间,伯纳德打开旅行文件袋细细翻了一遍,找出两张收据,上面写着:"花环一只,十五美元"。他恍然大悟,原来欢迎仪式就是给自己带一个"花环",跟当地宗教界人士无关。花环,就是用绳子将鲜花一朵朵穿起来做成的东西。拥挤的大厅中有许多刚刚抵达的乘客,脖子上都由亲朋或职业迎宾人员给挂上了一个。在送上花环的同时,他们还大喊一声:"阿罗哈!"经过心脏病西德尼和他妻子莉莲身旁时,他看见两个留平头、蓄着整齐光滑胡须的年轻人，正往他们脖子上套花环。莉莲对其中一个小伙子说："你不该再多破费的，特里，我们已经有免费花环了，旅费里都包了的。"小伙子回答说："不要紧的，妈妈，你可以戴两个嘛。认识一下我的朋友，托尼。""很高兴认识你。"莉莲说话时微微笑着，口中露出假牙，眼神透出疑虑。

特沃威斯的团员们自觉地按吩嘱聚拢到问询台前。附近有一只金属报架，摆放了一些免费报纸和旅行社的宣传册。其中一份名为《天堂消息》的报纸映入伯纳德的眼帘。他取下一份，一读之后发现它名实不符，报上登的几乎全是广告和一些本地餐馆的菜谱。这些餐馆的名字稀奇古怪，诸如"艾勒西德食堂""中国佳作""教母""海边鸟海滩烤肉师傅""这可没吃过"等。只有报纸第一版右下角的一则短广告，与众不同地有些低调：《如何渡过失恋难关》，请读此书。它能帮助你不再自责，它能帮助你恢复自信，它能帮助你继续生活。

伯纳德悄悄从报纸上撕下这一角广告，塞进胸前的口袋里。

"找到什么有趣的东西了？"

伯纳德一抬头，见罗杰·谢尔德雷克正盯着自己。

"没准你会感兴趣。"伯纳德指指报头说。

"《天堂消息》！神奇！你打哪儿搞到的？"谢尔德雷克疾步走到报架前，双手贪婪地伸向那些不用花钱的印刷品。

迎宾小姐琳达抱着一只装满花环的纸箱又出现了，她把一只只花环分发给游客，同时向他们索要旅行文件包中的花环收据。轮到塞西莉和她丈夫时，她问道："你们是来蜜月旅行的吧？有没有预定《夏威夷婚礼曲》?""我们没订。"塞西莉赶忙说。周围的乘客顿时生出兴趣,望着他们纷纷议论起来。贝丽尔·埃弗索普说:"瞧瞧,我们也是来度蜜月的呢。"莉莲·布鲁克斯:"我就觉得他们有点那意思嘛。"粉加蓝姑娘:"度蜜月还放音乐?太浪漫了,我得跟我男朋友说说。"迪伊:"你还度蜜月?估计你们也只能待在国内,找个野山头,在半山腰搭搭帐篷,凑合过了。"

琳达刚要走过来,一样又湿又香的东西突然套马索一般从背后套住了伯纳德的脖子。是一只白色花环。伯纳德吓了一跳,一回身,只见面前站了位小老太太,棕色皮肤上爬满了皱纹,一头白发染成粉色。她身上穿一件宽松长袍,上面印着大朵大朵粉红色的花,手指脚趾上也涂着同样色系的蔻丹。

"阿罗哈!"她说,"你就是赫秀拉的侄子吧?"伯纳德回答说是的。"我一眼就认出来了。你的鼻子生得跟她一模一样。我叫索菲·克瑙伯弗勒马赫,跟赫秀拉住同一幢楼里。你肯定是她的哥哥杰克了,阿罗哈!"她把另一只花环朝沃尔什先生的脑袋上一抛,花环正好套在他肩膀上,老先生被吓得倒退了半步。"我猜你们知道'阿罗哈'是什么意思吧?"

"是'你好'的意思?"伯纳德猜测道。

"对,也是'再见'的意思,全看你是来还是去了。"这位小老太太咯咯一笑,"还有第三个意思,'我爱你'。"

"你好,再见,我爱你?"

"就是个万能字眼儿。赫秀拉让我把她家的钥匙交给你们,我想我最好还是来机场接一下你们。"

"你真是太好了,"伯纳德说,"可我们已经在旅馆订了房间……"

"在哪儿?"

"怀基基冲浪人。"

"还是住赫秀拉家里舒服些,地方大,有自己的客厅和厨房。"

"那么,好吧。"伯纳德说。既然人家不辞辛劳前来迎接,跟着人家去才是合情合理的。

"那咱们走吧。我的车就停在外面。你俩肯定累坏了,是吧?"她这话是专门问沃尔什先生的。

"在洛杉矶我就累坏了,"沃尔什先生说,"现在的感觉,我都没词了。"

"他这是第一次坐飞机。"伯纳德说。

"你在开玩笑吧!不过我觉得你真棒,沃尔什先生,能这么大老远赶来看你可怜的妹妹。"

沃尔什先生听了别人夸奖,表面上摆出一副理所应当的模样,但欢喜之情却掩也掩不住。伯纳德跟琳达打了招呼,说自己不用坐小巴去酒店,也不再需要花环了。于是克瑙伯弗勒马赫太太领着沃尔什先生走在前面,伯纳德推着行李车跟在后面。来到机场外,她让父子俩站在路边等着,自己去把车开过来。微风中她穿的粉红色宽袍飘飘摇摇。

"她人真好,还来接我们。"伯纳德说。

"她姓什么?"

"克瑙伯弗勒马赫。我想是德语,纽扣匠人的意思。"

"那她是德国人了,听口音可不像。"

"可能她祖辈是德国人,要么就是跟她丈夫姓。我猜是德国犹太人。"

"噢。"不该说这些的。沃尔什先生听完口气便有些冷淡。"我能把这个摘掉吗?"他拨弄了一下脖子上的花环。

"我觉得不摘为好,等一下吧,不然不太礼貌。"

"戴着这玩意儿站在这里,我觉得自己跟棵圣诞树似的。"

"这是当地的风俗。"

"什么笨蛋风俗嘛。"

罗杰·谢尔德雷克从一旁走过时,胸前套着黄色花环,那神气和派头仿佛戴着长项链的市长大人一般。一个头戴尖帽的男子替他提着行李走在前面。他停步转身,跟伯纳德打招呼。

"怀厄特酒店派了一辆豪华轿车来接我。"他说着指指路边停着的一辆形状古怪的轿车。那车的车身特别长,底盘却很低,像哈哈镜里看到的古怪模样。"他们挺够意思的。需要我捎你们一段路吗?"

"不用了,谢谢,有人来接我们了。"伯纳德说。

"那好吧,以后再见。别忘了给我打电话哟。"豪华轿车司机一直拉着车门侍立车旁,伯纳德朝里扫了一眼,看见里面有鸽灰色脚垫,真皮内饰,还有类似小酒吧的什么东西。

豪华轿车刚开走,克瑙伯弗勒马赫太太便开着车回来了。她开的白色丰田车跟赛车类似,前车灯还能伸出缩回。她身材瘦小,只有半坐在驾驶座的边上,脚才够得着踩油门。

"车里真不错,而且凉快。"伯纳德上车后说。

"是啊,有空调嘛。把这车买回家的当天,我先生就过世了,"克瑙伯弗勒马赫太太说,"他开车去了趟戴蒙德角,喜欢这车喜欢得不得了,结果当天晚上睡着睡着就过去了。脑溢血。"

"呃,我很难过。"伯纳德说。

"唉,起码他走的时候是高高兴兴的。"她说,"我把这车子当成一种纪念,说实话不太常开。在怀基基,我无论想去哪里,走几步路就能到。你开什么车,伯纳德?"她叫他的名字时,重音放在中间的"纳"字上,带点法国味道。

"我没有车。"

"真是跟赫秀拉一个样啊,"她说,"她连去学开车都不肯。这是你们家的家风吧。"

"我有驾照,不过现在没车开。"伯纳德说,"赫秀拉怎么样?你最近见过她吗?"

"她出院以后就没见过了。"

"赫秀拉出院了?"

"是啊,你还不知道吗?她现在住进一家什么私人疗养院里,就在市区边上。她说只是暂住。你知道,她好像不太喜欢我去看她。伯纳德,你姑妈的口风可紧着呢,不喜欢讲自己的事。不像我,我先生过去总说我话多。"

"你有疗养院的地址吗?"

"我只有电话号码。"

"那她现在怎么样?"

"不太好,伯纳德,不太好。能见到你们俩,对她可太有好处了。你在英国还好吗,沃尔什先生?"

"还行,多谢。"坐在后排的沃尔什先生冷淡地回答。

他们的车沿着一条宽阔繁忙的大道平稳地向前行驶。右边远远地能望见大海,左边是高高低低或陡或平的山峦,间或掠过什么黑乎乎的东西,有住家的点点灯火洒落其上。一路上经过许多路口,绿色路牌上标注的街名简直是从儿童故事书里照搬过来的,什么"欢欢喜喜公路""葡萄园大街""果酒碗路",让伯纳德觉得莫名地可亲。克瑙伯弗勒马赫太太指点着火奴鲁鲁市中心的几座摩天大厦,让伯纳德看。随后,车子拐上了一条名叫普那胡的大街。"既然你们是马里西尼,我就领你们去卡拉考阿大街看看。"

"我们是什么?"

"马里西尼,第一次来岛上的人。卡拉考阿是怀基基发展最慢的地方,有人认为它有碍观瞻,我倒觉得它挺有意思的。"

伯纳德问她在夏威夷住了多长时间。

"九年了。我跟老公二十年前来这里度假,他对我说:'就是这里了,索菲,这就是天堂。等我们退休了就到这里来养老。'于是我们就来了。我们在怀基基买了一套公寓,度假的时候来住一住,其余的时间租出去。我老公原先在芝加哥出售符合犹太教规的肉类洁食,等他退了休,我们就搬到岛上住了。"

"你喜欢这里吗?"

"我爱这地方。哦,我老公在世时是这样的,现在我觉得有一点孤单。我女儿说我应该搬回芝加哥去,但在这里住了这么久,美国中西部的严寒冬季让我想都不敢想。在这里,一年到头我只用穿件姆姆裙。"她扯扯自己粉红色的花袍,又瞟了一眼伯纳德穿的花呢夹克和精纺羊毛长裤。"你们父子俩得买件阿罗哈衬衫,就是人们常说的那种夏威夷衬衫,颜色多,图案也活泼,可以不用扎在皮带里。这里就是卡拉考阿。"

车子慢慢行驶在一条拥挤的大街上,路两边是一家家灯火通明的商店、饭馆和望不见顶的酒店大楼。尽管已经将近晚上十点,两边的人行道上仍然挨挨挤挤地满是行人。这些高矮胖瘦肤色各异的男女老少,多半都是T恤短裤凉鞋的休闲打扮。他们有的闲逛,有的发呆,还有的手牵手逛吃逛喝,搂腰搭背压马路。大喇叭里的音乐声、车辆声、人声混在一起,透过车窗钻进车里来。这场面令伯纳德想起维多利亚车站发生的倒塌事件,只不过那场面更脏更乱而已。

路边甚至还有几家伯纳德熟悉的商店,像麦当劳和肯德基,当然,更多的店名当中带有异域色彩,比如呼拉小屋、疯狂衬衫、寿司外卖店、天堂快车,还有一些他看不懂的日语店名。

"你觉得怎么样?"索菲追问道。

"跟我想象的不太一样,"伯纳德说,"这里全都盖上房子了。我还以为夏威夷就是沙滩、大海和棕榈树呢。"

"还有跳呼拉舞的女孩吧?"索菲笑着用胳膊肘捣了一下伯纳德,"海滩就在那些酒店后面,"她指指右边,"呼拉舞女孩都在酒店夜总会里表演节目。我们第一次来时,站在街上还能从酒店的间隙中看到大海,现在可不成了。你简直没法相信从那以后盖了多少

89

房子。"她抬高声音扭头说:"你喜欢这里吗,沃尔什先生?"

没有回答。沃尔什先生已经睡着了。

"可怜的人呐,他累坏了。不要紧,我们快到了。"她开车左转离开令人眼花缭乱的大街,横过另一条主干道,驶进一条安静的住宅街。街道尽头,一条运河在黑暗中闪着亮光。"就是这儿,考洛街一百四十六号。"她把车子沿坡道开进楼下的停车场,很突然地停下车。

沃尔什先生难受地醒过来。"我们在哪里?"他喊道,"我不要上飞机。"

"好了,爹地,"伯纳德安慰他说,"这是赫秀拉的家,我们总算到了。"

"哎哟,我自己的家呀,还能不能活着回去呀?"沃尔什先生可怜巴巴地说着,在他们的搀扶之下,将身体从后座中移出来。

赫秀拉的公寓在三楼,房间不大,却整齐干净,一尘不染。室内装修和陈设沿用了传统的秀丽风格,木架和小桌上摆放着许多小饰物。起居室内又闷又热,克璐伯弗勒马赫太太进门后马上推开两扇长窗,露出窄窄的阳台。"多数人家安装了空调,"她说,"我猜赫秀拉可能觉得这房子又不是自己名下的,不值得花那份钱,就没装。"

这消息令伯纳德吃了一惊。

"这房子是她租的。真可惜,一家大房地产公司看中了这块地皮。他们得出一大笔钱才能让我们搬走呢。"克璐伯弗勒马赫太太说。

伯纳德走上阳台。"你是说他们要把这幢好好的楼拆掉再盖一座?为什么呀?"

"楼盖得越高,从这块地皮上赚的钱就越多呗。这座楼才四层高,而且建成二十五年了,在怀基基算得上是古迹了。"

伯纳德望望楼下,楼下是水泥地天井,中间嵌着一个椭圆形的游泳池,盛着一汪蔚蓝的池水。

"游泳池是谁家的?"

"给楼上的住户修的。"

"我能去游泳吗?"

"当然,随便什么时候都行。我领你看看厨房吧。"

伯纳德不情愿地离开阳台。"这风可真舒服。"

"这是信风。亏了这风,岛上才凉快些,像天然的吊扇一样。"克瑙伯弗勒马赫太太嘶哑着嗓子咯咯一笑,"这里的夏天还真缺不得这信风。最热的时候让你们赶上了。"

克瑙伯弗勒马赫太太教他如何使用厨具和水槽下安装的垃圾处理器。"我在冰箱里放了点牛奶、面包、黄油和果汁,够你们明天当早点吃。总共花了三块五毛钱,你们以后还给我就行。下一个街角有家 ABC 商店,但日用品还是去阿拉穆阿那购物中心去买好些。多买点放在家里才便宜。这是家里的钥匙,这是赫秀拉疗养院的电话号码,还有她医生的号码,如果你想跟他谈谈的话。你们还需要些什么可以去找我,我就住在那边,房间号是三十七。"

"非常感谢,"伯纳德说,"您真是太周到了。"

"别客气。"克瑙伯弗勒马赫太太说着,目光在客厅里游移了一圈,似乎在找什么东西,最后找到了。"这些德累斯顿小塑像真是可爱啊,"说话间,她走到一只镶着镜子的柜子前,"等赫秀拉有个三长两短,要是由你来处理她的东西的话,我能优先挑选就好了。"

这话让伯纳德感到吃惊,甚至是震惊。几秒钟后他才结结巴巴、含混地答出话来。伯纳德送克瑙伯弗勒马赫太太出门时思路才拐过弯来,自己干吗要震惊呢?她只不过是实话实说罢了。回到客厅,伯纳德见父亲正坐在那里,愣怔地盯着自己脱去鞋袜的两脚。脚丫子像两只冲上岸的甲壳纲动物,粗硬发红,起着老茧,一只大脚趾还时不时抽搐一下。

"这脚快要了我的老命了。"父亲说。

父亲不想去浴室泡个澡或是冲个淋浴,于是伯纳德从厨房端来一盆温水让他泡泡脚。老人把脚丫伸进温水里,闭上眼,叹息一声。

"有没有茶喝啊?"老人说,"自从离开英国,我连口像样的茶都没喝上。"

"喝了茶晚上老是起夜怎么办?"

"喝不喝都得起,不过是多一次少一次罢了。"沃尔什先生说。

伯纳德从厨房里找出几包立顿牌英式早餐茶,泡了一壶。口干舌燥的沃尔什先生喝了几口,轻叹一声,在水里摇起了大脚趾。伯纳德屈膝蹲跪在地上,用毛巾给父亲擦干双脚。伯纳德想起每年耶稣升天节弥撒时的濯足礼。他在萨德尔教区任职时,这一天有会众自愿让他代为濯足,其中有些人的脚就跟父亲的一样,因为劳作而变得粗糙、扭曲。而在神学院里行濯足礼时,同学们的脚都洁白光滑，而且事先仔细清洗、修剪过。伯纳德见父亲神情庄重、若有所思的模样，凭直觉知道他一定跟自己想到了一处。但两人谁都没出声。

公寓里只有一间卧室，一张床，床很宽大，足够父子二人同榻而眠的，但伯纳德还是选择了起居室里的多用沙发，将它打开之后就是一张舒适的床铺。等父亲走进卧室睡下，伯纳德把满是汗渍的脏衣服往地板上一扔，走进浴室冲了个淋浴。他自己的浴衣忘记带来了，见浴室门背后挂了件赫秀拉的丝质长袍，便取下来披上。自己带来的绒布睡衣太厚没法穿，他本想不穿算了，但又不愿意裸体在房中走来走去，虽然父亲低沉的呼吸声清晰可闻，显然早已睡熟了。他觉得奇怪，自己竟然一点也没感到疲劳，要么是茶的刺激，要么就是全新的环境使然。

他走上阳台，倚在护栏上。这会儿室内外的温度并无明显差别。虽然信风很大，吹得棕榈树前后摇摆，但吹到脸上依然很热。天上有几团模糊的暗云匆匆飘过，让星星时明时灭，让人很容易以为天上并无云彩，移动的是星星本身。星星仿佛托勒密在天动说里认为的那样，在天空中快速飞旋而过。自己居然已经置身于这座热带岛屿，他满心感到惊奇，就在昨天，他还待在工厂遍布的英国鲁米治呢。那是一座被低低的灰色云层笼罩的城市，道路两旁的联排房屋挨挨挤挤，凡目光所及之处都是破旧和肮脏，毫无生机可言。他望望楼下的游泳池，池水在闷热的夜色中闪着诱人的清光。明天一定得下去游几圈。

待他抬头看向远处时，注意到一处亮着灯的阳台上有两个人影，是一男一女：男的只穿一条短裤，手中端着一只高脚酒杯，女的穿一件和服式晨衣。他们好像被伯纳德的样子逗得乐不可支，嬉笑着用手指指点点。这要怪自己穿的长袍，又是花卉图案又是垫肩的，和自己太不相配，尤其是不配自己的大胡子，但他们的反应也太过火了，也许是他们喝醉了。他不知道该如何回应才好，是和气地招招手呢，还是冷眼相对。正犹豫着，那女人解开衣带，戏剧性地猛地甩开晨衣，里面一丝不挂。伯纳德能看清她乳房下两弯新月形的暗影，和下身的黑三角。伴随着一阵大笑，他们转身进屋，拉上了窗帘。阳台上的灯熄灭了。

  伯纳德又在护栏上靠了一会儿，似乎是想证明自己对那对男女怪诞的举动毫不在意。但他内心里却是充满了困惑不安。那女人这样做是什么意思？嘲笑？侮辱？挑逗？她似乎通过心电感应感知到自己人生中悲剧性的一幕，在汉菲尔德克罗斯发生的那一幕：达芙妮脱去上衣和胸罩，转身期待地望着他。现在这女人是要提醒他，别忘记他随身携带的盛满负罪感和失败感的精神包袱吗？

  他回到起居室，脱下赫秀拉的长袍，赤裸着身体在沙发床上躺下，拉了一条被单盖好。远处传来警笛的呜呜声。为了从心头抹去那一对爆笑男女的身影，他开始集中注意力考虑明早要做的事情。早餐过后，先给赫秀拉打电话，约定见面时间。但还没来得及多想，他便陷入了梦乡。

5

事故发生后,伯纳德花了好几个小时想要回顾整个过程。当时他和父亲离开公寓正准备过马路,但那个女人、警察和救护人员都告诉他,他们过马路的地方不对,也就是说,在美国,只有在十字路口才能横穿马路。但那条街很僻静,往来车辆不多,他们也没注意到这里不像在英国可以随便过马路。他们昨晚刚到火奴鲁鲁,时差还没调整过来,一夜酣睡之后还懵懵懂懂、稀里糊涂。当然,这些也是他应当加倍小心的理由。医院急救室的索尼亚·米告诉他,在游客所遭遇的事故中,有百分之九十发生在他们抵达目的地后的四十八小时之内。

出事的时候,父子俩并肩站在路边,伯纳德的目光只从父亲身上移开了不到一秒钟,往左边看了一眼马路,一辆白色小车开过来,车速并不快。父亲一定还像在英国那样,习惯地朝右瞧瞧,见右边路上没车,抬腿就往前走,正好走到了白色小车的前面。车子开过,伯纳德先听到"砰"的一声,然后是汽车刹车、轮胎擦地发出的刺耳声。他扭头一看,简直不敢相信自己的眼睛:父亲四肢伸开,软绵绵一动不动地趴在人行道上,像只被打倒在地的稻草人。

伯纳德连忙上前跪在父亲身旁:"爹地,你没事吧?"他听见自己的声音。

这话听着很傻,他真正的意思是:爹地,你还活着吗?父亲呻吟一声,用微弱的声音说:"没看见有车啊。"

"他伤得重不重?"一个穿宽松红裙的女人俯身看着他们。伯纳德将她和几码外停着的汽车联系起来。"你们是一起的吗?"她问。

"他是我父亲。"

"怎么搞的,怎么能在这儿过马路?"红裙女人说,"他一步正跨在我的车轮前,我能怎么办嘛?"

"我知道,"伯纳德说,"这不是你的错。"

"你听见了吗?"那女人对一个穿运动短裤和背心、站在一旁看热闹的男人说,"他说了这不是我的错,你可是证人。"

"我什么也没看见。"那男人说。

"那么,先生,你能给我留下姓名和住址吗?"

"我可不想搅和进去。"男人说着,后退了几步。

"那你起码去叫辆救护车来吧!"女人说。

"怎么叫?"男人说。

"快找电话拨911啊!"女人说。

"你能翻过身来吗?"伯纳德说。沃尔什先生脸朝下趴在铺路石上,双眼紧闭。奇怪的是,他看上去却是一幅正想入睡、不愿被打扰的表情。伯纳德觉得有必要把父亲的脸从石头上托起来,便动手帮他翻身,父亲却皱着眉头呻吟起来。

"别动别动。"一个女人说,她周围是渐渐围拢过来的一小群看热闹的路人,身边是一辆巨大的购物小推车。"你干什么都成,就是别动他。"伯纳德听从了她的劝告,任父亲趴在地上。

"你疼吗,爹地?"

"有一点。"老人低声说。

"哪儿疼?"

"下边。"

"在哪儿?"

没有回答。伯纳德抬头问红裙女人:"你有没有什么东西可以垫在他头底下?"要是自己还穿着夹克就好了,可以叠起来当垫子用。可惜今天出门只穿了件短袖衬衣。

"当然。"她走开去,很快拿来一件羊毛衫,一小块旧毯子,上面还粘着几颗亮晶晶的沙粒。伯纳德卷起羊毛衫垫在父亲头下,尽管天气很热,还是把毯子给父亲盖在身上。他模模糊糊地觉得,人被车撞倒后就得这般照料。他尽量不去想可能发生的可怕后果。自己眼睁睁地看着父亲出了车祸,将如何面对别人的责难和自己良心的谴责?今后棘手的事情还多着呢。

"你会没事的,爹地。"他努力用一种轻松自信的语气宽慰父亲,"救护车马上就到了。"

"不想去医院。"沃尔什先生低声说。他向来害怕医院。

"你需要让医生检查一下,"伯纳德说,"只是以防万一。"

一辆警车从马路对面驶过,见这边出了事,便掉转车头,打亮警灯开了过来。围观的人群尊敬地给两位穿制服的警察让出一条路。蹲在地上的伯纳德发现有两个沉甸甸的左轮手枪套在眼前晃动,抬头一看,望见两张毫无表情的棕色胖脸。

"出了什么事?"

"我父亲被车撞了。"

一个警察跪下来摸摸沃尔什先生的脉搏:"你怎么样,先生?"

"想回家。"沃尔什先生闭着眼睛说。

"好,他还清醒,"警察说,"这很重要。你家在哪?"

"英格兰。"伯纳德说。

"离这里可够远的。先生,最好先送你去医院。"警察对沃尔什先生说完,转头问伯纳德,"有人叫救护车了吗?"

"我想有人去了。"伯纳德说。

"我可不指望他,"红裙子说,"那个穿运动短裤的胆小鬼后来再没露面。"

"我也打电话了,"人群后面一个声音说,"救护车马上就到。"

"谁开的车?"另一个警察开口问。

"是我。"红裙子说,"是这老人突然闯到我车前的,弄得我措手不及,连祈祷都来不及。"

这话好像启发了沃尔什先生,他马上开始简短地低声忏悔:"天主,请原谅我的一切过犯……"

跪在旁边的伯纳德出于条件反射,马上举起右手要表示赦免,又觉得不对头,手举到半路改了方向,伸到老人的额头上摸了摸,宽慰他说:"没这必要,爹地。你会平安无事的。"

伯纳德转身对警察说:"我恐怕他看的方向不对。是这样,在英国车辆都是左道行驶,你们是右道行驶。"

一位身穿笔挺薄料西服的男士上前一步,对伯纳德说:"听我的哈,什么也别承认。"然后从钱包中掏出一张名片递给伯纳德:"我是律师,很高兴为您处理这起意外事故。打不赢官司不收费。"

"你少管闲事,先生。"红裙子说着,一把抢过名片撕成两半,"你们这种人真让人恶心,跟食腐动物一样。"

"我可以对你的言行提出指控。"律师平静地说。

"别激动,女士。"警察说。

"听着,我在路上好好开我的车,没招谁惹谁的,突然不知打哪里跑出个老人,一下冲到我车轮下,现在有人威胁我要打官司,你还叫我别激动,天呐!"

"天主垂怜,玛利亚助我。"沃尔什先生叨念说。

"你跟他们讲,"女人恳求伯纳德,"你刚才说过这事儿不怪我,是不是?"

"对。"伯纳德说。

"我的当事人受了惊吓,"律师说,"他不知道自己在说什么。"

"他不是你的当事人,傻瓜。"红裙子说。

"救护车在哪里?"伯纳德问。连他都觉得自己口气太凄惶,心里有些嫉妒那女人的怒气和她所用的各种感叹词。

救护车终于来了,伯纳德依然感觉自惭形秽。从车上跳下来的救护人员一副很在行的样子,这让他很羡慕。他们先简短地向伯纳德询问了车祸的大概情况,又哄着沃尔什先生说出疼痛之所在:屁股。领头的救护员问伯纳德想把父亲送进哪家医院。伯纳德说出了

99

盖瑟医院的名字,那是原来赫秀拉住院的地方,也是伯纳德唯一知道的本地医院。救护员又问老人是否购买过"盖瑟项目"。

"什么'盖瑟项目'?"

"一种健康保险。"

"没买,我们是游客,从英国来的。"

"那买医疗保险了吗?"

"我想是买了。"他肯定自己去取机票时,听从了旅行社小伙子的建议,交钱买了保险。但一路上匆匆忙忙,也没来得及看看那一张小纸片上都写了些什么。现在所有的文件都放在赫秀拉的公寓里,他又不能就这样把躺在马路上的父亲扔下回去看一眼。一阵全新的焦急、恐惧瞬间涌过他周身上下的血管。以前他就听说美国的医院如何见利忘义、令人心寒,例如在将病人推往手术室的途中,强迫病人在空白支票上签字;没有医保的人交完医疗费后一夜间倾家荡产;或者因为交不起钱,干脆被医院拒之门外。会不会让他当场就支付叫救护车的钱呀?他身上可没带多少现金。

实际上出事的时候,沃尔什父子正要去银行取款。早上吃完早饭,伯纳德给赫秀拉打电话,赫秀拉说她在银行有两千五百美元的存款,他们可以取出来充抵旅费,并支付短期的生活开销。因为买机票的钱是沃尔什先生拿私房钱支付的。

她还建议伯纳德花钱租一辆汽车:"伯纳德,我这里左右不搭界,公共汽车根本不经过这里。"他出门就是准备去取款租车的,心里还盼着能再次握住汽车方向盘呢。父亲好像不愿意一个人留在家里,也跟着出门了。他们出门走了不到一百米,正感叹天气炎热,幸亏今天换了薄衣服,感觉比昨晚凉快时,灾祸降临了。

"盖瑟医院远离市区,"领头的救护员说,"你如果不是非去不可的话,我们可以送你们去市中心的县立医院,或者圣约瑟夫医院,那是一家天主教医院。"

"好。"沃尔什先生的声音虽然微弱,却可以听清。

"就送他去圣约瑟夫医院,"伯纳德说,"我们是天主教徒。"他本能地使用了"我们"一词,但这会儿也没时间计较宗教信仰和派别了,如果住进天主教的医院能让父亲稍微好受一点儿,让他当众背诵《使徒信经》他都情愿。

他听见"噼噼啪啪"一阵响,一个救护员正用无线步话机跟医院联络:"对,这里有一急诊,老人被车撞了,受了伤但还清醒。你们能接吗?很难说,可能是骨盆,脾脏破裂……不,他们是游客,老人的儿子也在,他说买过保险……想进天主教医院……对……没有,没有外出血……好的。大约十五分钟。"那人转身对同事说:"好了,开工吧,医生说给他打一针静脉注射,防止内出血。先把他抬上担架吧。"

他们轻手轻脚又熟练地把沃尔什先生抬上可折叠带轮担架,然后把担架滑进救护车的后部。他们在父亲胳膊上插进针头,把输液瓶挂在救护车内壁上。一位护理员下车问伯纳德:"你也跟车一起走吗?"伯纳德跳上车,蹲在另一位护理员身边。红裙子女人正在被警察盘问,见状后撇下警察朝救护车后门走来。司机刚想关车门,又停了下来。她棕色皮肤,黑色头发,大约四十岁,伯纳德猜想着。

"希望你父亲能平安无事。"

"多谢,但愿如此。"

司机关上后门,坐回到方向盘前方。那女人以近乎立正的姿势站在路边,双臂下垂,若有所思地凝着眉头,目送救护车平稳地开走。刚才在警察的建议下,他们把各自的姓名和地址写下来,留给了对方。伯纳德从胸前口袋里掏出那张纸条,她名叫尤兰德·米勒,住在什么高地,那地名他一点概念也没有。

救护车"呜呜"鸣叫着,拐了个弯,红裙子从视野中消失不见了。

"你父亲有药物过敏史吗?"正在填表格的救护员问伯纳德。

"据我所知没有。顺便问一句,叫救护车得花多少钱?"

"标准价,一百三十美元。"

"我身上没带这么多现金呐。"

"别担心,我们会把账单给你寄到家里去的。"

救护车的窗玻璃是蓝色的,车外的一切都被染成了蓝色,于是救护车变成了一艘潜水艇,而怀基基就是座海底城市。棕榈树海草般摇来晃去,游人们像张嘴鼓眼的鱼一样,成群游过。路上车辆很多,虽然救护车闪着警灯、鸣着警笛,仍时时被迫停下。有一次中途停车时,伯纳德发现自己跟一个小女孩看了个对眼,正是同机而来的淡棕色头发家的小女儿。她就站在几米外的人行道上,直瞪瞪地看着自己。他勉强笑笑,有些无奈地朝她招招手,算是打个招呼并告诉她,"瞧我现在这团糟呀。"但她只是面无表情地盯着看。

伯纳德这才意识到,人家隔着车窗玻璃是看不清自己的。他觉得自个儿有点儿傻气。接着,他吃惊地看到小女孩突然扮了个鬼脸,双眼内斜,舌头伸出,满脸的鄙夷和不屑。这怪相来也匆匆去也匆匆,很快又被她平素那副毫无表情的面具所代替,伯纳德甚至疑心刚才那一幕是自己凭空想象出来的。救护车重新开动起来,女孩不见了。

"阿曼达!别磨蹭!"英国男人尖利的一声喊,引得拥挤的人行道上好几颗脑袋纷纷扭转过来,阿曼达自己却没有马上转身。她发泄怒气一般朝鸣鸣作响的救护车做了个恶狠狠的鬼脸,等五官复位后,才转身迈着碎步跟上父亲。

"你别不小心,会走散的。"见阿曼达跟上来,妈妈开始训斥,"那样的话我们后半天什么也干不成,只能四处去找你。"

"我自己能找着路回酒店的。"

"呵,你可真能耐呀,小姐,听你这么说我真高兴,"妈妈语带嘲讽,"我都不一定能找回去呢。我们好像走了好几个小时了。"

"实际上,十一分钟。"阿曼达的弟弟罗伯特看看电子表。

"哦,天儿这么热,我觉得有好几小时了。酒店居然离海滩这么远,'夏威夷岸涛酒店',这名字纯粹是骗人的。"

"我会投诉的,"贝斯特先生扭头说,"写信去投诉。"

救护车的警笛声渐渐远去。"交叉我的手指头,交叉我的脚趾头,但愿我别进那里头。"阿曼达一边低声哼唱,一边把凉鞋里的脚趾头交叉起来。她慢慢跨着大步往前走着,集中全部精力避开铺路石中间的缝隙,只要让自己听不见大人的唠叨就行。那些唠叨她可太熟悉了。所有的大人都这样吗？她不这样想。在她的印象中，别人的父母并非天天都让孩子下不来台，随时都会当着外人的面发脾气教训人。

拉塞尔·哈维在伦敦市区一家投资银行的交易大厅工作，他的朋友同事都称他拉斯。远处传来救护车的鸣叫声时，他正在怀基基希尔顿酒店二十七层房间的阳台上，独自享用早餐。看来蜜月期间他多半只能单独行动了，甚至包括做爱。酒店房间里有两张双人床，塞西莉还在一张床上睡着，或者是在装睡。拉斯昨晚就睡在另一张双人床上。这家酒店似乎每间都是双床房，让拉斯觉得纯属多余。昨晚塞西莉把自己反锁在浴室里洗浴，然后先他一步上床去睡了。等他也准备上同一张床时，她一声不吭，径自起身上了另一张床。拉斯觉得自己要是追过去，她准会起身再换床，只得作罢。他觉得自己受到了冷暴力。跟妻子同床当然不会将他们的婚姻推上巅峰，也不是去满足一种长期被压抑的欲望，毕竟他和塞西莉已经同居两年了，但蜜月之中，做丈夫的当然有权要求跟妻子同寝。

拉斯站起身，倚在阳台的护栏上，他郁闷的目光扫过蜿蜒的棕榈海岸线，朝凸立在海中的一座平顶大山望去。给他送早点的侍者告诉他，那里就是戴蒙德角，也叫钻石角。这一带风光确实美丽如画，但他依然打不起精神来。救护车的鸣叫声越来越响，他看向楼下的十字街口，路面上画着一大朵黄色的五瓣花。这儿的人对花简直痴迷到了傻气的地步。昨晚他们的枕头上放着花，浴室的澡盆里漂着花，甚至今天早餐的麦片里也有朵花，一不小心差点给吞下肚里去了。

救护车开近了,刚轧过那朵五瓣花就陷入四面车辆的包围之中。它发出的笛声也由尖利的长啸变成狂躁、短促、尖锐的吠叫。不久,阻塞的交通松动了,救护车从一条缝隙中钻出去,开走了。拉斯闲得无聊,便开始猜测车里躺的是什么人:一个上了年纪的游客中暑后玩儿完了,因为阳台上就热得跟炼狱似的;或是那对来二度蜜月的夫妇,好事做到一半闪了腰,或者是那个被恋人抛弃的绝望的……

拉斯突然想到一个主意。他所站的阳台与卧室有门窗相通,他踏上窗前的一把椅子,双臂平伸,让晨光将他的身影投射入室内。他憋住嗓子怪叫一声,纵身跳下椅子,却是悄无声息地斜落在阳台里侧。他屈身缩在半墙背后,这样从卧室朝外就看不见他了。他蜷成球状蹲在那里,慢慢熬过了一分钟左右,心里越来越觉得自己的举动有点蠢。他偷窥房内,塞西莉一动没动。她要么是真的睡着了,要么就是看穿了自己的花招,再不然,她就是一只超出自己想象的冷酷的母狗。

西德尼·布鲁克斯,正身穿睡衣裤站在夏威夷皇宫大酒店的阳台上,只是隐约听到从后面街上传来的救护车的笛声。儿子特里凡事只要最好的,所以这家酒店面朝大海,从阳台上就能俯瞰下面的沙滩。特里和托尼的房间在下面一层往前数第三间,和他们的房间成直角相对。昨天晚上他们遥相挥手、互道晚安,但今早直到现在,那边的阳台上还没有什么动静。救护车的鸣叫声暂停了片刻,又响了起来。尽管阳台上烈日灼灼,西德尼仍因为后怕而感到一阵寒意袭来,他想起自己不久前坐救护车的经历。他两手抱住自己的将军肚,仿佛抱住的是一只锻炼用的实心皮球,然后深深地吐纳呼吸。他扭头说:"这里风景真好,莉莲,你该来看一看,真的跟明信片上画的一样:椰林,沙滩,大海,全齐了。"

"你知道我怕高的,"她说,"你自己也当心点儿,别又犯了头晕。"

"不会的。"他口中虽这么说,却还是转身退回到卧室里。莉莲正坐在床上,小口喝着丈夫给她沏好的热茶。浴室的墙上装了只精巧的热水壶,还周到地配上了小袋的茶叶和速溶咖啡。西德尼今天早上花了好几分钟的时间,以行家里手的眼光审视了浴室里的装备,印象颇深。

"你什么时候才能改改呐?"莉莲说,"每次从里面出来都不系好扣子。"

西德尼伸手到将军肚下一摸,把睡裤的前门扣好。"没关系,又没别人。特里和托尼好像还没起床呢。"

莉莲对着茶杯皱起了眉头:"你到底怎样想的?"

"想什么?"

"这个托尼。"

"看着倒还不错,我还没机会跟他聊聊呢。"

"你不觉得这事有点蹊跷吗?两个男人一起来度假,都是成年人了,还住一个房间。"

西德尼瞪着妻子,觉得又有一阵寒意袭来,不禁打了个哆嗦。

"我不明白你在说什么。"他说着,又往阳台方向退去。

"你要去哪?"

"我不想谈这事。"他说。

救护车路过埃弗索普夫妇住的酒店时,他们正在拍摄"在怀基基醒来:第一天"。实际上贝丽尔一小时前就醒了,见布赖恩仍睡着,就独自梳洗了,到一楼的自助餐厅吃早饭。再回房间时,布赖恩非让她脱下衣服,换好睡衣再上床去睡下不可。这会儿布赖恩扛着摄像机站在阳台上,将镜头对准床上的枕头。按照丈夫的表演提示,贝丽尔要在床上坐起身,睁开眼,打哈欠伸懒腰,下床,在长睡衣外披一件短衫,慢慢走上阳台,然后她还要从阳台上出神地眺望外面的美景。外面实际上是另一家酒店的大楼,但布赖恩坚信,只要妻子紧紧抓住他的裤腰带,从阳台护栏上尽量向外探出身子,自己就能拍到她和一小片沙滩椰林的远景,以备今后拼接在合适的场景里。"开机!"他喊道。于是贝丽尔醒来,下床,朝敞开的玻璃拉门走去,同时还像模像样地打着哈欠。她刚走到阳台上,从下面街道上便传来一阵刺耳的救护车鸣叫声。"停!停!"布赖恩·埃弗索普喊道。

"怎么啦?"贝丽尔停步说。

"录像机里装有内置话筒,"布赖恩·埃弗索普说,"我们可不想把救护车的声音录下来,真是煞风景。"

"噢,你是说我还得从头再来一遍?"

"对。"布赖恩说,"这次胸前衣服再拉低点儿,哈欠别打得太多。"

罗杰·谢尔德雷克听见了救护车的鸣叫，却不为所动。他住在怀厄特帝国大酒店，好几小时前就起床开始辛勤工作了。他把笔记本、双筒望远镜、带变焦镜头的照相机全搬到了阳台上，从那里居高临下地观察街对面那家大酒店的游泳池，把泳池周围的礼拜仪式记录、拍摄下来。

首先，酒店员工趁早晨天气凉爽先做准备工作。他们先用水管冲刷水池四周的地面，用一把长柄网兜捞出水中的杂物，然后，把塑料模压躺椅和桌子一排排整齐地放好，铺好防水长垫，在池边的亭子里码放干净毛巾。到了八点半，第一批客人光顾了，各拣自己中意的地方坐下。现在已是十点，几乎所有的躺椅都各有其主了。侍应生穿梭其间，端着托盘递送饮料、小吃。

根据以往的研究结果，罗杰·谢尔德雷克知道，设计这泳池的本意就不是为了让人去里头游泳。这么小的池子，形状又不规则，人在里头根本没法长距离游泳。实际上你还没划几下呢，不是撞上池壁，就是碰到其他游泳的人。这池子其实就是为了招揽客人来附近坐一坐，躺一躺，买几杯饮料喝的。游客既然无法在水中畅游，在水池边晒得又热又渴的，自然就会慷慨解囊，买些饮料润喉。和饮料一起送上的还有免费赠送的咸味花生之类，盐分让游客越吃越渴，越渴就越想买饮料喝。但是这游泳池，不管它多么小，却是必不可少的，它是整个仪式的核心。许多前来晒日光浴的人至少都要敷衍塞责般地进去蘸湿身体。与其说是游水，倒不如说是浸水。

这，也是一种洗礼。

罗杰·谢尔德雷克把这一心得写在笔记本上。救护车的笛声渐渐远去。

苏·巴特沃斯和迪伊·里普利还在熟睡之中，所以既没听见救护车的声音，也没看见它开过去。因为时差的缘故，昨晚两人半夜就醒了，服下安眠药之后才又睡着。再说了，怀基基椰园是特沃威斯提供的最便宜的一家酒店，她们合住的双人标间也没有阳台让她们凭栏远眺。救护车开过去几分钟后，迪伊床头柜上的电话铃响了。她睡意蒙眬中摸索到听筒，拿起来嗓音沙哑地说："喂？"

"阿罗哈，"一个清脆的女声说，"该起床了，祝您日安。"

"什么？"迪伊说。

"阿罗哈，该起床了，祝您日安。"

"我没让你早上叫醒我。"迪伊冷冰冰地说。

"阿罗哈，该起床了，祝您日安。"

"你听不明白吗？笨蛋！"迪伊朝电话大声叫道，"我没要该死的叫早服务！"

"怎么了，迪伊？"另一张床上的苏喃喃地问。

迪伊将话筒从耳边挪开，盯了它一会儿，才慢慢明白过来，却有气没处撒，原来那是酒店播放的录音。那清脆的声音依然温柔："阿罗哈，该起床了，祝您日安。"

6

圣约瑟夫医院是一幢中等大小的建筑物，米黄色水泥外墙，有色玻璃窗，门前是一条浓荫掩映的公路。医院坐落在山峦之上，正好俯瞰山下的火奴鲁鲁港口。那一片平坦的作业区里有一座座的仓库和起重机，银色的大型储油罐在阳光下熠熠生辉。医院的急救门诊洋溢着一种泰然、务实、高效的气氛，令伯纳德颇为宽心。沃尔什先生被直接推进护士们所说的创伤室去做检查，拍X光片，他自己则由一位行政人员领到一旁。

这是一位亚裔女士，名字就印在她的白大褂上，索尼娅·米。她请伯纳德在办公桌旁坐下，给他用塑料杯倒了一杯咖啡，然后开始填写（或者，用她的美国话说，"填出"）一张又一张表格。在谈到保险事宜时，伯纳德承认自己不大清楚所办保险的险别。索尼娅·米告诉他不必多虑，等检查结果出来后，再看沃尔什先生有无住院治疗的必要。

几分钟后，一位穿浅蓝色大褂的年轻大夫走了进来，说沃尔什先生确有必要住院，他的骨盆骨折了，显然伤势本可能更严重、更糟糕。治疗大概只需要卧床休息两三周，但必须指定一名内科医生专门负责。医院可以从自己所掌握的矫正专家中替他请一位，如果伯纳德没有合适的人选的话。伯纳德没有人选推荐，却担心地问起了医疗费用的问题。索尼娅·米说："在你方便的时候，如果能尽快通知我们你投保的保险公司的名字，事情就好办多了。"伯纳德说自己马上回去取保险单，但被索尼娅拦住了。

"你只消打个电话告诉我们具体情况就行了。还有，你不必替父亲担心，这家医院以治病救人为宗旨。"伯纳德听完简直想亲她一下。

他来到创伤室，见父亲仍然卧在担架上，就尽量轻描淡写地把发生的事情简述了一遍。老人眼也不睁，嘴巴紧闭，嘴角向下拉成弧形。但他略微点了一两次头，似乎听见了儿子的话。一名护士告诉伯纳德说，医院正在替老人预备病床。他回答说自己晚些时候再回来，便转身离开了。

伯纳德站在医院门口的台阶上，正琢磨着该如何返回怀基基时，刚好有人坐着出租车来看门诊，他便接着坐进了出租车。路上车辆很多，眼见前面的汽车纷纷减速停下来，出租车司机绝望地举起双手说："真是越来越糟糕。"这话简直就是伯纳德目前处境的真实写照。

他来夏威夷原本是给生病的姑妈帮忙的，现在可好，不但姑妈没见到，父亲反倒让车撞伤了。姑妈现在肯定开始担心自己是不是出事了。等回到考洛街，伯纳德付完车钱后，他身上几乎不剩分文。他这才想起来，自己去见赫秀拉之前，必须先去趟银行。

伯纳德乘电梯上到三楼，一出电梯门，迎面遇到了等电梯下楼的克瑙伯弗勒马赫太太。她满是疑问地看了一眼神色慌张、没有父亲相随的伯纳德，便盘桓着想打探情况。伯纳德没有停下来跟她聊天，只是一边匆匆往前走，一边扭头打了声招呼。一进公寓，他便直奔自己的公文包，从里面取出保险单，读着上面小小的字，他的心跳不禁开始加速：还好，父亲的医疗费用只要不超过一百万英镑，都由保险公司来支付。治疗骨盆骨折，就是美国医院也不能开出比这更高的价码了吧。伯纳德一下跌坐在椅子里，心里默默地为旅行社的那位小伙子送上祝福。他打电话给索尼娅·米，把保险单上的条款念给她听，并且保证过些时候把保险单给她带过去。接着他打电话给赫秀拉所在的疗养院，给赫秀拉留下口信，说自己晚些时候到。随后他就动身去了银行。

正午稍过，伯纳德终于同姑妈见面了。所谓的"疗养院"实际上是一座不大的砖砌私人住宅，只有一层，位于火奴鲁鲁市郊一个很邋遢的地点。房子离圣约瑟夫医院不远，靠近高速公路，但门前的小路似乎已久无车辆经过了。在这样一个炎热的下午，唯一能听见的就是从远处传来的车辆轰鸣声。伯纳德停好租来的本田车，在车边略微站了片刻，拽拽衬衣和长裤，肩膀和大腿处的衣服都让汗水湿透了，紧贴在身上。自己开的这辆饼干色的本田车已经跑了将近十五万公里，没装空调，座椅和靠背都是塑料材质。这是他所能找到的租金最便宜的汽车了。疗养院门外没有门牌，号码就用手写在一个歪歪斜斜、钉在烂木桩上的信箱上，房子四周全是乱蓬蓬的树木和野生灌木。门廊前有三级旧木梯，纱门后的正门敞开着，从里面某处传来婴儿的啼哭声。伯纳德按下门铃，哭声立刻止住，门铃声在房子深处大响起来。一位瘦小、棕色皮肤、穿着一件色彩艳丽的家居便服的女人前来应门。她脸上堆着谄媚的笑,请伯纳德进屋。

"沃尔什先生吧?你姑妈一整天都在盼着你。"

"你告诉她我有事耽搁了吗?"伯纳德不放心地问。

"当然。"

"她情况怎么样?"

"不太好。不吃东西,你姑妈。我给她做好的,可她什么也不吃。"这女人讨好的腔调中夹着些委屈。伯纳德刚从室外耀眼的阳光里进来,前厅中央一片黑暗,他略作停留,好让眼睛适应室内的光线。一个两三岁只穿件背心的孩子,像暗室中正在冲洗的底片上的人形,慢慢由虚幻化成一个实在的真人。他吮着大拇指,一双白多黑少的大眼睛定定地望着伯纳德,一筒鼻涕垂下来,爬进他的嘴角。

"我猜她也不会有胃口,您是?"

"琼斯,"女人回答说,"我是琼斯太太。你跟医院说,我给你姑妈做好吃的,行不?"伯纳德没料到眼前的亚裔女人居然有一个西方人的姓氏,有点意外。

"我肯定你已经尽力了,琼斯太太。"伯纳德说。这话连他自己都觉得生硬、机械,但却又很耳熟。只要合上眼,他就好像又回到了作为神父去探望教众的日子。他也是这样站在廉租屋或连排别墅的门厅里,等着主人领自己进入病人的房间。只是厨房里散发出的气味不一样,这家饭菜的气味辛辣甜腻。"我能见见我姑妈吗?"

"当然。"

他跟随琼斯太太和她的孩子走进门厅。听见他们的赤脚"啪啪"地拍在干净的木头地板上,便犹豫自己进屋时是否也应该脱去鞋子。女人走到一扇门旁敲了敲,没等里面的人回答就推门而入。

"里德尔太太,你侄子从英国来看你了。"

赫秀拉躺在一张带轮子的矮床上,身上盖着棉被单,露在被单外的一只手打着石膏,用吊带吊在胸前。见伯纳德进来,她从枕头上昂起头来,伸出没受伤的好手表示欢迎。

"伯纳德,看见你我真是太高兴了。"她声音嘶哑、微弱。伯纳德握住她的手,吻了吻她的脸颊。赫秀拉昂起的头重又陷进枕头里,却紧握着伯纳德的手不放。"谢谢,"她说,"谢谢你能来。"

"我还是让你们单独待一会儿吧。"琼斯太太说着退出门外,带上了房门。

伯纳德拉过来一张椅子,在床前坐下。以前他曾照料过几位癌症病人,但是姑妈的模样还是让他吃了一惊。她四肢瘦削得让人心痛,皮肤发黄,没有光泽,薄薄的棉睡衣掩不住嶙峋的锁骨。但是她那一双眼睛,跟父亲一样明亮的蓝眼睛,尽管深陷在发青的眼窝中,却依然闪动着不息的生的光芒。伯纳德几乎无法将这位形容枯槁的白发老人同那位活泼健康、风姿绰约的姑妈联系在一起。许多年前,这位姑妈穿着一袭圆点长裙飘然莅临他们的老家,将美国糖果和美式元音慷慨地抛撒给瞠目结舌、略怀不满的沃尔什一家。但毋庸置疑,她就是自己的姑妈。她瘦削的头颅,那高额头、窄脸、尖鼻子,一看就是沃尔什家人特有的。看着眼前的姑妈,伯纳德仿佛能预先看见父亲临终时的面容，还有他自己的。

"杰克在哪里？"赫秀拉说。

"恐怕爹地出了点意外。"伯纳德说了实话，同时也很惊讶，自己心中竟然涌起如此强烈的失望感。此时此刻他才意识到，上一周里他一直在幻想，自己将自豪地导演一出兄妹大团圆的伤感煽情大戏，其间又是泪又是笑，还有小提琴在一旁伴奏。看来在车祸中受伤的不仅是父亲的屁股，还有他自己那份虚荣心。

"哦，天哪，"赫秀拉听伯纳德讲完后，叹息道，"太可怕了，出了这样的事，他会怪我的。"

"他会怪的是我，"伯纳德说，"我也怪自己。"

"可这又不是你的错。"

"我应该把他看紧点才是。"

"杰克过马路简直吓死个人。我们小时候，妈妈都被他给气疯了。你能肯定保险公司会支付所有的医疗费用吗？"

"应该会的，连我们回家的路费都包了。不过半个月后我们大概还走不了。"

"你一说我倒想起来了，你去银行取钱了吗？"

"取了。"他拍拍前胸，衬衣口袋里是鼓鼓囊囊的钱包。

"老天呀，伯纳德，你该不是说，你口袋里装着两千五百美元的现金到处溜达吧？"

"我取了钱就直接从银行过来了。"

"你被人抢了都有可能呀。这年头怀基基到处都是罪犯。看在老天的分上，快把钱换成安全些的旅行支票，或者就藏在我的公寓里。厨房的柜子里有只棕色的饼干桶,那是我用来藏钱的。"

"好吧。可是你呢,赫秀拉姑妈?你怎么样?"

"还行吧。嗐,其实不太好。"

"疼吗?"

"不太疼,我吃着药呢。"

"琼斯太太说你吃得太少。"

"我吃不惯她做的饭菜。她是从斐济还是菲律宾什么地方来的,饮食跟咱们不一样。"

"你得吃东西才成啊。"

"我没胃口。一搬到这儿我就开始便秘,可能是因为吃止痛药的缘故吧。而且天还热得要命,"她撩起被单给自己扇风,"信风好像迷路了,吹不到这一带来。"

伯纳德环视这间陈设简陋的小房间,百叶窗已经破了,歪歪斜斜地挂在窗户上,露出后院堆积成山的旧家具、冰箱和洗衣机,每一件都锈迹斑斑,淹没在杂草中。屋里的墙面上残留着雨水渗入的痕迹,木地板上蒙着一层灰。

"这里,就是医院给你找的最好的疗养院吗?"

"这里是最便宜的。我的健康保险只负担我的住院费,以后的疗养费就不管了。我不是个富婆,伯纳德。"

"那你丈夫,你的前夫不是……"

"离婚赡养费也有个头啊,伯纳德。怎么说呢,我前夫里克死了,都死了好几年了。"

"这我还不知道。"

"家里没人知道,因为我没告诉他们。我一直靠领社保福利生活,过得可不易呀。你知道,在美国就数火奴鲁鲁的生活费用最高,几乎每样东西都得从外面运进来,他们管这个叫天堂税。"

"但你总有些积蓄吧?"

"只有一点儿。本来还应该再多一些,70 年代搞了点投资,没弄好,赔了很多。现在我手上只有些蓝筹股,但股价在 1987 年下跌过一次。"她身体一缩,好像一阵疼痛袭来,被单下的身子动了动。

"给你看病的专家到这里来看过你吗?"伯纳德问。

"事先说好的,如果琼斯太太觉得有必要的话就打电话给医院,不过医院不希望她打。"

"那他有没有来过?"

"没有。"

"我得跟他联系一下,克瑙伯弗勒马赫太太把他的电话号码给我了。"

赫秀拉扮了个鬼脸。"这么说你已经见过索菲了?"

"她人很好嘛。"

"她就爱管人家的闲事。什么事也别对她讲,要不然,你眼都没来得及眨一下,附近的人就都传遍了。"

"爹地和我刚到的时候,她可帮了大忙,专门跑去机场接的我们。"

"可怜的杰克!"赫秀拉叹道,"这太不公平了,你和杰克千山万水地赶来,来看我这又病又穷的老人,结果他刚来就让车给撞了。天主怎么能允许这样的事情发生啊？"

伯纳德沉默。

赫秀拉明亮的蓝眼睛斜睨了一下伯纳德："你仍然信奉天主，是吧，伯纳德？"

"不完全如此。"他说。

"哦，听你这么说，我很难过。"赫秀拉合上眼，神情中有些失望。

"你知道我已经脱离教会了？"

"我知道你不做神父了，但我不知道你还完全放弃了信仰。"她又睁开眼，"你当时想跟一个女的结婚来着，是吗？"

伯纳德点点头。

"但是没结成？"

"没成。"

"这么一来，我猜他们也不肯让你回头了，是吧？再也不让你当神父了？"

"是我自己不想回头的，赫秀拉。好多年来我就没有真正信仰过什么了，不过是走过场摆样子，没有勇气采取行动而已。达芙妮仅仅是……输导管。"

"什么？怎么听着跟医生给病人排尿用的那倒霉玩意儿似的？"

"我猜你说的是输尿管吧。"伯纳德笑笑说，"输导管的意思是……"

"不用解释了，伯纳德，我不需要知道那是啥。我们还有更要紧的事情要商议呢。有几个信仰方面的问题，我一直盼着你能给我解惑。有些事情我一直很难相信。"

"恐怕你找错人了，赫秀拉姑妈。每一件事情，恐怕我都会让你失望的。"

"不，不会的，你在这里，我心里就很踏实了。"

"要不我们谈点别的事情？"

赫秀拉叹口气："好吧，有好多事情需要定下来了，比如，我那套公寓要不要退租。"

"退租应该是明智的，"伯纳德说，"如果……"

"如果我再也不用回去的话。"赫秀拉替他把话说完，"可是我的那些东西又该怎么处理呢？寄存起来？太花钱了。卖掉？我讨厌让索菲那样的人碰我的东西。再说我该住到哪里去呢？我不能总待在这儿吧。"

"找一家好些的疗养院，也许。"

"你知道那得花多少钱吗？"

"不知道，但我可以去打听。"

"那可是天文数字。"

"听好，赫秀拉姑妈，"伯纳德说，"让我们实际一点儿。你手头除了养老金之外，还有一些可以变现的财产。我们一起来算算你总共有多少钱吧。"

"你是说让我把股票卖了？靠现金生活？不行，我可不想这么干。"赫秀拉一边说一边用力摇头，"要是我死之前钱就花光了怎么办？"

"那种情况我们尽力避免嘛。"伯纳德说。

"我来告诉你,万一到了那一步我会怎么样吧。临了我会住进一家远离市区的州立养老院。以前我去过那种地方,去看朋友。那儿住的都是下层人,有些还是疯子。那股味道呀,好像有些人大小便失禁了似的。所有的人都坐在一间大屋子里,靠着墙围成一圈。"她打个寒战,"我就会死在那么一个地方。"

"死"字嘲讽地悬在潮湿的空气里。

"不妨换个角度来看这个问题,赫秀拉姑妈。"伯纳德说,"你的积蓄留着不花干吗呀?为什么不尽量让自己最后的日子舒服一些呢?"

"我不想死的时候一贫如洗,我想给谁留下点儿什么,比如,你。"

"别傻了,我不需要你的钱。"

"上星期通电话时,你给我留下的印象可不是这样的。"

"我不需要,而且也不想要你的钱。"他又补充了一句小小的谎言,"其他人也不想要。"

"如果我不留下些遗产的话,我就会被忘掉,一点儿痕迹都留不下。我没有孩子,一生当中也没什么成就。别人会在我的墓碑上写些什么呢?'她是桥牌高手','六十九岁仍能游水八百米','她做的牛奶巧克力糖颇受欢迎'?也只有这些能写在我的墓碑上了。"赫秀拉从床头的纸盒中摸出张面巾纸,擦了擦眼睛。

"我不会忘记你的。"伯纳德柔声说,"我永远忘不掉你去我们家的那次。那是在伦敦,我还很小,你穿一件红白两色的裙子。"

"哈,我记得那条裙子!是白色的,带着红色圆点,对吗?你居然还记得它。"赫秀拉回忆起往事,开心地笑了。

伯纳德瞟一眼手表："我得走了，得回医院看看爹地情况怎么样。明天我再来看你。"他吻了吻赫秀拉清瘦的面颊，转身离开了。

琼斯太太在黑洞洞的前厅截住了他："你姑妈好不？"

"哦，她便秘很严重。"

"那是因为她不吃东西。"

"我要跟她的大夫谈谈。"

"你告诉他我给你姑妈做好吃的，好不？"

"好的，琼斯太太。"伯纳德耐心地说完，自己推门离开。

刚才他把车停在了大太阳底下，现在车内热得要命。皮革坐垫隔着裤子烧灼着他的大腿，方向盘也热得烫手。但他还是很高兴离开那座憋闷的黑屋子，离开赫秀拉凄凉的病房。

他还清晰地记得自己以前以神父的身份去探望病人的感觉。病人家的大门在他身后刚一关上，他的心情便自私却又抑制不住地昂扬起来，一种动物才有的满足感洋溢在他的心头：自己身体健康，能四处走动，而不是卧病在床头。

他把车挂到前进挡，打着了火。车子一动不动。伯纳德紧张得直冒汗。过了一会儿他才发现，原来只有挂在泊车挡引擎才会启动。早晨在租车公司外面取车时引擎已经发动起来了，所以自己没有注意到这一点。他以前从未开过自动挡汽车，刚才开车来琼斯太太家的一路真可谓惊心动魄，每次他想要加速的时候，左脚总是习惯性地去踩离合，好预备换挡，结果他踩上的却是刹车，车子"咔"一声紧急停下，惹恼了后面一连串的司机，气得他们全都使劲按喇叭。他过了一阵子才想清楚。为了不至于再乱踩刹车,最好的办法就是把左脚别在驾驶座下面,哪怕自己得歪着身子开车也不在乎了。在开回去之前,他先把左脚在座位下别好,再把右脚从刹车挪到油门上,轻轻一踩,车子便向前滑动起来。他心里涌起一阵孩子般难以抑制的欢愉,不由得双唇向上弯起。他原本就喜欢开车,自动挡变速箱仿佛魔术一般又轻巧又省力,更增添了开车的乐趣。他摇下车窗玻璃,让微风吹进闷热的车里。

伯纳德来到圣约瑟夫医院,将保险单交给索尼娅·米,她看后脸上现出非常满意的神情,还告诉伯纳德他父亲已经转到医院主楼了。伯纳德在一间双人病房里找到了他。父亲身上穿了一件医院的睡衣,手臂上的输液管已经摘掉,因为注射了镇痛剂,正安静地睡着。值班护士告诉伯纳德明天需要带些换洗衣物和洗漱用品来。伯纳德想起昨晚父亲上床时穿的睡衣,洗褪了颜色,缺了两粒纽扣,还打着笨拙的补丁。他决定在回家的路上先替父亲买两件新的。

要买睡衣,医院大厅的前台建议伯纳德去阿拉穆阿娜购物中心,找一家名叫杰西潘尼的百货店,并且说明了具体的路线。购物中心是一幢大型建筑物,旁边是一片更为巨大的停车场。伯纳德不辨东西地逛了半个多钟头,商场里有喷泉、绿色植物、播着音乐的亮闪闪精品店,简直应有尽有,但就是没有卖男式睡衣的地方。最后他误打误撞地走进杰西潘尼连锁百货店,才买到了想要的睡衣。他也给自己买了些夏季衣服:两件短袖衬衣,两条卡其布短裤,一条棉布长裤。付款时他拿出钱包,从那一厚沓美元中剥出两张百元大钞,递给售货员。从对方眼中,他看到了惊讶。一回到公寓,他马上把大部分钱藏进赫秀拉提过的饼干盒子里。接着他打电话到盖瑟医院，跟赫秀拉的主治大夫约好明早见面谈谈。他拉了一张扶手椅坐下，用笔把待办事项一一列在纸上：计算赫秀拉的财产，打听疗养院的情况。但一阵倦意突然袭来，他闭上眼，没过多久就睡着了。

一阵电话铃声将他惊醒，窗外暮色已浓，已经八点了。他睡了将近一个半小时。

"你好，我是尤兰德·米勒。"一个女声说。

"谁？"

"早上的事情还记得吗？我是那个司机。"

"哦，记起来了，对不起，我刚才有些昏头了。"他强压住哈欠。

"我打电话是想问问你父亲的情况如何。"

伯纳德讲述了大致情况。

"哦，很高兴事情还不算是太糟。"尤兰德·米勒说，"不过，我猜你们的旅行计划全给打乱了吧。"

"我们原本也不是来度假的。"伯纳德又讲了一遍自己来夏威夷的原因。

"这可太糟了。这么说来你父亲还没见到妹妹呢？"

"没有，他们俩现在都卧床不起。中间虽然只隔着几英里远，却像隔了万水千山一样。我想他们总能见上一面的，就是有些麻烦罢了。"

"你可不能责怪自己。"尤兰德·米勒说。

"什么？"伯纳德不敢肯定自己是不是听对了。

"我感觉你正为发生的事情责怪自己。"

"嗯,我当然责怪自己啦,"他大声说道,"出这趟远门是我的主张,虽然不全是我的,却也是我一手操办的,是我鼓动父亲来这里的。如果我不带他来,他就会好好地待在英国的家里,而不是躺在异国他乡的医院里遭罪了。我当然要怪我自己了。"

"那我也应该怪自己喽。我应该对自己说:'尤兰德,你早该料到那老人正打算过马路,你压根儿不该去怀基基买东西。'说实话我很少去逛街的,要不是看见报上有一则运动用品大减价的广告……所有这些我全可以当成责怪自己的理由。但责怪有什么用呢?人总会遇到些不顺,你得把它们抛在脑后,继续生活下去。你是不是觉得我在多管闲事?"

"哪里,没有。"伯纳德嘴上否认,但心里差不多是这么想的。

"是这样,我的职业是心理咨询顾问。刚才算是习惯反应吧。"

"哦,谢谢你的咨询,我觉得你说的话很有道理。"

"没什么。那祝你父亲早日康复。"

伯纳德放下电话,惊讶地对着空屋子"哼"了一声,她倒是挺能瞎猜的,但自己没觉得气恼,反而觉得挺好玩。这时,他突然发觉自己饥饿难当,这才想起来已经整整一天都没吃东西了。冰箱里只有克瑙伯弗勒马赫太太买的早餐,几袋冷冻蔬菜和冰淇淋。他决定上街找家餐馆去吃饭。就在这时,门铃响了。克瑙伯弗勒马赫太太手捧一只塑料盒站在门外。"我想你父亲也许愿意喝点自家熬的鸡汤。"她说。

"太感谢了,"伯纳德说,"可是恐怕我父亲这会儿正在医院里住院呢。"

伯纳德请她进屋,大致讲了事情的经过。克瑙伯弗勒马赫太太全神贯注地听完后,满脸惊恐地说:"如果你需要找个好律师,我可以推荐一位。你当然是准备起诉那个司机喽?"

"哦,不会的,这完全是我们的错。"

"千万别这么说,"克瑙伯弗勒马赫太太说,"反正打官司也是保险公司花钱。"

"我还有更重要的事情要考虑呢,比如说我姑妈。"伯纳德说。

"她还好吗?"

"一般吧,我不太喜欢她现在住的地方。"

伯纳德描述了琼斯太太家里的情况,克瑙伯弗勒马赫太太一边听,一边颇有先见之明地点着头说:"我知道那种地方,说是疗养院,其实负责照顾的人根本不够格。你知道吗?她们哪里会照顾人啊。"

"这我看到了。"

"上帝保佑,千万别让我在那种地方过世。"她口里说着,双眼虔诚地向上翻起注视着天花板。"幸亏我丈夫给我留下了足够的钱。那你喜不喜欢喝鸡汤?"

伯纳德接过鸡汤,向她道声谢,转身就把鸡汤搁进了冰箱里。这时候光靠喝汤可填不饱他的辘辘饥肠。

他在卡拉考阿大街看见一家名叫"天堂意面馆"的饭店,看着还过得去又不会太贵的样子,便走了进去。女招待的围裙上都别着一枚名牌。一位名叫达丽特的姑娘给他端来一杯冰水,满面春风地问:"先生,今天晚上过得好吗?"

"噢,不好。"伯纳德口里应着,心里却纳闷,难道白天发生的种种已经在自己身上留下了清晰的印迹,连陌生人都来替自己操心了?但看达丽特一副茫然的表情,便猜测这句话在他听来是问候,实际上是美国人没话找话的客套。于是,他改口回答说:"很好,谢谢。"她疑惑的表情不见了。

"今晚咱们来道特色菜?"她用升调问。

"我还没想好。"伯纳德看着菜单说。但这姑娘用升调显然不是征求他的意见,因为她接着就开始介绍意式菠菜千层面。但他要了肉酱意面和色拉,外加一杯精选红酒。

很快,达丽特给他端来了一海碗色拉,对他说:"上来了。"

"上哪儿?"伯纳德问。他以为得自己去取餐。不过这话好像又是美国人没话找话时说的,也是英式英语中所没有的。意面好像非得等他吃完那一满碗色拉之后才会被端上来。他也不催促,埋头对付碗里那些鲜艳清脆却又淡而无味的蔬菜,嚼得腮帮子都隐隐作痛。幸亏好不容易端上来的面条味美而且量大,伯纳德胃口大开,又点了一杯加州出产的仙粉黛红酒。

他心里感到一阵解脱后的轻松。自从车祸发生以来,一整天他都处在内疚和恐惧的重压之下。这种轻松的感觉难道是因为喝了杯葡萄酒?还是因为跟尤兰德·米勒在电话中的一番交谈?如果原因是后者,那还真有点匪夷所思,出人意料。他感觉自己仿佛忏悔后获得了赦免一般。也许心理咨询师就像是俗世里的神父,也许他们在现实中正在扮演这一角色。伯纳德无端地开始想象她是在怎样的环境里工作。尤兰德·米勒,一个自相矛盾的姓名,异域情调的名字搭配上平淡无奇的姓氏。他发觉自己清楚地记得临别时的一瞥:她身穿一袭宽松的红裙,棕色的双臂垂在身旁,身体直立成近乎立正的姿势,乌亮的头发披在肩上,正若有所思地凝眉望着开动起来的救护车。她肤色棕黄,颧骨高耸,上唇翘而丰厚。脸孔算不得美丽,却令人印象深刻。

他付完钱,离开了饭馆,在卡拉考阿大街上走一走。夜晚温暖湿润,人行道上行人杂沓。昨晚自己还坐在车上旁观,今天已是人群中的一分子。自己来怀基基真的只有二十四小时吗?怎么感觉恍如隔世了。四周的人们悠闲地溜达着,浏览橱窗,舔冰淇淋,用吸管喝饮料。他们服装轻薄而休闲,衬衫上印着艳丽的图案,T恤上印着文字。有人腰间系着尼龙拉链小包,活似长了育儿袋的袋鼠。街道两旁店铺林立,其中一家名叫国际购物市场的集市里灯火通明,出售堆积如山的廉价珠宝和未必正宗的民间工艺品。流行音乐从各家商店里汹涌而出。这岛上充满了各种声音。乐曲虽不悦耳,但伯纳德忽然记起莎士比亚《暴风雨》里的一句:

有时成千的乐器叮叮咚咚
在我耳边鸣响

凯列班的这句台词倒是恰如其分地描述了夏威夷吉他无孔不入的乐声。

走到一家大酒店的门口,他停下脚步。扩音器播放的音乐节奏爆裂,直冲街头。朝大门里面张望,能看到一个椭圆形游泳池,池边是一片宽敞的空地,上方彩灯灼灼,灯下摆满桌椅,桌椅正对一座舞台,两名舞女在三人小乐队的伴奏下舞动着身体。整个场景颇似印象派画家笔下的露天咖啡馆。伯纳德发现观众席里有人在使劲地朝他招手,原来是飞机上穿粉加蓝运动装的那个姑娘,不过今晚她和闺密都穿着漂亮的棉布长裙。

"你好,过来坐啊,喝杯饮料。"她喊道。伯纳德迟疑地走上前。"你还记得我们吧,我叫苏,她叫迪伊。"迪伊淡淡一笑,头轻轻一点,表示知道他的到来。

"好吧,那就喝杯咖啡吧,谢谢。"他说。

"我们还不知道你的尊姓大名呢。"苏说。

"伯纳德,伯纳德·沃尔什。你们住这家酒店?"

"天呐,不是,我们可住不起这种地方。只要买杯饮料,谁都可以来这里坐上一坐的。我们都喝完两杯了。"她咯咯一笑,指指桌上放着的玻璃杯。杯子上斜插着一把小小的塑料伞和两只吸管,杯中嘶嘶冒泡的粉红色液体里浸着一块块热带水果。"这叫'夏威夷日出',挺好喝的,是吧,迪伊?"

"还行吧。"迪伊说,两眼不肯离开舞台。台上那两位金发丰乳、穿着胸罩草裙的舞女正随着夏威夷风格的摇滚乐扭动身体,腰间的草裙好像是用闪闪发亮的蓝色塑料长带做成的。她们浓妆艳抹,凝固不变的笑容像探照灯般逐一扫过各位观众。

"呼拉舞。"苏说。

"好像不太地道。"伯纳德说。

"纯属垃圾。"迪伊说,"我在伦敦帕拉蒂安音乐厅看的也比这个地道。"

"等着吧,"苏说,"等我们去参观波利尼西亚文化中心的时候,应该能看到更好的表演。"她见伯纳德面露好奇之色,便问他:"你没听说吗?你的旅行文件包中有参观门票,在那里可以看波利尼西亚工艺美术品和土风舞,还可以坐独木舟。有点像迪士尼乐园,当然啦,不是迪士尼。"她隐隐感觉自己的比较不太准确,又补了一句,"不过它坐落在一个大花园里,就在岛的那一头,坐公共汽车过去就行。你应该带你父亲去看看,他会喜欢的。我们正打算周一就去呢,是吧,迪伊?"

"恐怕这段时间我父亲哪儿也去不了。"伯纳德说完,又把发生的事情讲了一遍。他感觉自己有点儿像柯勒律治诗歌里的那个老水手,因为杀死一只信天翁而遭到神谴,罚他把同一个故事一遍遍地重复。苏一面听一面时不时发出或痛苦或难过的惊呼声,以示同情。听他讲到车子撞到人时,她倒抽一口凉气。讲到他如何想帮父亲翻身时,她蜷缩起自己的身子。听说救护车开来了,她放心地长舒了一口气。就连迪伊都没费心去掩饰自己的兴趣,抑郁地说:"度假期间总是闹幺蛾子。麻烦我见得多了,扭脚脖子,得咽喉炎,连门牙都弄豁过。"

"哪儿的话!你没有,迪伊,"苏说,"也不是每次都会遇上的。"

"反正不是我就是你呗,"迪伊说,"比如去年。"

苏苦笑着承认她反驳得对。"去年在意大利里米尼的海边游泳,结果我眼睛发炎,眼泪直流,是吧,迪伊?迪伊说我每天晚上坐在酒吧里,稀里哗啦地淌眼泪,把男人都吓跑了。"回忆起往事,苏咯咯地笑了。

"我要回酒店了。"迪伊猛然站起身来宣布。

"啊,迪伊,先别呀!"苏央告说,"你这杯夏威夷日出还没喝完呢,我也没喝完呀。"

"你不用跟我一起走。"

伯纳德起身道:"一个人走夜路?你确定能行?"

"能行,谢谢。"迪伊说。

这时,酒店招待端正好来了伯纳德点的咖啡,并要求马上付账。等伯纳德付完钱,迪伊已经绕过一张张桌子走到大门口了。她傲气地昂着头,只是高跟凉鞋让她的步履有些蹒跚。

"唉,老天啊,"苏叹气说,"迪伊也太玻璃心了。你知道她干吗要走?就因为我刚才提了句把男人都吓跑了。等会儿我回去,你猜她会跟我说啥?'那个伯纳德听你这么说,肯定会以为我们在眼巴巴地等着他呢。'"

伯纳德笑了。"你可以向她担保,我可没这么想过。"

苏喝了几杯"夏威夷日出"之后,聊着聊着口风松了下来,伯纳德慢慢解开了两个姑娘如影随形之谜。她俩是在师范学院读书时认识的,毕业后都去了伦敦附近的一座新城,在同一所学校里教书。放假时她们总是结伴去度假,先是英国南部的海滨度假区,然后是比较冒险的欧洲和地中海地区,像比利时、法国、西班牙和希腊。每次远行,她们心底里都暗暗期盼着能遇上一位合适的男士,所以每次的出行安排都是单调重复的：早上换好泳装到沙滩或泳池边上，把皮肤晒成必不可少的小麦色，晚间换上棉质长裙去吃晚饭，几杯鸡尾酒外加一瓶葡萄酒后，两人便有些微醺了。主动凑过来搭讪的男人也常有，有当地人也有游客，但不知怎的，她们就是没有遇到中意的人。即便伯纳德对艳遇这种事情毫无经验，也能看出她们一边花枝招展地吸引异性，一边又心存戒备，提防那些在度假区跟女人套近乎的男人。他甚至能想象出每当有人主动上前搭话时，她们是怎样傲然以背相对的，然后一边踩着高跟鞋摇摇摆摆地走开，一边咯咯笑着用胳膊肘捣对方。就这样年复一年，她们去过了南斯拉夫、摩洛哥、加那利群岛，然后，苏突然在家乡哈洛碰到一位名叫德斯蒙德的小伙子。他是当地一家金融机构的中层管理人员，苏去办理存款的时候认识的，不久两人就同居了。"希望有一天我们能结婚，可德斯说他不急。今年又到了度假的时候，迪伊当然没有别的伴儿。我问德斯可不可以带上她，三个人一起，可惜德斯跟迪伊合不来，非让我在闺密和男朋友之间选一个，那我也只剩一个解决办法了。"

苏的办法就是每年夏天外出度假两次，一次跟迪伊报团旅游，一次跟男朋友去野营。幸亏德斯在旅游方面胃口不大，一切简单从俭，否则一年两次出游，苏的钱包就太遭罪了。但现在能让迪伊入眼的旅游目的地越来越远。"去年是佛罗里达，今年是夏威夷，真不知道到哪儿才是个尽头啊。我琢磨着，好歹得等她遇上个称心的人吧。"苏口含吸管，蓬松的卷发下双眼期待地望着伯纳德。

伯纳德低头瞟一眼手表，说："我得回去了。"

"我也走了。"苏伸手把放在座椅底下的手袋掏出来,"真可惜,迪伊一向挺好的,真的,就是老把人吓跑。"

他们起身离座时,那两位金发丰乳的舞女还在摇摆腰肢,不知倦怠地龇牙笑着,不过塑料草裙已经变成绿色了。也许变了的是灯光的颜色。一位头发油光发亮的男歌手像挥动鞭子一般舞弄着麦克风,带领观众齐声高唱《我爱夏威夷》。

"这儿挺好的,是吧?"苏说,"怪热闹的。"

来到外面的人行道上,伯纳德犯了犹豫,不知道该不该提出护送苏返回酒店。按礼节他该送,但他又不想弄出误会来。幸运的是两人正好顺路。他们走了几步,见三个小伙子从一家酒吧里跌跌撞撞地走出来。他们喝高了,喊叫着,推搡着。其中一人的T恤上印着"在怀基基上床"的字样。他们经过时,苏往伯纳德的身边靠了靠,说:"希望迪伊能平安回去。"

"她肯定能照顾好自己的。"伯纳德口里应着,心里却满是惊奇,这个姑娘竟然甘愿如此替人付出。她虽然不情愿,却还是每年服刑一般地跟着迪伊外出度假,而且极有可能是无期徒刑,原因很简单,因为迪伊再也找不到别人做伴了。

"你有没有想过把胡子刮掉?"她有些突兀地问。

"没有啊。"他说,微笑中带着惊讶,"怎么问起这个?"

"哦,没什么,只是想问一声。我们的酒店到了,怀基基椰园。"

伯纳德仰头望去,白色大楼高耸伫立,正面是无数蜂巢般一模一样的窗户。"椰园在哪儿?"他大声问。

"不知道。迪伊说这房子大概就修在椰园之上。"

伯纳德伸手跟苏握了一下,互道晚安。

"希望能再见。"她说,"怀基基又不大,是吧?"

"是啊,"他说,"水平方向上确实不大。"

"那不是飞机上见过的人吗?跟他父亲一块儿的那个?老头在希思罗上飞机时好一阵折腾啊。"贝丽尔·埃弗索普对丈夫说。他们乘坐大巴返回酒店时被堵在了库西奥大街,之前,他们到日落海湾体验了一次夏威夷式的音乐宴会。贝丽尔的膝头摊放着一本介绍音乐宴会的小册子,作为旅游项目,音乐宴会每周七次,节假日不休。"日落时分日落湾,四方宾客可以享用异域风味的饮品迈泰,欣赏歌舞,聆听夏威夷古调,观看当地特色的由皇庭全程监督的浅地坑烤猪。此外还有别开生面的传统捕鱼仪式'呼起捞',宾客们可以帮忙在岸边拖起巨大的渔网,之后享用一顿丰盛的烤猪盛宴,从旁助兴的有迷人的草裙舞女和勇敢的食火人,还有钢琴吉他演奏,真是美不胜收!"他们坐车刚到海湾时还真被吓了一跳,居然有一千多人乘公共汽车来参加活动。一排排塑料桌面的狭长餐桌在沙滩上摆开,就座的游客颇有进了难民营的感觉。幸运的是,他们夫妻的餐桌距离表演节目的舞台只有四五十米远,不影响布赖恩用录像机录像。端上桌的食物一看就是用微波炉烤的,根本没进过地坑火塘,吃起来也没什么奇特之处,但好在可以放开肚量随便吃。

布赖恩打了个饱嗝。"谁?"

"那边那位,留胡子的。"贝丽尔指指拥堵不堪的马路对面,一家酒店的大门口。

布赖恩扛起摄像机,将镜头对准马路对面。他在取景框中看见一男一女的身影,便把镜头推近。"是啊,男的看着面熟,还有那个小妞。飞机上她穿的是慢跑装。"

"啊,我记起来了。那时他们好像没在一起吧。"

"现在凑成一对了。"布赖恩说着按下录像键,摄像机呼呼地响起来。

"你拍他们干吗?他们在干吗呢?"

"握手。"

"光是握手?"

"谁知道呢,也许是在买卖毒品。"他半开玩笑地说。他这人平生的夙愿就是,在他扛着录像机的时候,正好把身边发生的大众关注的重大事件拍摄下来,诸如劫匪打劫银行、火灾、跳桥自杀,等等。他在电视新闻中多次见过此类录像,虽然画面模糊不清、上下抖动,还标上了"业余拍摄"的字样,但对他而言,这却像催眠一般魔力无限。"说真的,他带他老爸到夏威夷来干啥?你千万别说是来度假的,他们没准是黑手党呢。"

贝丽尔"哼"了一声,表示不可能。汽车开动起来,胡子男和女孩的身影从他们的视野中消失了。"看见他们倒提醒我了,还记得飞机上那对新婚夫妇吗?"她问道。

"那个雅皮士和冰姑娘?"

"今天我在沙滩上看见他们了。那会儿你正忙着拍泳装女孩呢。"

"什么女孩?"

"别装了,你知道什么女孩。那女的打了个招呼,男的看着没精打采的。"

"也许床上运动疲劳过度了呗。"

"嘘——!"

"提起这个,"布赖恩伸手摸向贝丽尔的大腿,"今晚就开始第二次蜜月,如何?"

"好啊,"贝丽尔说,"不过你可别想着录下来啊。"

伯纳德回到赫秀拉的公寓,打开落地窗让凉风吹进室内,然后走上阳台。夜晚芬芳的清风轻拂脸庞,椰子树随风摇曳,树叶沙沙,像跳呼拉舞的女郎。一弯新月斜挂天边,下方缀着一颗明亮的星星。他目光扫过旁边的楼房,半是期待、半是畏惧地寻找昨夜看见的那一对古怪男女。有几家亮着灯,又没放下窗帘,能看见室内的情景。一扇窗户里,一位肥胖的女人穿着内衣在给地毯吸尘。另一间里,一个男人膝头放着托盘正在吃饭,同时凝神盯着某个地方。伯纳德虽然看不见那个角落,却能断定他盯的是电视屏幕。第三间里,一个穿浴衣的女人正在用吹风机吹头发,她的头发又黑又亮,飘动起来像马尾一样,令他想起了尤兰德的黑发。而昨夜的那两人却不见了踪影。伯纳德连他们所在的阳台都无法确定。

屋里响起电话铃声,他吓了一跳。转身进屋时一个古怪的想法冒了出来:电话是那两个人打来的,他们一直躲在对面楼上某个窗帘的后面窥视他,等他拿起听筒就会听见一个嘲讽的声音慢吞吞地说——说什么呢?他们又怎么会知道这里的电话号码?他摇摇头,想要甩掉自己的胡思乱想。他拿起听筒,是姐姐特丝。

"你不是答应要打电话报平安的嘛。"她来兴师问罪了。

"不好打电话呀,因为有时差。"他说,"我不想半夜三更吵醒你。"

"爹地好吗?恢复过来了吗?"

"什么恢复?"

"恢复精力了吗?"

"噢!是的,恢复了。"

"我能跟他通话吗?"

"恐怕不行。"

"为什么?"

伯纳德想了片刻才说:"他躺在床上呢。"

"什么?那边儿是几点?"

"晚上十点半。"

"哦好,那就别打搅他了。赫秀拉怎么样?她见到爹地高兴吗?"

"他们还没见面呢,今天是我一个人去的。赫秀拉出院搬进了一家所谓的疗养院,环境挺糟糕的。"然后他开始详细地讲疗养院如何不如人意,赫秀拉如何受制于财力因素,不能选择更好的疗养院。

特丝显然有些不悦了。"你是说,赫秀拉很穷吗?"她终于问出口了。

"嗯,也不能说穷,就是不宽裕。一流的私人疗养院她肯定住不起。现在的问题是她需要住多长时间?跟她谈这个问题有点费脑筋。"

"我得说，"特丝生气地说，"我觉得赫秀拉这些年来一直在哄我们，让我们以为她过得有多好似的。"

"你不觉得那是我们为了自己的目的想象出来的吗？"

"哼，我不跟你掰扯这些了，"特丝说，"打这个电话费老鼻子钱了。"挂断电话前她又严令伯纳德给她打电话："等爹地方便通话的时候再打。"

伯纳德盯着手里的话筒，仿佛盯着一只余烟未尽的手枪。他被自己撒谎欺骗的行径吓到了。他确实忘了给特丝打电话，虽然一整天他都在心底里盘算，该如何张口告诉姐姐父亲被车撞伤的事，但他要处理的事情太多、太急，没有时间考虑周全。特丝给了他机会说出实情，他却搞砸了。他向特丝撒了谎，或者按诡辩术的说法，他没有撒一个十足的谎，却仍然是诓骗了自己的姐姐。

他心里涌起一阵强烈的冲动，他要马上给特丝打电话坦白一切。他甚至拿起电话开始拨号，拨到一半，又"砰"的一声把电话扣下。他站起身在公寓里来回踱步。反正特丝早晚会知道车祸的事，她现在知道了也无济于事，所以，为什么不等一等，等父亲伤势稳定了再告诉她呢？这逻辑简直无懈可击，但还是在他沉甸甸的内疚之上又叠压了一块大石头。

为了排遣心中的郁结，他走到赫秀拉的写字台旁，拉开直背椅坐下，按照她的吩咐寻找她的银行存折和股票夹子。没费什么劲他就找到了这些东西。在他翻抽屉的时候，偶然发现了一个练习本，或是笔记本——崭新，没有用过，硬壳外蒙着深蓝色布皮。本子一翻就开，露出空白的条纹纸页，诱人地摊放在那儿，摸上去丝绸一般光滑。伯纳德想,就是这种本子,你愿意用来记录日记,吐露心事。

他突然打了个哈欠,一阵倦意潮水般涌过四肢百骸。他合上写字台台面,抱着蓝皮本躺回到床上。

在怀基基的其他地方,跟伯纳德同机而来的游客有的正准备休息,有的已经睡着了。苏·巴特沃斯蹑手蹑脚地走进浴室时,见迪伊·里普利好像已经睡着了,她涂了润肤液的五官亮晶晶的,在白枕头的映衬下更加棱角分明。阿曼达·贝斯特正抱着立体声收音机偷听麦当娜的歌曲,当然她脑袋上蒙着被单,免得吵醒睡在旁边床上的妈妈。阿曼达和弟弟罗伯特岁数不小了,同住一个房间不太合适,各住一间贝斯特先生又嫌贵。于是爸爸和儿子住一间,妈妈和女儿住一间。罗伯特告诉阿曼达,父母最近一定是因为分开住没法同床而脾气暴躁。阿曼达在任何情况下都难以想象老爸老妈竟然还要同床,况且今晚才是来夏威夷的第二个晚上。不过两人确实暴躁得离谱,甚至时时迁怒到姐弟俩的头上,所以罗伯特的推断大概有点道理。布鲁克斯夫妇跟儿子特里和他的伙伴托尼一同外出吃晚饭,此时才刚刚回来。他们发现床头灯亮着,收音机播放着轻柔的音乐,被单一角掀起,洁白的床单露出三角形的一块。他们带来的睡衣都是便宜货,早上起床时原本是团成一团塞在枕头底下的,现在却平展展地分别铺在两张床上,而且每只枕头上都摆着一枝兰花,一块金箔巧克力。莉莲以为有人在恶作剧,她紧张地环顾整个房间,担心恶作剧的导演此时正藏在衣橱里,准备趁其不备跳出来,大喊一声"阿罗哈"或其他什么表示晚上好的当地土语。罗杰·谢尔德雷克一个人坐在一张巨大的床上,用笔把《本周瓦胡岛要闻》上出现的"天堂"字样标出来,旁边还放着一杯香槟。那一大瓶香槟是酒店经理慷慨赠送的,以示敬意。布赖恩和贝丽尔·埃弗索普正在床上疯狂地做爱。他们的位置刚好能让布赖恩从衣柜的镜子里看到自己的动作,哪怕事后不能重放。·哈维闷闷不乐地看着酒店闭路电视上播放的成人影片,而塞西莉就躺在另一张大床上,发出沉睡的呼吸声。

今天一天可真够拉斯遭罪的。塞西莉为了避免和他直接交谈,发挥了惊天地泣鬼神的智慧。她一清早打电话给酒店的礼宾部:"我们要去沙滩,你认为哪里值得去?"于是她收拾好准备出门时,拉斯便知道今天要去沙滩。他们在人挤人的沙滩上找了个地方安顿下来后,塞西莉跟一旁坐在椰棕垫上的女人攀谈起来,她说:"这些垫子真不错,你从哪儿弄到的?"于是拉斯赶紧去买了两个椰棕垫回来。没过多久她又说:"我想我该下水了。"于是拉斯知道该游泳了。一个多小时后,她说:"我想,头一天晒这么长时间的太阳足够了。"于是拉斯赶紧收拾东西回酒店。在酒店里她向行李房的领班打听怎么去动物园,于是拉斯知道下午要去动物园。什么?动物园!谁听说过新婚夫妇在蜜月旅行的第一天去动物园来着?而且旅行的地点不是其他地方,是夏威夷!别的且不说,天气这么热,动物园里准是臭气熏天。拉斯把自己的想法实话实说后,塞西莉对领班甜甜一笑:"他又不是非去不可,是吧?"可是拉斯当然得跟着去。动物园里也确实臭不可闻。

就这样过了一个白天，晚上还是照旧。吃完晚饭，塞西莉冲着服务员打个哈欠，说："哦，对不起，在倒时差呢。我们还是早些休息的好。"于是拉斯知道该上床睡觉了，只不过上的却不是一张床。酒店服务员敲门进来问是否需要把床铺好，塞西莉甜甜地笑着说："好的，请铺两张床。"然后她把自己反锁在浴室里洗了一个小时，出来后吞下一片安眠药，睡着了。

不错，白天是够遭罪的，可现在呢，似乎连电视里的成人频道也串通一气跟他作对，非要把他气疯才罢休。片子情节照常低劣，演员照常麻木，看了将近四十分钟，居然连一个劲爆的镜头都没看到。脱衣镜头只有一点点，女主角在浴缸里的镜头也是半遮半掩，而且一场床戏也没有。看毛片不就是为了看这个吗？不然谁愿意白扔八块美金？每次女主角好不容易要跟她的追求者上床时，画面就来个淡出，再露面时，她已穿得整整齐齐出现在另一场戏中了。他在家里 BBC 二台上看的都比这个带劲。后来，他才慢慢反应过来，片子一定是被剪辑过了。新闻审查。似乎是为了证实他的猜测，影片只放映了五十五分钟，便戛然收尾。拉斯怒了。他想打电话向服务台投诉，却又想不出合适的措辞。他在房间里来回踱了几趟，停下来瞪着塞西莉。她仰面躺在床上，金发呈扇形铺散在枕头上，被单下的胸脯有规律地一起一伏。他慢慢掀起被单，塞西莉穿着样式简洁的白色长睡袍，他掀起裙摆朝里看去，一切都跟他记忆中的一样，只是大腿晒得微微有些发红。拉斯想到了婚内强奸，但最终决定作罢。他放下裙摆，帮她把被单盖好，又回去看电视。他瘫坐在扶手椅上，信手在遥控器上一通乱按，蓝绿色的大浪涌上画面，浪头像一堵移动的峭壁,又像倒悬着的瀑布,下面平滑如镜,上面泡沫翻滚。冲在大浪前面的是一个男人,脚趾紧钩着冲浪板,双臂平伸,两腿弯曲,以难以做到的角度保持着身体平衡。一个渺小却胜利的人。拉斯坐直了身子。

"我操!"他羡慕地低声说。

第二部

暗香低吟，幽微的轻波爬至我的足畔，
闪亮如女子的长发，升起，蔓延；
点点新星在亘古的天幕燃烧，
下面是喁喁私语的夏威夷波涛。

而我在回想，迷失，依稀记起，又再次忘掉，
但仍记得一个故事，听来的，或是一直知道，
一个空洞的故事，关于痛苦和无聊，
两个曾经相爱——抑或不曾爱过的人——其中之一
愚蠢啊，他昏惑的心作了恶，
在很久以前，在另一片海边。

——英国诗人鲁珀特·布鲁特
《怀基基》

1

十二日，星期六

早晨，如约开车到盖瑟医院肿瘤科去见赫秀拉的大夫。盖瑟医院是一座巨大的医疗城堡，比圣约瑟夫医院更加宏大雄伟。它距离火奴鲁鲁市区大约十六公里远，新落成的水泥建筑外墙呈弧状，使用了大量镜面玻璃。盖瑟医院本来紧靠怀基基的游艇码头，但几年前这块地皮被卖给了房地产开发商。医院旧楼拆掉后，一座高大的豪华大酒店拔地而起。实际上，走进盖瑟医院新楼的接待厅，感觉就像置身于豪华酒店的一楼大厅，地毯铺地，内饰使用典雅的灰色和浅紫色，四周墙上还挂着夏威夷民间工艺品。看来当初医院卖地搬迁时狠狠地赚了一笔。格尔森大夫告诉我，医院的所有医疗设备全是最先进的。但万一有人在市区受伤的话，乘坐救护车耽误的时间可就太漫长了。

格尔森医生也承认自己更喜欢医院旧址的办公室，怀念窗外游艇进出船坞的海景。他喜欢冲浪，看他瘦削结实、英姿飒爽的样子，应该是个中好手。他一页页翻看着赫秀拉的病历，身下的转椅被他向后仰到极致，仿佛他正脚踩冲浪板逆风而行。他身穿浆得笔挺的白色短袖大褂，露出肌肉发达、黧黑发亮的手臂，上面还生着一层金色汗毛。

他对我能来夏威夷表示感谢："坦白说，在这种情况下，病人家属能到场处理实际问题，我也轻松不少呐。"他说话又快又直，让人觉得有点冷漠。也许作为肿瘤科大夫，天天面对死去的病人，他也只能如此。他跟我确认了赫秀拉的病情，跟我之前了解到的一样：恶性黑色素瘤，后继引发肝癌和脾癌。"恐怕是过度日晒造成的，以前大家不知道日晒的危害，来夏威夷就是为了热带气候，为了享受沙滩日光浴，其实简直是自找麻烦。我去冲浪时总要涂上防晒指数为15的防晒霜。我建议你去沙滩时也涂一涂。"我回答说自己恐怕没时间去晒太阳。

对赫秀拉这样上了年纪的病人，医生认为预断病情很困难。他估计赫秀拉大概还能再活六个月，可能延长或缩短，但这病是无药可治了。"化疗对黑色素瘤没什么效果，但也有过缓解的先例，所以我建议里德尔太太试一试，但她婉言谢绝了。我尊重她的决定。你姑妈真是倔脾气啊，她很清楚自己想要些什么。"

我告诉医生赫秀拉现在所住的"疗养院"条件太糟糕，不出我意外，他回答说是病患自己坚持去价格最便宜的地方住的。"不过我同意你的看法，那里不适合她这样病重的老人去住，而且住的越久对她越是不利。"他说在火奴鲁鲁市内外有好几家私人疗养院，按所提供的服务种类和设施的豪华程度，每月收费三千美元起。他递给我一张盖瑟医院相关部门统计的疗养院名单，解释说，赫秀拉的医疗保险中包括一项名叫"专业护理"的服务，也就是说，像住在医院那样,每天二十四小时由专业护士照顾。但是,她目前最需要的"中间护理"服务却不包含在内。或许他就是这么一说。我猜院方可能有规定,不许医生轻易收下病人住院,因为一旦入院,就要由盖瑟基金负担费用了。我说我正在寻找适合的疗养院,这期间赫秀拉应该住院治疗,然后坚持要他去探望赫秀拉一次。他先说自己很忙,但听我说赫秀拉便秘很严重时,便同意今天就挤时间前去探望。

沿高速公路开车前往圣约瑟夫医院看望父亲。他伤口有些疼,所以脾气暴躁,拉长着脸。他嫌弃我给他买的睡衣领口没有纽扣。我说大热天的睡衣不用扣得那么严实,他却说:"那我回家以后怎么办?还是你觉得我根本回不去啦?"我让他别闹孩子脾气,然后讲述了昨天跟赫秀拉会面的过程,可他好像并不关心。疾病恐怕使人比平时更加自私乖戾。我当教区神父时,常去医院或私宅探望病人。在我见过的所有病人中,真正能战胜病痛、保持秉性的人不过四五个,一只手就能数完。我自己要是生病了,肯定也远不如他们。

爹地问我有没有打电话告诉特丝他出车祸的事,我回答说除非绝对必要,否则不必让她担惊受怕。他很不高兴,说特丝有权知道这事,全家人都有权知道。其实他心里想的是他有权让全家人都为他提心吊胆,然后联手来向我兴师问罪。爹地跟我玩激将法,说:"你害怕特丝,是吧?"他还真说对了。

我离开病房时遇到爹地的主治大夫菲格拉医生。他六十多岁,身材魁梧,总是乐呵呵的。他向我打包票说我父亲恢复得很好,不会有什么并发症。"他骨骼真健康,真是健康。你不用担心,他会好的。"

开车去琼斯太太家。见门口停了一辆白色宝马,顶上放着块冲浪板,应该是格尔森医生的车。我到时,他正要开车离开,便跟他隔着车窗讲话。他长着金色汗毛的黑胳膊弯曲向上,抓在汽车车顶。"你让我来看看是对的。她情况不妙,"他说,"我要重新收她入院治疗便秘,这样你就有一两天的时间找疗养院了,行吗?"我问他什么时候赫秀拉能搬走,他反问:"你什么时候能送她进医院?"我指指我那辆老旧的本田车:"你是说,用这车送她?能叫救护车吗?"他有点急了:"你就不明白我的经费有限吗?有病人我才能动用救护车。你姑妈能去厕所就能上你的车。"

我提醒他,赫秀拉手上打着石膏,不方便上车。

"她可以坐在车子后排嘛。"

"这车只有两个门,她根本没法爬进后座。"

他叹口气,说:"好吧,我给你叫辆救护车。"

救护车到来之前,我一直陪着赫秀拉,帮她把不多的几件物品收拾好。琼斯太太给我开门时就态度冷淡,这会儿更是躲得远远的。"她觉得我搬走全是你惹的。"赫秀拉说。"是啊,她想得不错。"说完,我俩会心地咯咯笑起来。

赫秀拉很高兴能逃离那所憋闷的房子。自从我来到夏威夷,不,自很久以来,我才第一次体会到了一丝成就感:我,做成了一桩事情,使环境屈服于我的意志,对他人有了点用处。离开之前赫秀拉也一直在忙碌着，她让琼斯太太拿来无线电话，跟银行、律师和股票代理人通话。看来我必须先获得代理权，之后才能整合她的银行账户，出售她的股票。

　　重读上面的句子，我感觉自己像个生意人。实际上我对这类事务只有极其朦胧的概念。生活中我经手过的个人理财，最复杂的也莫过于银行活期存款账户和邮政储蓄存折。我在圣彼得和保罗教区做神父时，所有的财务全由我的副手托马斯负责。幸亏他很有数学头脑。帮助赫秀拉处理这些事情，比我更差劲的应该也没谁了。但我觉得自己能学会，哪怕是拜赫秀拉为师呢。也许她是跟前夫里克学的。她居然还搞了些投资，不论成败与否，这桩事情本身就让我惊诧不已。沃尔什家的人从来不善于理财。什么利息、通货膨胀、贬值……金融的运作过程过于抽象，我们搞不明白。钱对我们来说就是现金，是藏在果酱罐里的硬币，掖在褥子底下的钞票，我们离不开它，渴望，却又隐隐地鄙夷。每当家人因为婚丧嫁娶全家团聚，或者跟爱尔兰老家的亲戚互访的时候，大家就把皱巴巴的小面值钞票当成礼物，偷偷摸摸地互相往对方手里、衣袋里塞。我们家的钱从来都不够用，挣得少，还不懂得如何花钱。妈妈发现家里缺什么了，就每天指使一个女儿去商店零零散散地买上一点，不明白批量购买价格更实惠的道理。爹地从来没有什么积蓄。他可能背着人赌过马。我上小学时有一次借他的雨衣穿，在口袋里发现了一张赛马彩票。这件事我三缄其口，从来不提。

　　三点钟，救护车开到了。救护员将赫秀拉扶到轮椅上，抬下门口的台阶,我拎着她的小箱子跟在后面。琼斯太太对护理人员摆出一副关心体贴的样子,还在赫秀拉被抬过门槛时拍拍她的手背。救护车没有鸣笛,沿着高速路平稳地开往盖瑟医院,我开车一路尾随。将赫秀拉的物品拎进病房后,我没有多做停留。病房里还住着其他三名女病号,四张床在病房中央两两摆成斜角,这样,病号们就不用像在英国医院那样大眼瞪小眼地互相干瞪着了。

临走前我告诉赫秀拉自己找到一个蓝皮笔记本,问她能不能送给我。她说:"当然啦,伯纳德,你喜欢什么只管拿。只消说一声,我所有的东西都是你的。"那本子是她很久以前买来打算记菜谱的,但一直也没用上,便忘到脑后了。

回家的路上再次去圣约瑟夫医院,惊喜地发现克瑙伯弗勒马赫太太正坐在父亲的床边。她身穿一件明黄色姆姆裙,脚上是一双金色凉鞋(好像她的头发也染成同衣服相配的淡黄色。但这可能吗?也许她戴了假发)。床头柜上搁着一小篮水果,造型花哨夸张,像一顶女式帽子。我猜一定是昨晚她听我提到了医院的名字,便赶来探望父亲了。这也算是人家的一份心意,虽然赫秀拉可能会嫌她多事。我热情地表示感谢,大家又闲聊了一阵子,她便起身告辞了。

"哎呀,还以为她待着不走了呢。"爹地说,"憋死我了,快去跟护士要便壶。天啊,我怎么按铃她们都不来。"他指指床头的电铃按钮。我出去找了一位漂亮的夏威夷土著护士,她送来便壶后,便把床前的布帘严严拉上。爹地小便时我有些尴尬,在帘外来回走了几圈。然后,护士回来把便壶端走了。

"瞧我这辈子干的好事，"他用尖酸的语气说，"往瓶子里撒尿，然后递给一个陌生的黑女人。还用毛巾那么一包，跟瓶陈年香槟似的。你可千万别问我是怎么解的大手。"

我把话题引到赫秀拉的事情上，又告诉他那位开车的女司机曾打电话过来问候。

他说："那位女士，那个叫扣眼还是什么的太太，认为我们应该起诉那个司机。"

"爹地，你知道这是你的错，是我们的错，我们不该乱穿马路的，而且美国的车辆是靠右行驶，你看的方向也不对。"

"那个谁谁说的，律师打不赢官司不收钱。"他看向我的眼神中闪过一丝贪婪。我说打官司只会给别人带来紧张和压力，我们明知人家清白无辜，干要多生是非？我态度坚决，结果两人不欢而散。开车回家的路上我又感到内疚，我干吗非要摆出一副高姿态呢？我本可以顺着父亲一点，干吗跟他吹胡子瞪眼呢。打官司的事情，父亲爱想就让他想想，总能让他忘记便壶便盆之类的吧。又一次失败。

晚上没有出门，从赫秀拉的冰箱里找到一包冰冻的奶油意面卷，放进烤箱烤了烤权当晚饭。但要么是烤的时间短了，要么是烤箱的温度没设对，反正没熟透，外面热气腾腾冒着泡，里边儿却连冰都没化。这其中一定大有深意。我只盼着自己别食物中毒就好，要是沃尔什一家三口同时都住进医院里，那可就太离谱了。我脑海里闪出一幅画面：在夏威夷的岛上，我们三个人分别躺在三家不同的医院里，孤苦无依，克瑙伯弗勒马赫太太戴着各色假发往返奔波，给我们送来鸡汤和水果。

饭后洗碗时我想，一直没给特丝打电话，她会不会起疑心呢。就在这时电话铃响了，我心虚地一哆嗦，差点将手里正在擦拭的盘子给扔了。不是特丝，是尤兰德·米勒，打电话过来询问爹地的病情。她一定是从我的语气中听出我的紧张，因为她问我是不是出事了。我跟她讲了自己的为难之处，一时冲动又问她说："你觉得我现在该不该把父亲的事情告诉我姐姐？你是专业人士，你怎么看？"

"她能帮上什么忙吗？"

"帮不上。"

"你说你父亲正在复原？"

"是的。"

"那我看不出你有什么必要非马上告诉她不可……除非告诉她能让你心里好受一点。"

"唉，难就难在这儿了。"

她轻笑一声表示理解，然后便是令人尴尬的沉默。我不想放下电话，但又找不到什么话来说，她好像也是这样。过了一会儿，她问："不知道你方不方便到我家来吃顿晚饭？"

"晚饭？"我重复一遍，好像从未听说过这个词。

"你白天跑医院，晚上肯定有些寂寞……"

"嗯，哦，多谢你，可是，嗯，我不知道……"我含混不清的话语掩饰着心里莫大的慌乱。事后反思自己的慌乱时，我才明白，对方的邀请搅起了我关于达芙妮的痛苦回忆，沉沙再起。我和达芙妮的关系，我们的私交，就是这样开始的。起初她到我的神父住宅请教问题，几个星期后的一个傍晚，她从客厅长桌边起身准备告辞，突然说："要是我哪天请你吃饭，不知道合不合适？"我大笑道："当然合适，怎么会不合适？非常感谢。"实际上共同进餐确实不太合适。在那个命运攸关的星期六，赴约之前我并没有告诉我的管家和副手自己要去约会。

"明天怎么样？"尤兰德·米勒说，"我们通常七点左右吃晚饭。"听见"我们"两字我放心地笑了。原来她是请我同她家人一起吃饭，而不是两人亲昵地用餐。我道声谢，接受了她的邀请。

十三日，星期天

早晨，我从格尔森大夫给我的名单中选了两家开价最低的私人疗养院，然后开车前去了解情况。他们不太喜欢我周日来访，但我强调时间紧迫，迫不得已。格尔森大夫不会让赫秀拉在医院里多耽搁一天的。如果到时我还没找好疗养院，姑妈就得重回到琼斯太太家或者类似的地方。四处看了一圈后，我极其失望。英国公立医疗体系下设的老年病房已经是差劲到家了，可这两家在某种程度上比英国的还要糟糕。这种印象也许是疗养院内外强烈的反差造成的？

开车过来的时候，先看见一道气派的大门，车轮擦过柏油路面发出柔和的轻响，停车场栽有草坪树木，旁边就是疗养院的接待厅。接待厅里铺着铮亮的木地板，摆着舒适的沙发，前台微笑着询问来客的姓名，请客人上座。然后，一位女士过来领我四处参观。这位女士跟前台相比，少了些微笑，招呼也不那么热情，因为她清楚大厅尽头锁着的门背后是什么情形。

进了这道门，扑面而来的是一股屎尿的氨臭味。我刚说了句气味难闻，那位女士便解释说，住户多数都大小便失禁，显然大多数人已老迈得不能自理了。他们穿着睡衣和晨衣，一步一步地挪向各自的房门口，一副想要看清我们面容似的呆望着我们。有的大张着嘴，露出光秃的牙床；有的叨咕着听不明白的问题，长长的口水从下巴垂下来；有的茫然地骚着肋骨，揉着小腹。另外还有许多人瘫卧在床上，四肢不时地抽搐一下，像将死的昆虫一般，眼睛失神地望着过往的人和物，或是合眼睡了，口却张开着。病床互相挨得很近，每间病房里有两张或四张床，墙壁统一漆成绿色和奶油色。还有一间类似休息室的房间，装修使用了亮闪闪的塑料，目的很明显。尚能活动的病人可以坐在休息室的高背靠椅上读杂志，看电视，或者对着空气发呆。护理人员多数是肤色较深的妇女，她们穿着棉布长袍和拖鞋，推着送药的小车，像贩卖饮料一般出入于病房和走廊，遇到病人们有什么要求，她们便敷衍哄劝一番。

赫秀拉根本不可能忍受这样的条件，而我做梦也不会送她到这种地方来遭罪。但是显然，老人如果一没有亲人照顾，二没有足够的金钱支付优质的护理服务，三没有穷到享受州政府的养老福利，那么，哪怕是在天堂，也只能到这样的地方苟延残喘了。这也正是私立养老院赖以存在的基础。这一点，我的陪同清楚，也试图让我搞搞清楚。她的表情和语气告诉我：如果我俩都有点儿出息的话，她不用在这样的垃圾场里工作，我也不会想到要把姑妈送到这儿来了。参观完毕，我向她致谢告辞，出于礼貌还拿了一份宣传册和价目表。

第二家疗养院只比第一家略强一点儿,但现在没有空床位。想进这么阴郁、压抑的地方还得排队,难以置信。

我满怀着阴郁、压抑,开车回到怀基基,停车到沙滩上坐了一会儿。错误。太阳很毒,沙滩上仅有的几处棕榈树荫早已被人捷足先登。海面亮得刺眼,沙滩晒得滚烫,赤脚简直难以下足。周围的人大多穿着人字托,躺卧的地方也都垫着草垫。但我想不明白他们怎么能耐得住这炎炎烈日,就这么四仰八叉地躺着。汗水从我的腋下顺着两肋直往下滚,但我怕晒爆皮,连衬衣也不敢脱。我遵循英国人海边度假的老式传统,挽起裤腿在浅水岸边趟了几下水。海水暖暖的,有些混浊。波浪裹挟着纸屑和塑料垃圾拍打在粗糙的沙滩上。浅水一线人很多,为了驱除暑热,深一脚浅一脚地在浅水区的沙子上行走。他们有老有小,有胖有瘦,许多人手中还攥着饮料瓶、冰淇淋或是热狗。看来美国人喜欢边走边吃,像反刍的老牛。当然多数人都身着泳装,但老人和胖子穿上有些辣眼睛。这里的小伙子貌似特别喜欢裤管肥大、长及膝盖的泳裤,一着水,裤管就会紧贴大腿,让人难受。年轻姑娘的泳衣面料光滑,开叉较高。半个小时之内就看到两拨颇为专业的沙滩拾遗人从身旁走过。他们身上披挂着大包小袋,头戴耳机,手持电子金属探测器,寻找遗失在沙子下面的贵重物品。

微风时断时续地从海上吹来。远处海面上几个游泳的人在波浪中时隐时现。浪头和缓,他们试图直接以胸腹在水面上滑行,却不太成功。更远处,真正来冲浪的人骑坐在冲浪板上,等待着大浪涌起，伺机而动。一只挂着黄色风帆的大船停靠在稍远处的岸边，撑船的波利尼西亚水手肤色黝黑发亮，如同浸过油的柚木。他们用海螺一类的东西当扩音器，招揽出海兜风的游客，大声吆喝着船马上要开了要开了。再远处，几只独木舟在往戴蒙德角方向划行，有的乘客自己操桨，有的坐享其成。一个渺小的人影坠在滑翔伞下方，在快艇的牵引下滑过天际。在这里，人们无忧无虑地享受欢乐，我很难将眼前这无害的一幕同我刚去过的两家疗养院联系起来，很难将这些游泳、晒太阳、骄傲地炫耀肉体的人们与几公里之外那些在阴暗的医院病房和走廊里出没、口角流涎、身体瘦削的老人联系起来。我觉得自己像一个刚从冥府中归来却口不能言的预言者，我似乎应该向人们传达点什么，发出警告，却又不知该如何开口。也许我应该说，"请使用防晒指数为15的防晒霜吧"，但沙滩上多数人似乎已经知道了，因为他们花那么长的时间把各种霜呀膏的涂抹在已死或将死的皮肤细胞上。

我站在微温的浅水区，眯眼眺望远处。突然，离我几米远的地方，有人像潜水艇一般从水中冒出头来，然后站直身体。他头戴发亮的橡皮面罩，口中衔着塑料管，一边踉踉跄跄地往前走，一边急切地冲我舞动双臂。一开始我还以为他是在向我求救，但等他摘下面具，我才认出原来是罗杰·谢尔德雷克。他脚上系着巨大的橡胶脚蹼，朝我走来时磕磕绊绊，步履不稳，极像一条离水登岸的大鱼。他好像非常高兴遇到我。

"浮潜，"他一边从鸭蹼中脱出身来一边解释说，"田野调查的一部分。"

我问他潜水都见识了哪些有趣的鱼，他说没有鱼，只看见塑料袋子了，因为这片沙滩附近的海水不太好，有些混浊。有人建议他去戴蒙德角那边的哈诺马海湾，"也许你愿意哪天跟我一起去看看？"我说我脱不开身，然后简单地讲述了我们抵达之后的遭遇。他同情地直咂舌："那你除了尽孝心之外，肯定也需要放松放松吧，不如跟我回酒店喝一杯吧。酒店经理不停地给我送香槟，我都囤了一大堆了。"我依旧推辞，因为在去米勒家赴约之前，我还得分别去两家医院探望父亲和姑妈。于是他从沙滩外围的售货亭里给我买了一大杯水果味、半融化的雪泥，这好像是当地的一种特色，名叫刨冰。我那一份才吃了一多半，剩下的冰就已经溶化了。在这个国家，任何东西的分量都太大，牛排、色拉、冰点，你还没吃完呢，就已经腻了。

我们并肩坐在谢尔德雷克搁置衣物的草垫上，吃着刨冰。我问他的调研进展如何，他说还不错，自己已经收集了许多跟天堂有关的资料。说着从衬衣口袋里掏出一个笔记本，念了起来："天堂花卉店，天堂金店，天堂包装订做店，天堂酒水，天堂屋顶安装，天堂二手家具，天堂鼠蚁杀灭……"这些都是他从建筑物、货车车厢或者报纸的广告里一个个搜集起来的。我说还不如从本地电话簿里按图索骥，直接搜含有"天堂"两字的名称好了。他好像被触怒了，说："我们可不是这样搞调研的。我们的目的是要跟研究对象完全同化，去亲身体验他们所体验到的社会环境。在我这次的研究里，就得让"天堂'二字以渐进递增的顺序慢慢地冲击你的意识。"我说如果我把偶然看到的跟天堂有关的名字告诉他的话，大概对他的调研工作无益。但他又显出愿意网开一面的样子。于是我告诉他"天堂意面馆"这个店名，他用一支晒得漏油的圆珠笔在小本上记下来。

他正在构建的理论是：只要天堂这个主题反复出现，游客就会被洗脑，以为自己真的是到了天堂，尽管这里的现实和传说中的天堂相去甚远。我们眼前的这片海滩，与旅行社宣传册上的海滩肯定大不相同。听我说到海滩，他说："实际上，怀基基现在算是世界上人口最稠密的地区之一。它的面积只有零点三七平方公里，比火奴鲁鲁机场的主跑道还小，但在任何一个时间节点上，都有十万人住在这里。"

"尽管如此，它仍是世界上最为与世隔绝的角落。"我脑海里浮现出飞机降落之前看见的情景：太平洋深渊般的夜色中突然出现火奴鲁鲁的万家灯火。"所以这里弥漫着一种神话般的氛围，虽然它人口众多，商业化程度很高。"

谢尔德雷克一听见"神话般"三个字，马上竖起了耳朵。

"就像希腊神话中仙女赫斯珀里得斯看守的金苹果乐园，"我详尽地解释，"或是幸运岛。那是没有寒冬的人间天堂，极乐世界，幸福的亡灵们都栖居于此。据说二者就位于已知世界的最西边。"

他大为兴奋，跟我打听出处。我让他到古希腊诗人赫西奥德和品达的作品中去查。他用笔在笔记本上记下这两个名字，手指被圆珠笔油染得一塌糊涂。

"说到这个，"我说，"认为天堂是座岛屿的观点，究其根本是种异端邪说，并不是犹太基督教的观点，因为伊甸园就不是一座岛。有的学者认为,拉丁文记载的幸运岛实际上就是大西洋上的加纳利群岛。

"天呐,"他说,"现在那岛上的居民可不就是幸运儿了。最近你去过加纳利群岛的特纳里夫吗?"

我问他外出调研的时候带不带妻子,他很简略地说自己未婚。"我搞错了,"我有些迷惑地说,"不好意思。"

"我订过一次婚,"他说,"但等我开始攻读博士学位时,她反悔了,嫌我不停地分析来分析去,扫了她度假的兴致。"

就在这时,忽然听见一个女声跟我打招呼:"你好,伯纳德。"我一惊,抬头一看,那个叫苏的姑娘正居高临下朝我微笑,身边站着她的朋友迪伊。她们身穿亮闪闪的连体泳衣,头戴草帽,手中拎着的塑料袋里装着海滩常用的物品。我挣扎着站起来,替他们三人互相介绍。苏说,她们正准备买票乘船去海上兜风看日落,邀请谢尔德雷克和我一起去。她朝我神秘地眨眨眼,迪伊则掉过头去,好似这一切与她无关。我借故推辞,却怂恿谢尔德雷克跟她们同去,他好像也不是不乐意的样子。看起来他跟我一样孤单,而且比我更在乎这一点。

下午开车去圣约瑟夫医院看望爹地。一进病房,发现他正从医院神父手中领受圣餐。尴尬的一刻。我在门口犹豫了一下,正盘算着是不是要趁人没看见开溜,却被爹地发现了。他跟神父说了句话,神父朝我一笑,招手叫我上前。他还算年轻,略有些发胖,头发剪得很短,圣衣下面是神父常穿的灰色衬衫和黑色长裤。他身旁的助手是个十岁左右的牛仔跑鞋少年,脸上一副厌烦的神情。他们的一举一动跟我以前做惯的一模一样,看着他们,我仿佛看到了自己的前世,为什么近来总感觉自己是鬼魂一样呢?爹地合上双目,按传统的方法伸出舌头去领受圣饼。1962年至1965年召开的第二届梵蒂冈大公会议之后,很多教规发生了改变,其中之一就是可以用手领受圣饼,但爹地不喜欢,常鄙夷地称之为新教大不敬的小把戏。

神父合上圣体容器的盖子,将手放在爹地的头顶,开始为他身体的康复大声祷告。此举明显带有基督教灵恩派的特征,爹地作为天主教徒不禁大吃一惊,像匹惊马似的使劲摇晃脑袋。可神父把他的头紧紧按在枕头里,口里继续念着祷词。望着狼狈的父亲,我想笑又忍住了。神父祷告完,转过身来问我是否要祷告,我摇摇头。这时,轮到爹地面带嘲讽地朝我微微一笑。

神父自我介绍说他叫卢克·麦克菲,医院的专职神父去加利福尼亚进修去了,他便在这里代班。他对能在医院里工作感到十分荣幸,因为病人好像对圣餐更加心存感念,远超过普通的参加主日弥撒的信徒。我支吾了几句应景的话,但也许是我一副不信服的样子,抑或是我做出的信服的样子没能让他信服,他目光锐利地盯了我一眼,仿佛是一位戎装军官在审视化了装的逃兵。

开车去盖瑟医院看望赫秀拉。我没有跟她细说那两家疗养院的详情,只说它们不合适,明天我会另外找两家看看。她焦急地询问父亲的情况。本来她想跟父亲通话,打到圣约瑟夫医院却听说爹地不方便，她让人给爹地捎了个口信，至今也没接到他的回电。我告诉赫秀拉说父亲床头没有电话，她却说如果杰克想打电话，只消说一声护士就会给他送过去。她同哥哥仅仅相距几公里而已，不由得直发急："真是咫尺天涯啊，我们要能说说话该多好。"我说爹地从来不喜欢在电话中聊天。这是实情，也许是因为父亲在几十年的工作中，天天都得忍受刺耳的电话铃的缘故吧。但父亲刚才没跟我提起收到赫秀拉口信的事。

我把爹地领圣餐的事讲给赫秀拉听，她羡慕不已，说天主教神父极少到盖瑟医院来。她本来很想住进天主教医院里的，可惜她的医疗保险限定了她只能在盖瑟医院就医。我说卢克神父肯定愿意来看望她，不过她得委屈一下，得由神父为她祷告。赫秀拉说自己一向不主张那一套做法，并称之为贝利·格雷厄姆教[①]。"可是这一套却慢慢渗入到天主教会了。几年前我重回教堂去望弥撒时，仪式已经变得认不出了，我瞧着倒是更像一场音乐会。祭坛上站了一群孩子，弹吉他打手鼓，唱的歌曲欢快活泼，倒是适合郊外野营，根本不是以前那种优美的赞美诗，比如《我救主的灵魂》《神圣的圣餐多甜美》。弥撒是用英语而不是拉丁语念的，而且，站在祭坛上朗读新约使徒书信的竟然是个妇道人家。神父讲经时还要面对着会众，看他把圣饼放进嘴里咀嚼时，我真是难堪极了。我小时候在修道会里就学过，不能用牙接触圣饼，得用舌头这么卷起圣饼一口咽下去。"

[①]贝利·格雷厄姆：20世纪80年代闻名于美国的宗教人士，传经布道都是在电视节目中进行。

我告诉赫秀拉这些讲究都过时了，多年前就从初领圣餐的准备式中删除了。然后，向她大致介绍了近代圣餐神学的概况：共同进餐在犹太文化中的重要性；爱宴在早期基督徒生活中的地位；后来经院神学研究受了误导，试图为圣餐仪式提供亚里士多德式的理性，结果产生了圣餐化质说①的教条和奉献圣餐的迷信具体化。我觉得自己的口吻越来越像圣约翰学院的神学教授，而赫秀拉也越来越不耐烦了。但不知为何，自己就是无法转换成其他更合适的腔调。赫秀拉听我讲完，问道："犹太人跟这些有什么关系？"我回答耶稣就是犹太人。她说："他应该是犹太人，可我从没这么想过。你看都灵裹尸布上画的圣像，就一点都不像犹太人。"我说不久前已经曝光了，都灵裹尸布被证明不过是中世纪时期制作的赝品。她沉默片刻，说："那个索菲·克瑙伯弗勒马赫还爱管我的闲事吗？"

有些时候，真是很难去爱那些无知而又偏执的老人，虽然他们病魔缠身，无依无助。

开车回公寓，准备晚上去拜访米勒一家。五点一刻之前我冲完澡，修剪了胡须，换好衬衣，一切就绪。我犹豫着是否该系条领带，天太热，还是算了吧。为了打发余下的时间，我翻开本子记录今天的日记。写完正好六点一刻。我心里奇怪地涌起一阵兴奋和期待。为什么会这样呢？也许是因为应邀吃饭的事我没透露给任何一个人，没告诉爹地、赫秀拉，甚至克瑙伯弗勒马赫太太。刚才她端了一碗金枪鱼色拉来敲门，我道声谢，收下色拉就放进了冰箱。我

---

① 指圣餐中的酒与饼是耶稣的血和肉。

感觉自己好像正准备逃学，或者通敌。肯定是的。

晚上十点

刚从尤兰德·米勒家赴约归来。一个有趣的傍晚，过得很愉快，只是结尾太突兀，令人遗憾。全是我的错。我现在心情烦躁，意绪难平，而且奇怪地清醒，毫无疑问是时差在作怪。我知道上床也睡不着，干脆趁热打铁将今晚的感受动笔记下来。

车从怀基基海滩往山上开，路过山脚下的大学校园，一直开到山岭间一条山谷的尽头，便看见一道更小的山涧，狭窄潮湿，两边山坡上修建了许多不大的方形木结构平房，尤兰德的家就是其中之一。起初山路依山势缓缓上升，快到终点时竟变得陡峭曲折。有好几次我甚至担心，再多拐一个弯自己这辆老丰田就得报销了。这里的气候不同于山下的怀基基，更加潮湿多雨，植物也长得郁郁葱葱、枝繁叶茂。我停好车，沿着通往她家的小径拾级而上。石阶上覆盖着踩踏过的落叶和飘落的木槿花瓣，让人一步一滑。"欢迎光临热带雨林！"尤兰德在门廊中喊道。她说这里的雨从来都下不长，却几乎每天必下。周围的山顶上云雾缭绕，时常有阵阵雨露洒下。"老天喜欢下雨，"她说，"就像狗狗喜欢朝树根撒尿一样。"在这里家电会生锈，书本会长霉，葡萄酒会变酸。"这鬼地方我真是恨极了，"她说，"可又挪动不得。"

好在今天傍晚没有落雨，于是我们坐在阳台上欣赏怀基基那片海上蔚为壮观的日落景观（尤兰德管阳台叫作"拉奈"，这是夏威夷人的叫法，但尤兰德说这个字时加上滑稽的重音，似乎想借着自嘲来否认任何种族优越性)。怀基基的一幢幢高楼给夕阳涂上了一层淡粉和紫红。从高处眺望怀基基,才发现它是多么紧凑,多么不真实。整座小岛看上去就像曼哈顿的微缩版,干净完好得如同建筑师的模型,施了魔法后从热带海滩向四下伸展开来。尤兰德指给我看阿拉韦运河,它将怀基基和岛屿其他部分一分为二。"原来怀基基是一片沼泽,蚊虫成灾,挖这条运河是为了把沼泽里的水排干,之后才能住人。但开挖运河实在是市政规划的神来之笔,慕名而来的游客全被限制在怀基基一处,吃住消费都在怀基基的酒店和商店里,不至于干扰我们本地人的正常生活。这些都是我丈夫告诉我的。他是地理学家。"

很快我就断定她已经同丈夫分居了。邀请我时所说的"我们"是指尤兰德和她十六岁的女儿罗克茜。尤兰德向女儿介绍我时说:"沃尔什先生,就是他的父亲出了车祸。"罗克茜好奇地望着我,礼貌地询问了我父亲的伤势。据我猜测,罗克茜的父亲跟同系一个更年轻的大学女讲师好上了,一年前离开了尤兰德。双方对财产分配有争议,离婚手续便拖着没办完。尤兰德承认跟他闹只是为了拖延时间。

"他希望我尽快跟他离婚,然后带着属于我的那份财产走开,搬回美洲大陆,从他的生活中消失。可我不想让他这么轻易脱身。凭什么呀?我就是想让他难堪,我想羞辱他,我想伤害他,我要让他知道,无论他去超市、药店还是参加同事聚会,都得冒着遇见我的风险。我还专门练出一副怨毒的眼神,专门盯着他俩。我是在浴室里对着镜子练的。你可能觉得我这样做太幼稚,尤其是我的专业还是心理咨询。你这么想就对了。但我受了伤害,感觉被人出卖了。你知道吗,我认识那姑娘,她原来是刘易斯指导的研究生,常到我家里来。我还当她是朋友呢。"

尤兰德这般畅所欲言也许是因为喝了相当数量的酒。餐前她替我兑了一杯烈性鸡尾酒,估计她自己杯中的也是一样,然后又喝下一大半我带来的那瓶宝祖利红酒。我们面前的餐桌上摆着水果和法国卡门贝尔软干酪,头上可以升降的吊灯被拉得低低的,投下温暖的光圈,正好照亮盘中半融化的黄色奶酪,将她的面庞隐在灯影里。这时屋里只剩下我们两个人了。刚才,罗克茜急火火地吃完盘中的色拉和柠檬鸡块,跟朋友开车去看露天电影了。尤兰德听见门口的喇叭响,便嘱咐应声跳起的女儿:"别太晚了。""多晚算晚?""十点。""十一点。""十点半。""十点四十五。"罗克茜在门廊处大喊一声,"砰"地关上纱门走了。尤兰德叹了口气,扮个鬼脸说:"这就是所谓的家庭协商。"

漂亮的罗克茜全名叫罗克珊娜,有着和母亲一样的深色皮肤和黑亮头发,她是父母离婚手续陷入僵局的另一个原因。尤兰德说,罗克茜虽然不赞成父亲的作为,却定期与他见面,而且不想和他失去联系。罗克茜还有一个哥哥,吉恩,正在加州念大学,现在利用假期在国家公园里打工。但尤兰德最担心的是罗克茜。"恐怕她不愿跟我离开夏威夷,这孩子可能还盼着有朝一日我能和刘易斯重归于好。"

"那有可能吗?"我大着胆子问了一句。

"不可能。"她说着,将瓶中剩下的红酒全数倾进自己的杯中。

"我想不可能了。你呢,伯纳德,你结婚了吗?"

我摇摇头。

"离婚了?还是妻子去世了?"

"都不是,就是单身。"某种连我也说不清楚的东西让我又补上了一句,"我不是同性恋。"大概我也喝过量了。

她大笑出声,说:"我知道你不是,否则我也不会请你到家里来,对你施展女人的小计策了。"

"什么计策?"我的嗓音变得嘶哑,因为我已经紧张到喉头缩成一团了。我在心中默默祷告,求你了,千万别让她把自己强加于我,千万不要啊。但我又能求告于谁呢?这个傍晚一直很愉快,有她作陪享受美食美酒,让我暂时放下照顾爹地和姑妈的担子,暂且逍遥。现在我害怕这一切都会毁于一旦,因为她即将对我挑逗暗示,但我的木然会害她伤心,然后我只好走开,从此永不相见。可我还想见她啊。我感觉得到,她能够成为我的朋友,我现在真的渴望有个朋友。

"喏,就在你眼前啊,食物,桌布,柔和的灯光……你不知道,在火奴鲁鲁能搞到一点地道的法国奶酪是多幸运的事。告诉你句实话吧,我觉得自己穿上这条裙子很漂亮。罗克茜说简直震了。"

"是很好看。"我眼睛避开裙子,敷衍了一句。我只隐隐记得那裙子是丝质的,深红色。

她又一次大笑。"好吧,让我们言归正传。你会不会起诉我?"

过了一两秒钟,我才弄明白她这话的意思,然后我放心地大笑起来。"当然不会。这事原本就是我们的错,我们不该乱穿马路的。"

"这我知道。可是你们坐救护车离开后,警察检测了我的刹车,好像不太满意。也许我就不该跟你说这个,但请相信我,无论刹车状况如何,事情都是不可避免的。当时你父亲一步就迈到了我车前,不容我有时间去踩刹车。"

"我知道。"我回想起事发当时的先后顺序,先是令人揪心的撞击声,然后是轮胎擦地的刺耳声。

"但是这类事情吧,律师可喜欢穷追猛打了。我有很长时间没去保养汽车。刘易斯一直拖延着不给生活费,我手头一直不宽裕,也没顾得上照管车子。现在我真不愿意再搅进另一桩官司里去,我真的受不了。难道没有人劝你起诉我吗?"

我承认确实有人劝过,但重申自己绝对无意起诉。

"谢谢。"她露出笑容,"不知怎的,我敢断定你是个实在人。现在实在人可不多了。"

微笑一下改变了她的面容。不笑时,她丰厚的上唇令她显出一副挑衅、愠怒的神情。但她微笑时,整张脸都晴朗起来,嘴角向上弯起,丰润的嘴唇后露出一排洁白的牙齿,深棕色的眼睛里似乎有火花在闪烁。

饭后喝咖啡时,她大致讲述了自己的经历。她在纽约市郊的高级住宅区出生、长大。父亲是律师,天天驱车到曼哈顿上班。"我姓氏的意思是'辩论'[①],信不信由你,结婚前我就叫尤兰德·奥格

[①] 奥格门特(Argument),有辩论之意。

门特。刘易斯过去常说我这姓氏简直恰如其人。往前追溯,这名字好像起源于十六七世纪法国胡格诺教派。"20世纪60年代中期她去波士顿读大学,主修心理学,按当时的标准来说是个激进分子。在读研期间认识了正念地理学博士的刘易斯·米勒。他们先是同居,在尤兰德意外怀孕之后便结了婚。婚后前几年的时间里,尤兰德找了份工作,赚钱供米勒读书,自己反倒没能读完博士学位。"你以为那狗娘养的会感激我吗?见他的鬼去。"目前他们离婚官司中的争议之一就是:尤兰德要求刘易斯为她当年未竟的博士学位以及因此而损失的工作收入做出经济赔偿。"我的辩护律师也是女性,为了这事可是斗志昂扬呢。"

70年代,尤兰德卷入了铺天盖地的妇女解放运动。"我早就翘首盼望妇女解放了。但我没有响应这场运动的倡议,重返校园学习,而是把全部精力都投入到运动中去了。我忙着参加各种集会、游行、讲习班,有一段时间还想搞女权主义艺术,用尿布、卫生棉条、内衣、从妇女杂志上撕下来的纸片做成拼贴画。天啊,我浪费了多少时间啊。人家刘易斯就很有心计。在我跟其他姐妹发泄愤怒的时候,他只顾着埋头拼事业。博士学位刚一到手,他就被本系聘为助教。妇女运动他也从不反对。跟我一组的姐妹们都羡慕我嫁了个顾家的好男人,还总帮我做饭、买东西什么的。哼,那是他喜欢做饭,喜欢买东西。"

有一天刘易斯去费城参加一个大型会议,回来后说天上掉下一份美差,夏威夷大学的副教授,而且是终身聘任。"他迫不及待想要接下来,因为这相当于晋升一级呢,而且夏威夷也适合研究他专攻的气象学领域。但对我而言,搬来夏威夷真是古怪得很。你瞧,夏威夷听起来就不是个严肃正经的地方,哪有人会在这里认真工作嘛!人到这里都是休假度蜜月的,如果你是土豪,并且不在乎坐飞机长途旅行的话。这是个度假胜地,也是'剩地',剩余的'剩'。这里是美国的终点,也是西方社会的终点。经过夏威夷再往前走,就到了东方,到了日本、香港。我们置身于西方文明圈的外围,全靠手指尖勉强攀附着才不至于掉下去……但在当时,我觉得刘易斯太急不可待,如果我拒绝前往的话,从此以后他就会跟我没完没了。当时我们所在的新英格兰地区正值隆冬,我和两个孩子先后患上感冒,就觉得搬去夏威夷住上几年也不错,刘易斯跟我保证最多只待五年。于是我就同意了。

"刚一到这里我就知道自己错了,至少我是不该来。刘易斯喜欢这里,他喜欢这里的气候,喜欢他的地理系,因为新同事远不如东部的旧同事有竞争力,学生们对他更是毕恭毕敬。孩子们也喜欢这里,在这里一年到头都可以游泳、冲浪、野餐。但我在这里却从不觉得开心。为什么呢?主要是因为这里太无聊了。对,这就是坏消息,天堂里很无聊,但这话又不准你说出来。"

我问她为什么。她反问,是为什么无聊还是为什么这话不能明说。我说两者兼有。

"夏威夷无聊的原因之一在于这里缺乏自身真正的文化身份。土著的波利尼西亚文化,因为只有口头传说而没有文字记载,多多少少已经消亡了。夏威夷语一直没有自己的字母,传教士到来后才替他们发明了一套,但目的是为了翻译《圣经》,而不是记录被教士视为异端的神话故事。岛上最古老的建筑物修建于19世纪，而且为数不多。但在库克船长到达这里之前，夏威夷已经有千年的历史了，现在所有能够向后人展示那一段历史的文物，只剩下了保存在主教博物馆的几枚鱼钩、几柄斧头和几片'踏帕'布片。我有些夸张了，但绝不过分。这里有许多地理现象可以研究，有奇妙的火山、瀑布、雨林，所以刘易斯喜欢这里；但这里没有多少历史，没有世代传承延续下来的历史。岛上所谓的历史是由许多大相径庭、互不相干的元素构成的，有夏威夷白人、中国人、日本人、波利尼西亚人、马来人、密克罗尼西亚人，他们各自带着自己的历史，在不同的时间因为不同的缘由来到此处，各自的历史背景就像沉船上散落的碎片一般，在美国消费文化这一片温水海域里沉沉浮浮。这里的生活乏味无聊得让人难以置信。自从珍珠港事件以后，就再没有发生过什么重大事件。在60年代的十年当中，这里古井无波，就这么浑浑噩噩地过去了，几乎没有引起外界的任何注意。外界的新闻要花很长时间才能传到这里，等传过来时也已经变成了旧闻。我们阅读周一的报纸时，伦敦已经在印刷周二报纸的新闻标题了。而且，世界上无论发生什么事情，好像都极其遥远，无关我们的痛痒。假如哪天第三次世界大战爆发了，消息也只会刊登在《火奴鲁鲁广告报》的中缝里，而报纸的头版头条依然是本岛加税的消息。这里让人感觉像是落在了时代的身后，好像你睡了一觉，醒来后发觉自己置身于温柔朦胧的安乐乡里，日复一日，年复一年，没有任何变化。也许这就是许多人退休后来这定居的原因吧，这里能给他们长生的幻觉。其实他们从踏上这个岛屿那天起，差不多就算是与世长辞了。此外这里还缺乏四季的变化。岛上有多种天气，各种气候，但就是没有能让你感受得到的四季轮回。有了四季才能提醒你时间正在流逝呀。我现在对北美新英格兰地区的秋天真是有说不出的怀念。一到秋天，枫树上的叶子由绿色变成红色、黄色、棕色，从枝头一片片飘落，直到黑色的树枝和树干裸露出来，然后是第一次霜降、落雪，可以到户外滑冰，接下来是春天，新枝嫩芽，花蕾初绽……该死的这里，一年到头只有花，不好意思啊。"她赶紧道歉，也许是看见我为她爆粗口眨了一下眼。"这么讲话是因为我的岩石热发病了。从这里到最近的大陆板块也有四千公里之遥，陷在这里的人们心怀恐惧，渴望逃脱，甚至给这种感觉起了个名字，叫作'岩石热'。这里的老教授们视之为社交疾病，谁一旦发病，其他人就躲得远远的，因为这病简直像是在公然指责老教授们居然跑到这种地方来住。或者是他们害怕被这病传染，再不然就是他们早已染上了同一种病，只不过是遮掩着不愿意暴露而已。明面上我们应该觉得自己非常幸运，能够置身人间天堂，享受这美妙的气候，但有时候，在人们不设提防的时候，你能看见他们眼中的阴郁低落、神不守舍。那，就是岩石热。

"我竭尽全力去适应新环境。我报班学习夏威夷文化，甚至还学过夏威夷语，但很快就厌倦了。厌倦而且沮丧。真实的东西就剩下那么一丁点了。夏威夷的历史，就是一部失败的历史。"

"失落的天堂？"我说。

"失窃的天堂。失贞的天堂。遭受感染、失洁的天堂。天堂被纳入私囊，开发包装。天堂被出卖了。"

"所以不管怎样,我当时就想回学校读书,既可以逃避这种无聊,还能继续完成我的博士学位。但你知道,我觉得自己年纪太大,浪费的时间太多,怎么可能再坐回教室去逢迎老师?何况在这里,我这个专业也没有哪位牛人值得去逢迎。于是我想先找份工作干着,挣点私房钱,就不必全靠刘易斯养活了。也许是我一早就有不好的预感吧。有一天,我看见一则招聘广告,夏威夷大学的学生发展中心要招兼职的心理咨询顾问。我没有受过临床训练,算不上够格,但我的毕业文凭给他们留下的印象还不错,而且我以前在美国本土积累了许多可以借鉴的经验,我在妇女运动中还组织过自助疗法实验班和交友会什么的。再说,大学付的工资不高,也不能太挑剔。于是我找到了工作,同时还一直在自修。第一年里,我挺心疼那些来向我咨询的孩子,简直就是盲人牵瞎马。"

我问她常常遇到哪些问题。

"噢,问题都是常见的那些,爱情,死亡,金钱。再加上种族问题。种族问题倒是个地方特色。有人说美国社会是一个多种族的大熔炉,这话才不能信呢。再来点咖啡?"

我婉言谢绝后,说我该告辞了。

"啊,你怎么可以走!"她大声说,"我的经历我都讲了,现在该轮到你了。"她口吻虽然轻松,却不完全是开玩笑,而且她言之有理。但我之所以准备告辞,就是害怕听完她坦诚有趣的故事之后,自己还得奉还一个故事。我勉强笑了笑,说自己的故事平淡无奇,乏善可陈。

"你住在英格兰什么地方?"她说。

"鲁米治,英国中部的工业重镇。那儿灰蒙蒙的,很脏,没什么漂亮景致,大概是地球上同夏威夷反差最大的地方了。"

"那里有雾吗?"

"不经常有,但夏天总是不够晴朗,冬天就更加朦胧昏暗了。"

"以前我有件雨衣,牌子就叫伦敦雾,买它是因为这名字听起来好浪漫,总让人想起查尔斯·狄更斯,想起夏洛克·福尔摩斯。"

"鲁米治可没有啥浪漫情调可言。"

"在这里我从来没穿过雨衣。雨虽然天天在下,但天气太热,没法穿,我就把它捐出去了。鲁米治是你的家乡吗?"

"不是。我才刚去没几年,在一所不分教派的学校里教授神学。"

"神学?"她的表情我见多了,早就习以为常,那表情包含着几层快速推进又相互重叠的含义:吃惊、好奇和预料之中的厌倦。"你是神父?"

"曾经是,"我说,"但现在不是了。"我起身告辞,"非常感谢你的邀请,今晚真是开心,但我确实得走了,明天还有的忙呢。"

"可不是嘛。"她耸肩笑了笑。她可能感觉到了我的冷漠,却并不显露出来。我们在前廊处握手告别,她要我向爹地转达问候,"如果他愿意听你提到我的话。"

返回的路上,我开着车不管不顾地顺着陡峭蜿蜒的山路一路疾驰,急拐弯时轮胎擦地,发出"吱吱"的声音,车灯打在一个个路标上,一闪即过。我这是在拿自己撒气,因为我觉得自己今晚的举止既笨拙又粗鲁。写日记时仍觉得气恼不已。我本应当以坦诚回报她的坦诚,本应当把自己的经历原原本本地告诉她。以下,就是我的经历。

我出生在伦敦南部并在那里长大,家里兄妹一共四人。我祖父母那一辈从爱尔兰迁移到英格兰,父母属于中下阶层,比劳工阶层也就略高一点点。父亲在一家陆路运输公司当调度员,母亲在一所学校的食堂里工作了多年。父母能在人前炫耀露脸的是自家的四个孩子。我们个个都是聪颖用功的好学生,就读的不过是政府资助的天主教中学或修道院学校,统考时却个个成绩优异。我大哥考上了大学,两个姐姐考上师范学校,全家人都暗暗期盼我将来能当上神父。小时候我就非常虔诚,给神父当辅祭男童,坚持清晨做弥撒时去当助祭,点收赎罪券,主持连续九天的祷告。同时,我还有些书呆子气。十五岁那年,我就决定要奉召侍奉天主。现在回想起来,这个决定不过是为了解决青春期的诸多烦恼。当时我身体上发生的种种变化,头脑中闪过的许多念头,全都让我烦恼。我担心触犯戒律,知道人有多容易行差踏错,更害怕一旦陷入罪里,死后便会下地狱的这般恶果。这就是天主教教育对人的影响,起码,对我的影响就是如此。可以说,对地狱的恐惧和对性的无知使我茫然不知所措。在学校操场上的自行车棚背后,常有同学聚在一起讲黄段子,但从来没人叫我参加。别的同学似乎认定我将来会为了信仰而禁欲独身,抑或是怕我去向老师告发他们。其他男同学哄笑着讲黄色笑话,传看黄色杂志,在传播糟粕的同时大概也交流了一些知识。我自己不能主动加入到同龄人的小圈子中去,更不能同父母谈论这种事,因为他们从来不当着我的面提及性这一话题。我羞于去问大哥,况且在这紧要关头他正好在外地读大学。我当时惊人地无知,又很惶恐。现在回想起来,那时的我可能以为只要奉献自己,去当神父,就能一举解决性、求学、求职和灵魂永生的所有问题。只要我做神父的目标坚定不移,我就不会像别人所说的那样"出岔子"。依照我的见识,这个决定逻辑严谨,十全十美。

在我们教区的神父和主教管区负责招募神职人员的蒙席的建议之下,我参加完全国普通水准考试后便离开了中学,进入初级神学院学习。它附属于神学院,实行寄宿制。设立初级神学院的目的是保护有志青年,使他们在领受圣职之前免受危险的俗世的影响和诱惑,特别是免受女孩的诱惑。这一措施非常有效。我从初级神学院直接升入高级神学院,又因为神学和哲学两门功课在班里名列前茅,作为奖励,被选送到罗马的英吉利学院深造。在罗马我领受了圣职,随后又被送到牛津大学攻读神学博士学位。在牛津时,我住在耶稣会的房子里,跟从一位耶稣会导师学习,与校园里普通学生的生活没有什么交集。我是教会为了神学研究而培养的,按照常规我应当在完成学业之后先去某个教区做几年神父助理,不过碰巧的是,我原来在神学院的老师,一位著名的神学家,为了人生的话题跟人大吵一架后,突然拂袖而去,不久后便与一位还俗的修女结了婚,等于自动解除了教籍。于是,圣埃塞尔伯特神学院出现了一个职缺,他们急急忙忙地把我填了进去。

转了一圈我又回到了我的起点,我的母校,圣埃塞尔伯特神学院,一待就是十二年。再加上我接受教育的那些年数,你会发现,自我成年以后,大部分光阴都是在与现代世俗社会相隔绝的环境里度过的，我根本不了解世故人情。20世纪的我，活得却像是19世纪维多利亚中期牛津大学的教师：周围全是男性，思想高尚，为了信仰独身，却又不完全躬行禁欲主义。多数同事只要逮住机会就会要上一瓶不错的葡萄酒品尝，讨论讨论几种麦芽威士忌的优劣。其实，圣埃塞尔伯特的大楼本来就模仿了牛津大学的新哥特式风格，耸立在一座小花园的中央，非常气派。但大楼内部则要逊色许多，陈设装饰介于寄宿学校和医院之间，瓷砖地板，油漆墙壁，教室都以英国殉教者的名字命名，像莫尔大厅、费希尔大厅，等等。每个礼拜日的早晨，烤肉和炖菜的香味溜出厨房，和小教堂里飘出的香火气息在走廊中交集混杂。

日复一日，我的生活有条不紊，无波无澜。每天早早起床，静思半个钟头，八点到小教堂集合做弥撒，然后跟同事一起用早餐（跟学生分开用餐更觉得香甜），每天上课一般不会超过两堂，然后如约对学生进行个别指导。午餐和晚餐都是师生一同进餐，但下午的茶点却是送到教工休息室里的。现在回想起来，学校的伙食既不易于消化又不引人垂涎，可我们还是大吃特吃。下午一般无事，可以去公园散步，抓紧批改作业，或者写论文投给神学期刊。晚饭后我们常常聚到教工休息室里看电视，要不就回各自的房间看书。我的同事喜欢阅读侦探小说、名人传记，聊以自娱，我却是从准备大学入学考试那时起就喜欢上了诗歌。我时常想，如果当初没有当上神父，我很有可能会去天主教中学教英文。每当主教或其他要人来学校访问，我们就能有酒喝。偶尔我们也外出，去饭店里谨慎地美餐一顿。我的生活文明体面，没有什么不满意的。学生们都会抬头仰视你，当然，学校里也没有别的能让他们瞻仰了。我们在这个小小的人造王国里居高睥睨。

当然啦，我们也不能完全忽略眼前的事实：神职的数量正日渐减少，中途辍学的学生越来越多，领受神职后不肯就职甚至脱离教会的人数有增无减。如果这人恰好跟你有过交集，是你的同学师长，写的文章让你钦佩不已，你自然免不了深感震撼。就好比聚会进行到一半，人人都在放声说笑，热闹非凡，门突然"砰"的一声关上了，全场顿时哑然，所有人都扭头去看关上的门，这才发现有人离场，再也不回来了。但片刻之后，人声又重新鼎沸起来，似乎什么事情都不曾发生一样。多数开小差的人或迟或早都结了婚，享受到了还俗的好处，或者说害处。我们这些留下来的人就把他们的离开归咎到性的问题上。拿性开刀总归容易些，谁也不想深究我们课上讲授的内容是否可信。

走的人越来越多，留下来的人不得不勉为其难地越俎代庖，跨越自己的专业去教授其他课程。除了自己的专业课教义神学之外，我还得现学现卖，教授《圣经》经文注释和基督教教会史。在求学期间我曾学过"教义辩护"，它运用各种能被利用的修辞法、辩论术，从《圣经》中引经据典，对天主教正统观念中的每一条教义寸土不让、坚决维护，反驳其他教派、其他宗教和哲学对自己的批评与进犯。在第二次梵蒂冈大公会议的促进下，一种更为包容的普世性传教风格发展了起来，但在英国的天主教神学院中，起码是在圣埃塞尔伯特学院，神学观念依然恪守陈规。神父的后备力量本来就在减少，主教团领袖不希望我们将他们置于当代激进神学的凄风苦雨中，无遮无拦，以免动摇了他们的信念。圣公会正朝着前方的凄风苦雨发足狂奔，他们的一些主教和教士否认圣灵感孕、耶稣复活，甚至否认基督的神性，于是挑起争论，甚至威胁要分离教会，而我们则隔岸观火、幸灾乐祸，用德语来说就是"Schadenfreude"。每年我给新生上神学入门课时，都要插入一个小笑话，说那些要剥去神话的外形以求真义的人，将洗澡水连同还是婴儿的耶稣一起泼了出去，每次都能博得哄堂大笑。还有一个故事讲的是英国国教的一位牧师，他准备用神学三美德"信""望""爱"依次给自己的孩子命名。老大、老二分别取名为信心和希望，但老三出生之前，他读了神学家蒂利希关于因信称义的著作，便舍弃了原定的名字"爱心"，给老三取名为多丽丝。这故事能让教工休息室热闹上整整一星期。现在回忆往事，我发现自己对圣埃塞尔伯特印象最深的就是过于开心的大笑声，无论是在教室、公共休息室还是餐厅，人人都耸动着肩膀，大张着嘴巴，放声大笑。对于这种再简单不过的笑话，神职人员为什么会狂笑成这样？为了振作精神？还是在黑暗中吹口哨壮胆？

无论怎样，我们光明正大地打了一场神学比赛。困难的问题我们拖延回避，袖手任球飞过；简单的问题我们就一棒将球打在边线上，拿下最高分。而且我们永远也不会因为犯规而被罚出局，因为我们同时还担任着比赛的裁判。当然，把神学比作竞赛的说法我还得向尤兰德进一步解释。

你无需深入了解宗教哲学就会发现，任何宗教主张都是不可能证实抑或证伪的。对于信奉理性主义、唯物主义、逻辑实证主义的人而言，仅此一点就足以将神学完全排除在严肃的思考之外。但是对信仰宗教的人来说，无论是证实还是证伪天主，二者几乎没什么差别，而且有天主显然要比没有天主强，因为如果没有天主，对于邪恶、不幸、死亡这些永恒的疑问，人们就无法给出鼓舞人心的答案。神学研究以启示的方法去理解一位除了启示之外再没有其他证据能够证明其存在的天主（对不起，阿奎那①），这种逻辑上的循环并没有让信徒烦恼，因为信仰本身就是跳出神学游戏之外的；信仰，其实是进行神学游戏的竞技场。信仰是一种天赋，虔信的天赋，是你在受洗时主动获取或是在前往大马士革的途中被强加于身的。20世纪的英国哲学家怀特海说过，天主并非是所有形而上学原则中那个伟大的例外，没法挽救它们于危亡；但不幸的是，从哲学的角度来看，天主恰恰就是一种例外，而怀特海从未找到过一个令人信服的论点来加以驳斥。

因此，一切都取决于信仰。假设你相信圣父天主确实存在，那么整个天主教的教义体系就得以维系，而且合情合理，天衣无缝。假设如此，你就可以把神学游戏一直玩下去。假设如此，你就能在心里略带保留地看待某些离奇的教义，比如地狱的存在，比如玛利亚是童贞之身，同时不必担心自己的信仰不够坚定。这，就是我曾经的心态，简直分毫不差。我把信仰视为理所当然。我从未严肃地加以质疑，也没有仔细地加以审验。是信仰界定了我，是信仰告诉我何以我就是我，何以正做着手头的事，何以在神学院教授神学。

---

①阿奎那（1225—1274），意大利哲学家、神学家，著有《神学大全》。

在我离开神学院前，我一直没有发现，我的信仰早已经消失得无影无踪了。

我写得这样大胆直白，乍看起来简直难以置信。毕竟，我过去的生活就是人们所谓的"祈祷者的生活"。实际上，在每天早晨半小时的默想时间里，我比多数同事都做得尽心尽力。当时我想过自己是在向谁祈祷了吗？我无法回答，只能说祈祷是被我视为理所当然的信仰的一部分，与之相关联的，是自幼养成的简单接受宗教观念的习惯。小时候，当妈妈在我上床后第一次把我幼小的手掌合在一起，教我唱《万福玛利亚》的时候，这习惯就形成了。毫无疑问，这同我在教会的象牙塔里埋头苦读、不问世事的生活也有关系。法国哲学家列维·斯特劳斯曾在某本书里说过："选择以教书为职业的学生还没有向童年世界道别，不但不道别，他还设法待在里面不肯出来。"

20 世纪 80 年代早期，英格兰和威尔士推行了天主教教士培养的合理化改革，圣埃塞尔伯特神学院因此停办，一部分教工被分流到其他学术机构，而我却被主教召去谈话，说要派我去教区工作一段时间，也许这能对我有所裨益。现在想想，可能是他听说了我当老师缺乏天分，不能激发学生的灵感，不能调动学生为将来的圣职而勤奋学习。这是实情，但教学大纲也应当承担一部分责任。机缘巧合之下，我从一名学生被直接推上了教师的岗位，所以对普通神父的日常生活知之甚少，甚至是一无所知。我就像一名从未上过沙场的部队参谋，把从中世纪传下来的武器和战术交给刚招募来的年轻士兵，然后送他们去打一场现代化的战争。

主教把我派去了萨得尔的圣彼得和保罗教区。那是伦敦东北三十二公里之外的一个小镇，二战后才由一个村落迅速发展起来，所以街道房舍都修得毫无章法。镇里有劳工阶层居住的政府救济房，中产阶级的白领社区，一片轻工业区，然后是几处苗圃。多数居民每天上班都需要往返伦敦。小镇上有一座带有英国早期风格塔楼的圣公会教堂，一座红砖砌成的新哥特式卫理公会教堂，还有一座外形单薄的天主教教堂，用轻型砖块和彩色玻璃建成，属于现代风格，跟别处大同小异。我所负责的教区，人口构成是英国天主教社区的典型代表：大部分是爱尔兰移民的第二代或第三代，一小部分是战后移民来此从事苗圃生意的意大利人，还有零星几位后来改信天主教的，以及信仰纯正的公会老信徒——他们的祖辈，信教的时间能一直上溯到教难日时期。

按英国天主教社区的状况来看，这里当得起兴旺发达四个字了。20世纪80年代初期，失业在这里引起的混乱要轻于其他地区。这里租金高、房源少，新婚夫妇生活得颇为拮据，但是并没有出现赤贫和贫穷诱发的严重社会问题，比如犯罪、吸毒和卖淫。总体上这里算是个受人尊敬的中等富裕地区。如果当初我被派往巴西的圣保罗或者哥伦比亚的波哥大，又或者是鲁木治某个经济落后地区，情况也许就完全不一样了。如果被派到那些地方，我可能就会投入社会正义的事业中去，做出自由主义神学家所谓的"对穷人的优先选择"，不过现在看来也未必，因为我根本不是当英雄那块料。但话又说回来，我被派到了梅特兰德，不是南美，我负责的会众不需要政治或经济上的解放，他们在选举中多数都投了撒切尔夫人一票。我担任的职责非常明确:"精神慰藉"。他们外在的生活跟俗世里的邻居难分高低,于是期望教会能给自己提供一块精神上的领地。也算我幸运吧,六七十年代,那场在天主教神父生活中占据了主要地位的关于节育和人生问题的大辩论,到我去做神父的时候已经平息了下去。我教区的会众多数已经凭良心解决了这个问题,并且颇有技巧地避免与我谈及。他们需要我做的是主持婚礼、为孩子洗礼、宽慰丧亲之痛、减少他们对死亡的恐惧。如果他们不能像自己所期望的那样富足和成功,又如果遭到配偶抛弃、孩子误入歧途或是自己身染不治之症,如果出现以上情形,他们需要我做出保证,这些都不是最终的结局,也不是消极沉沦的理由,这个世界之外还有另一个空间,时间之外还有另一个时间,在那里一切都会得到补偿,正义得到伸张,痛苦和损失将得到弥补,他们将会幸福快乐地生活下去。

这些毕竟是每次主日弥撒的讲道,是对信徒们的承诺。"求祢垂念我们众人,使我们得与天主之母童贞荣福玛利亚、诸圣宗徒、以及祢所喜爱的历代圣人圣女,共享永生;并使我们藉着祢的圣子耶稣基督,赞美祢、颂扬祢。"这段出自《感恩经二式》。我从赫秀拉柜子里找出一本有着白色真皮封面和烫金书边的全新的《感恩祭典》,中间还印有神圣图片。我拿它做了个试验,随手一翻,就会看到同一主题的内容不断地循环往复:"主啊我的天父,愿我们在诸事万物中最敬爱祢,愿我们得享祢为我们所预备的超乎我们一切想象的欢乐。"(《进堂咏》,甲年常年期第二十主日)"主啊,我们按祢的意志做此献仪。愿它洁净我们,更新我们,请引领我们到达我们永恒的偿服。"(丙年常年期第六主日,《献仪经》)"全能的天主,我们今天饱飨了祢圣子暂世的晚餐,求你赏赐我们,将来在天上得享祢永久的圣筵。"(《领圣餐后经》,建立圣体日,主的晚餐弥撒)

这一直是基督教吸引力的基本所在,但也不足为怪。历史上浩如汪洋的芸芸众生,全都人生苦短,幸福短暂,夙愿难成。虽然不可能,但如果将来有一天人类进步了,能够建立一个人人幸福、长寿、满足的乌托邦,这乌托邦也不能补偿往昔死去的数以亿万计的人命。亿万的人因为营养不良、战争、迫害、肉体或精神上的病痛而遭受挫折、历尽坎坷,乃至葬送性命。因此,我们人类渴望信仰来世,好让现世的种种不公正、不平等在来世中得以纠正。这就解释了在公元1世纪的罗马帝国,基督教何以在贫穷落后地区、在被征服被奴役的民族中传播得如此迅速。那些早期的基督徒,貌似包括耶稣自己在内,都期待历史马上就要走到尽头,届时人世间的种种不公与苦难也将终结,因为那时基督将复临人世,建立起神的国度。这样的盼望时至今日仍鼓舞着一些原教旨主义教派。在制度化教会的教义中,基督复临和最后审判的日子被无限期地往后推延,而它所强调的重点也转移到了死亡之后灵魂的命运之上。但福音书的魅力基本上仍未衰减。福音就是永生的消息,天堂消息。对我的会众而言,我就像是旅行社的职员,给他们送票,办保险,分发宣传册,确保他们永久幸福。我日复一日地高高站在祭坛上,向会众宣讲永生的应许和希望,我望着他们的面孔,望着那一张张耐心、信任又略带无聊的面孔,不禁暗自揣度,他们是真的相信我所讲的,还是仅仅希望我所说的是真的?这时我才意识到,我自己再也不信了,一个字也不信了。但我又不能确切地指出我是在哪一时刻从信变成不信的。信与不信之间的隔膜竟如此之薄,距离竟如此之近。

我以前费心尽力抵御了半生之久的去除神话形式、求取真义的激进神学,在一瞬间竟变成不证自明的真理。我发现,基督教教义就是神话传说和形而上学的混合体,在经历过启蒙运动的近代社会里,除非你用历史的方法去理解它,从隐喻的角度去阐释它,否则根本就解释不通。如果我们能够撇开早期福音书作者撰写的《米大示》[①],将耶稣的真实身份还原、挖掘出来,那么,耶稣显然绝非寻常人可以企及。他的智慧独一无二、振聋发聩,但也神秘莫测。他的魅力无边无界,远远超越以狂热传道为当时时代特点的其他犹太传道者。他被钉死在十字架上的故事虽然没有史实证明,但确实感人至深,鼓舞人心。然而,他的故事中包含着超自然的成分,他就是上帝,作为天父他把他自己从天国"派来"人世,童贞生子,起死复生,重返天国,而且要在世界末日时再临人世,审判活人和死人,等等。这些超自然成分从叙事的角度来看自然是宏伟壮阔、富于象征力,但在我看来,它们与同一时期盛行于地中海和中东地区的诸多关于神祇的神话传说一样,都无法让人信以为真。

于是我变成了持无神论的神父,或至少是持不可知论的神父。但我怯于告诉任何一个人。我又返回头去阅读那些激进的圣公会神学家,像约翰·鲁滨逊、莫里斯·怀尔斯,唐·卡皮特及合作者。过去我讲神学入门课时常常取笑他们,现在重读他们的作品,心里

[①] 古代犹太人的《旧约》全书注解集。

却生出几分敬意。在他们的书中，我甚至还找到了继续做神父的理由。比如卡皮特说过，"有些神职人员是闷声不响的不可知论者，另一些则闷声不响地怀疑基督教中超自然的信条，但与此同时，他们照样能将基督教的工作做得十分出色"。我想我就当个这样的神父吧。但卡皮特自己没能做到闷声不响地怀疑，他被人公开指斥为"无神论神父"。此公让我颇感兴味，因为他在一系列的著述中，固执地手持钢锯，对准自己正跨坐其上的树枝，锯得津津有味，直到自己的身体在空中没了其他任何依托，只剩下丹麦思想家克尔凯郭尔[①]所说的"宗教的需求"，那就是："就我们而言，世上没有上帝，只有对宗教的需求，对宗教的选择，对各种教规的接受，以及宗教带给我们的解除束缚的自我超越。"在圣埃塞尔伯特神学院教书时，我常把这些话套进信经的格式里，以活跃课堂气氛："我信仰宗教的需求……"现在，连卡皮特在我看来都过于主观臆断了。"解除束缚的自我超越"在哪里？我没有感觉到啊。我只感到空虚孤独，一事无成。

恰好就在这个时候，达芙妮走进了我的生活。当时的情形很有讽刺意味。我常去当地的一家医院探望病人，达芙妮就在那里当护士长，主管女病房。我们偶尔去她鸽舍般的小办公室聊几句病人的情况。有一个病人我们都特别关注，那就是修女菲洛米娜嬷嬷。她大约四十岁，因为罹患某种骨癌将不久于人世。几个月来，她多次进出这所医院，常常要忍受巨大的痛苦。他们截去她的一条腿，但

---

① 克尔凯郭尔，丹麦基督教思想家，存在主义先驱。他认为："人要对自己的生活采取负责的态度，就要对三种人生做出选择，即人生三阶段：美学阶段、伦理阶段和宗教阶段。"

仍止不住病情的恶化。医生都束手无策了，嬷嬷却平静勇敢地接受了自己的命运，因为她信心满满，坚信自己即将去见自己的造物主，或者如她当初成为修女时发下的终生愿所说，就要去见她的新郎。自然，我没有用自己的种种怀疑去搅扰她，而是表现出真诚热切的样子，以回应她对天主的虔诚。可能菲洛米娜嬷嬷对达芙妮说过，说我对她是怎样的慰藉和鼓舞的源泉，于是达芙妮把这些十足的过奖之辞转手讲给我听。我很难堪，却又不得不忍耐。

菲洛米娜嬷嬷最后一次出了院，回到修道院等待死亡的到来，一两个月后她等到了。这件事情给达芙妮留下了很深的印象，她想更深入地了解天主教，问能不能找我听道。"听道"这个词显然是她从菲洛米娜嬷嬷那里听来的。我想把她推给我的助手，可她坚持非我不可。这也许就是预警信号了，但我找不到哪种方式，既能拒绝她，又显得合情合理，还不至于粗暴。于是每到周四或周五她值夜班的时候，她会在下午或傍晚时分来到我住的神父宅邸。我的前厅有一只壁炉，壁炉架上方挂着一只沉甸甸的石膏十字架，一只大钟滴滴答答地走着，四壁上贴着彩色的传统宗教宣传画。大厅中央摆着一张抛光的桌子，周围是人造革直背餐椅。我们面对面坐在桌子两侧，餐椅中间早已被坐塌了一个窝，坐上去很不舒服。我们就坐在上面一条条地学习天主教的教义。那场面何其滑稽。

刚开始时我只打算尽快了结此事，所以每当达芙妮探身向前，诚恳地望着我的双眼，提出异议或表示不解时，我就耸耸双肩，掉转目光说："不错，从纯理性的角度来看是有不少问题，可你应当把它放在整个信仰的大背景之下来理解。"然后，我便开始讲下一条教义。但没过多久,我心里便开始盼望她每周一次的拜访。天主知道我很孤独。我真怀念圣埃塞尔伯特神学院教工休息室里的同道们啊。我的副手托马斯是个好小伙子,利物浦人,他刚领受完圣职就被分到我们这个神父奇缺的主教管区。他世俗的兴趣主要集中在足球和摇滚乐上,所以他对青年俱乐部非常感兴趣,每个周日晚上都要主持一场颇受欢迎的民谣弥撒。而我对这些却是一窍不通。我们的管家阿吉是一个形容枯槁、患有关节炎的寡妇,她天天念叨的只有两件事:伙食开销和各处的关节疼痛。达芙妮不是世上最有头脑的人,但她对新闻中有意义的部分感兴趣,收看较为严肃的电视节目,阅读获过文学奖的小说,还常去伦敦的剧院看戏,参观展览。她父亲是职业军人,常常被派驻国外,所以她进入一家高规格的女子寄宿学校,学会了相当斯文优雅的语调和说话方式。不过她的语调好多人接受不了,我在医院里无意中听见她的同事私下模仿她说话的腔调,但我并不觉得反感。我们逐渐养成习惯,先把该讲的几条教义讲完,然后就开始聊别的话题。渐渐地,教义越讲越粗略,闲谈的话题反倒越来越多。我开始怀疑,达芙妮不大可能皈依天主教,就像我不可能重新找回自己的信仰一样,而且我怀疑她迟迟不肯结束辅导课程,有假"道"济私的目的。

达芙妮看上我什么了呢?后来,我常常问自己。算起来那时她已经三十五岁,急不可待地想要结婚,也许还想生儿育女。我不得不说,她的外貌按照现在流行的标准,或者其他任何标准,都算不上吸引人,但是我们初次相识时我并没有注意到这一点,因为我早就训练自己不把女人看作性爱对象了。达芙妮身材较高,体态像中年妇人，穿上白大褂比穿便装更好看些。她脸色苍白，下腭粗壮，双下巴隐约可见，尖鼻子，小嘴，两片薄薄的嘴唇经常抿成一条严厉的直线，在上班时间更是显得凌厉严苛。她以独断专制的方式管理病房，我发现她手下的年轻护士对她除了尊敬之外，还有一定程度的厌恶。但达芙妮同我在一起的时候，有时也准许自己微微一笑，于是便露出两排整齐的白牙和粉红色的舌尖。随着我们关系变得越来越亲密，我发现她舌尖快速掠过双唇的动作很能撩动人心。但显然她不是一个人人爱慕的女人，不比我更能吸引异性。如果用谢尔德雷克所说的魅力分值来给我们打分的话，我们谁也得不了高分。也许就因为这一点，她才觉得我俩正般配。

接下来就发生了在达芙妮家吃午饭的事情，那真是一顿命运攸关的午饭。她住的小公寓在一幢私人开发的住宅楼里，邻居都是没有孩子的夫妇和单色的年轻白领。一楼门厅里摆着一盆塑料花，走廊里铺着地毯，最大的噪音就是电梯上下时发出的声响。那是二月的一天，潮湿阴冷，乌云压顶，天空下着蒙蒙细雨。走进达芙妮家门，顿时感觉室内温暖舒适，达芙妮也温暖可亲。她那天穿了一件我从未见过的柔软的天鹅绒长裙，一向古板地绾在脑后的头发刚刚洗过，披散在肩头，散发着洗发露的清香。她好像也为我的外貌吃了一惊，我穿着一件套头衫，一条灯芯绒长裤，这是她第一次看见我不穿神父黑袍的样子。"这衣服显得你好年轻啊。""那我平时很老吗？"我们大笑，她粉红色的舌尖略带卖弄地从双唇间轻灵闪过。

开始时我们都有些拘谨，但饭前的一杯雪利酒让我们放松了一点，佐餐的一瓶葡萄酒则让拘谨的感觉荡然无存。我们开始闲聊，比以往更随便，更亲密，更有兴味。我记不清当时都吃了些什么，只记得食物味道清淡可口，比阿吉的油腻炖菜要好得多。饭后我们并肩坐下来喝咖啡，达芙妮把沙发移到壁炉前，我们就面对着用假煤块和煤气仿造出的炉火聊天。我们谈啊谈啊，冬日的下午变成了黄昏，房间也渐渐由明转暗。达芙妮起身打算去开台灯，这时，我伸手拦住了她。一阵强烈的冲动攫住了我，我想向她坦白，把我的真实情况全部向她吐露。现在房间半明半暗，仿佛忏悔室一般，在这里剖析自我似乎也容易一些。"有件事情我必须向你坦白，我再也不能给你辅导神学了，因为，你知道，我自己都不再信了，再辅导下去就是错误，是地地道道的亵渎信仰。好了，我说出来了。这世界上，你是唯一听我讲出真话的人。"

借着火光，我看见达芙妮兴奋得睁大了双眼。她拉起我的一只手，紧紧握住。"我太感动了，伯纳德，"几周前我们就开始以名字称呼了，"我明白这对你来说有多么重要，多么关键。你能向我敞开心扉，我真是荣幸之至！"

我们默默地望着炉火，在静穆中坐了几分钟。然后达芙妮握着我的一只手，听我把上面所写的经历大致讲述了一遍。讲完后我说："所以，现在呢，我只能找托马斯来辅导你了。他还有一点嫩，但他的心放在了正地。"

"别傻了。"达芙妮转身靠过来吻住我，好像不许我再讲话似的。我当然依从了。

十四日，星期一

早晨去见赫秀拉的律师贝卢西先生。他的办公室位于火奴鲁鲁市中心的金融商业区。这里跟怀基基一样，也有些微不真实的味道，似乎整个商业区都是昨天才建成的，但为了明天再建新的楼房，一切都可能在一夜之间全部拆掉，踪迹全无。我开车经过阿拉穆阿娜大街一段破旧的街道，然后拐到购物中心，再开一公里，来到一座多层停车场。停好车从停车场的另一头出来，便是迷宫一般的步行街和商场。街道两侧是一座座外表极为相似的高楼，全都用同样的不锈钢、有色玻璃和瓷砖建成，看上去亮闪闪的。大楼里面的办公室都装饰豪华，墙上镶着木板，地上铺着定制地毯，空调一刻不停地吹送着冷气，有色玻璃和低垂的软百叶窗遮挡住楼外刺目的阳光。于是，当你从炎热明亮的大街走进商务大楼时，有好几分钟都不禁要怀疑自己是否仍然置身夏威夷。也许人家是刻意营造出这种有利于办公的小气候，以克服人们在热带地区常有的昏昏欲睡感吧。这种模仿北半球某商业都市特有的办公氛围的行为，贝卢西先生和手下自然也积极参与其中。贝卢西先生身穿三件套西装，打着领带，他的秘书穿一件密实的长袖长裙，脚上是长筒袜、高筒靴。我看看自己身上穿的休闲长裤和运动衫，颇为自惭形秽。

贝卢西先生在办公室门口郑重地跟我打过招呼，示意我坐在一张饰有纽扣的绿色真皮扶手椅上。这椅子和其他家具都崭新得不像真的，真是奇怪。"沃尔什先生，一切都好吧？"我大略讲述了父亲出车祸等麻烦事，他同情地咂巴着舌头，说："黏糊球门，你们英国人是这样说的吧？黏糊球门？"我跟他说这是个板球术语，是

"处于不利形势"的意思。"不是开玩笑吧？"他有些不相信，"你想起诉那个司机吗？"我说不起诉，他露出失望的神色。

他让秘书把授权文件拿进来，趁我浏览那四页文件的时候，点燃了一根雪茄。文件是用典型的法言法语写成，包罗了一切可能发生的事件诸如"要购买、出售、谈判、签约、留署、抵押和让渡任何财产，包括不动产、动产和混合产权，有形和无形资产……"但整体思路还算清楚。这一纸文件必须由赫秀拉当着一位公证人的面签字才能生效。我说赫秀拉正在住院，没办法出门怎么办。贝卢西说公证人可以到医院去办理公证。"医院里的社工会帮你的。"那位社工女士确实帮我办妥了。让我吃惊的是，在赫秀拉床边举行了一个简短的仪式后，全部手续在下午三点前就办完了。现在我可以全权料理她的事情了，而我的第一项任务就是付给贝卢西先生一笔数目相当可观的费用，两百六十美元。

会见完贝卢西先生，我赶在去医院签署文件之前，按格尔森大夫给我的地址又去查看了两家疗养院。第一家名叫马凯庄园，位于戴蒙德角尽头靠海的一处高级住宅区里。我开车刚一进大门就知道，这里的设施服务一定非常吸引人，收取的费用也一定昂贵得吓人。疗养院主楼是一幢美国殖民时期风格的建筑，漆成原白色，一个长长的阳台正对着花园，稍能活动的病人可以坐在阳台的阴凉里，享受繁盛花木的馥郁芳香，观赏花园里的景致。主楼里面的空气也同室外一样清新好闻。而且一切陈设都雅致舒适、洁净宜人。每位病号都住在光线充足的单间里，里面有舒适的家具、电视、床头电话，等等。护理人员都穿着得体，仪容整齐，给病人端饭送药时像空姐一样面带笑容，举止合宜。赫秀拉肯定会喜欢马凯庄园的。但可惜这里每月收费六千五百美元，还不包括药费、理疗费、职业疗法等费用。让赫秀拉搬到这儿住的话，她会成天担心钱花光以后该怎么办，住得再开心也会被这份焦虑破坏殆尽的。领我参观的金发女士是疗养院的负责人，她仪态庄重、身材高挑，身上穿着一套一尘不染的亚麻套装。她好像看穿了我的心思似的，小心翼翼地提示说，疗养院在收住危重病人之前，要求提供一定的经济担保，"以避免入住后发现对病人的诊断过于悲观而带来的种种难题。"她尽量婉转迂回。看我神情中流露出的渴望，再看我身上从小店买来的皱巴巴的大路货服装，她可以断定我在做非分之想。那就没什么可说的了。

　　第二家名叫拜尔维迪尔疗养院，听名字很高大上，实际上就是座浅色调的普通水泥平房，从路上望去像是一所小学。这名字起得真是有些做作。疗养院位于城市的西北郊，紧临一条宽阔笔直的大路，无遮无拦地凸立在一片单调的灌木丛旁。看过了马凯庄园的豪华，这里自然难以称心，但跟我昨天看的那两家相比，已是相当不错。楼里面只有一丝极淡的小便味，参观全程我几乎都没注意到。工作人员看上去很友善耐心。但有些地方赫秀拉不会喜欢，她不愿意跟别人共住一间病房，而且双人间里的两张床挨得太近，我简直怀疑双人间是单人间改造的。有些病人显然是老朽得成了痴呆，而且公共娱乐设施非常少。但话又说回来，这里一个月只需要交三千美元，而且有空床位。

　　明天我得去趟怀基基的银行，打开赫秀拉租用的保险箱，取出她的股权证，再去火奴鲁鲁市中心找她的股票经纪人，把股票卖掉。同时要把银行保险箱退掉，好省下租金。然后注销一个小额存款账户，再把银行发行的价值三千美元的资金拆借市场债券兑换成现金。然后把所有这些钱都存入活期账户。美国人给活期账户起了个跟英国不一样的奇怪名字。赫秀拉所持股票最近做过一次价值估算，总价值为两万五千美元。加上一万五千美元的其他积蓄和财产，不算养老金，共计四万美元。如果把养老金留出来作为零花钱，应付一些不时之需，用其余的钱支付疗养院的费用，那么，如果她住进拜尔维迪尔，这笔钱够她在那里住一年的时间。一年，比格尔森大夫预计的时间长出了一倍，但如果他估计有误，时间超过一年，资金上也有了回旋的余地。这种算计有些病态，但人总要面对现实吧。

赫秀拉似乎已经准备好了迎接现实。我对她讲了在这两家疗养院的见闻。马凯庄园高不可攀，我并没多讲。她赞成我的看法，以她的经济条件，拜尔维迪尔应该是我们所能找到的最好的去处了。她同意我去办理手续，好让她尽快搬过去。格尔森大夫还没治好她顽固不化的便秘，但这只是个时间问题，治愈后她马上就得搬出医院。赫秀拉对法律授权和计算财产这些事非常感兴趣。令人费解的是，这些事情竟使她重又萌发出生机。她让我从家里再带几件睡衣和内衣来，而且明天她要做个发型。探望赫秀拉的时候，时间好像长了翅膀，我们总有说不完的话。

可惜跟爹地一起时画面就不一样了。他一味地为伤痛呻吟，嫌弃在床上用便壶丢面子，抱怨我害他落到了这步田地。他盼着回家,又一次问起了特丝。我想还是等到傍晚给特丝打个电话吧,把事情说清为好。只是现在时间还太早,在英格兰老家他们还都睡着觉呢。我想去外面游游泳。这一整天里,我开着塑料内饰的老爷车跑遍了整个火奴鲁鲁,除了坐办公室就是进病房探望,我真的需要活动一下,好好松松筋骨。

我游泳回来了。刚才侥幸逃脱了一场小灾,我不禁笑逐颜开,甚至还不时开怀大笑了几声,以宣泄心中的胜利豪情。我傻笑着走出电梯时正好撞见克瑙伯弗勒马赫太太。她狐疑地盯着我,一面询问爹地和赫秀拉的情况,一面朝我跟前凑。我猜可能是想闻闻我有没有喝醉吧,其实我滴酒未沾。

我本来打算去楼下的游泳池里游泳的,但从阳台朝下仔细一看才发现,泳池遮在大楼的阴影中,已经许久没人光临了,让人不太放心。于是我先换好泳裤,在外面套了条短裤,就开车去了卡皮奥拉尼公园前方的海滩。怀基基的酒店高楼修到这里总算止步不前,让位于一片沙滩。我很容易就在公园的树荫下找到停车位。因为已近傍晚,白天在这里摩肩接踵晒太阳的游人,早已卷起各自的浴巾草垫,回到孵化场般的高楼大厦里吃饭去了,海滩上相当空旷。零星几个待在沙滩上的人,瞧着多半是本地人,在忙碌一天之后,带几瓶啤酒、可乐,来这儿游游泳,放松放松,坐看夕阳西下。这会儿是游泳的绝好时间。太阳斜挂在西天,已不似白天那般酷烈,而且海水温暖舒适,空气芬芳宜人。我奋力朝着澳大利亚的方向游出一百米左右,然后翻身仰躺在水面上,凝神注视苍穹。一缕缕镶着金边的淡紫色云霞,彩带般在西天飘扬。一架喷气式飞机在空中轰鸣着,却打不破这傍晚的宁静和美妙。城市的喧闹似乎暗哑而又遥远。我抛却了一切思虑,像一段随波漂荡的木头,任海浪轻摇。偶尔,一排大浪打来,将我埋在浪底,或者将我火柴棍似的竖在半空。浪头一过,留下我在水中拍水大笑,开心得像个孩子。我当即决定要经常来游泳。

有几位瘾大的,不舍最后一线光亮,还在继续冲浪。我已游到离岸边较远的地方,能更加真切地观察他们,欣赏他们的英姿和技巧。每当一排大浪打来,他们在平滑如镜的海面上屈膝展臂,滑行着斜插入高高卷起的浪峰之下。他们可以靠扭动腰臀改变方向,有时甚至一拧身,冲过飞花泻玉的浪峰,一跃而至浪头背后的凹槽中。当他们乘风破浪躬身前进时,随着浪头力量的减弱,他们渐渐站直身子。我所处的位置有时看不到冲浪板,于是当他们朝我的方向滑过来时,就好似凌波微步一般踏浪而行。随着冲力慢慢减弱,他们屈膝跪下,似乎是在感谢圣恩,然后再次扭过头,朝深海方向划去。望着他们,我隐隐记起了莎士比亚《暴风雨》中的几行诗句,那是不久前我在赫秀拉家里读到的,图书俱乐部版本。第二幕中弗兰西斯科这样说腓迪南德:

> 大王,他兴许能活命,
> 我眼见他压服了阵阵波涛,
> 踏着浪脊前行。

我想，这难道不是英国文学史上首次对冲浪的描写吗？

　　游回岸边后，我先擦干身体，坐下来观赏日落。最后的几位冲浪人也扛着冲浪板离开了。远处金光闪烁的海面上，几只双体船和纵帆船正载着游客进行"鸡尾酒巡游"，船帆点点，暗影横斜，与大海夕阳相映成趣。沙滩后面，公园深处的某棵大树下，一位乐手正用萨克斯即兴奏出一连串长长的爵士乐琶音。萨克斯呜咽着，悲鸣着，沙哑的音色与黄昏的景致浑然天成。我第一次明白了夏威夷令游人如痴如醉的原因。

　　然而，就在我准备回家的时候，宁静的心绪一下子被搅乱了：我发现自己口袋里的钥匙串不见了。不知怎么搞的，钥匙从我的裤袋中滑出来，落进柔软的沙子里了。我站在原地一动不动，心里明白，如果钥匙还没被沙子埋住的话，我现在任何一个动作都会将它埋在沙下，再也找不回来了。我慢慢转动身子，用目光搜索四周的每一道小坡小坎，我拖在沙滩上的影子也随之伸长缩短，但是没有钥匙的影子。

　　我绝望地低呼一声，焦急地将双手紧拧在一起。因为不见的除了汽车和公寓钥匙，还有今天下午赫秀拉刚刚委托给我的保险箱钥匙。我把它们全串在租车公司给我的那个车钥匙链上了。钥匙当然可以重新去配，却得劳神费力，又麻烦又浪费宝贵的时间。我还自以为替赫秀拉办事办得挺利索的呢，现在由于一时粗心犯下了愚蠢的错误，看来我的结论下得太早了，刚刚建立起来的自信顿时土崩瓦解、消失殆尽。来沙滩游泳却把钥匙串放在敞口的衣袋里，真是粗心大意，愚不可及。沙滩上多容易遗失小物件啊，所以才有那么多以沙滩拾遗为职业的人,整天背着金属探测器在怀基基海滩上搜来搜去的。我眯起眼睛向沙滩远处望去,盼着能看见这么个人,同时也认真地思忖,如果有必要,我就一动不动地站在这儿,直到明天早晨有拾遗人出现,帮我找回钥匙为止。

距我十米远的沙滩上,有两个黑头发、棕皮肤的年轻人,正坐在那边喝罐装啤酒,他们身穿背心短裤,洗褪色的牛仔短裤是长裤截去一半剪成的。他们是我下水以后才过来的。我怀着一线希望大声问有没有在沙滩上看见一串钥匙。他们同情地摇摇头。我想自己是不是应该跪下,用手指在沙子里翻找一遍。要在以前,我可能就跪下祷告了。此刻我的影子投在沙滩上,细长怪异,仿佛贾科梅蒂①的厌食者雕像,将我此刻的无助和悲哀表现得淋漓尽致。我再次扭头望着大海,太阳的金盘正迅速往海中坠落,天很快就要黑下来,没法再继续找钥匙了。但这念头反倒让我想出了一个主意。

主意有点牵强,但我好像也别无他选。我笔直地朝水边走了十多米。这时太阳刚刚碰到地平线,光芒正好同海面平行。我停下脚步,转身蹲下,目光顺着沙滩缓坡朝我下水前换衣服的地方看去。就在那儿,在我毛巾右边不到两米远的地方,有什么东西在闪着亮光,它映着落日的余晖,闪闪烁烁,像苍茫宇宙中的一颗小星星。我直起身来,它消失不见,再弯下腰,它又出现了。旁边的两个年轻人略带好奇地望着我这么起来蹲下。我双眼紧盯着刚才闪光的地方,大步走向放毛巾的地方,就在那里,赫秀拉保险箱上的钥

---

① 贾科梅蒂,瑞士雕塑家,他的人像雕塑具有纤瘦如丝的特点。

匙，在沙子外露出了一厘米多的小尖儿。"哈！"我高兴地大叫一声，弯腰攥紧保险箱钥匙，将整串钥匙从沙子里拔出来，然后高高举起，举给那两个年轻人看。他们微笑着为我鼓掌。就在那一瞬间，太阳沉入地平线以下，沙滩顿时暗淡下来，像舞台忽然熄灭了灯光一般。我紧紧攥着那一串钥匙，用力之大，手掌上压出的凹印到现在还没消去。我在夕阳的紫红色余辉中走到车旁，满心轻松和愉悦。明天我一定得去买个腰包，哪怕系在腰间像只袋鼠也没关系。

昨晚我整夜都在回顾"我的平生"，在一阵持久不衰的冲动中，我在纸上奋笔疾书，自我坦白，自我剖析，一直写到今天凌晨时分。开始时我还假设自己是在同尤兰德·米勒谈话，但不久就变成自我独白。后来停笔并不是因为我累了，或者说，不仅仅是因为我累了，而是因为再写下去的话，心中的痛楚将令我无法承受。回忆接下来发生的事情，将会触及灵魂的重大决定与奇怪的肉体接触缠绕成的那团乱麻，而一想到要解开这团乱麻，就会让我痛苦不堪。这一点自然也是我突然离开尤兰德家的原因，因为我害怕重蹈覆辙。昨晚在尤兰德家的餐厅里，假若我继续同她谈下去，那么，那个暗淡无光、淫雨霏霏的二月下午发生在达芙妮公寓里的悲剧，可能就会再一次上演。所以我心烦意乱，落荒而逃。还是让我尽可能简略地把故事讲完吧。

上次搁笔时，我故事的主人公被紧紧地压在沙发靠背上，双唇紧贴着女人湿润的嘴唇。我确信，这是我平生第一次和异性接吻，起码从我少年时期算起是第一次。在我七岁那年，我们的街上住着一个名叫詹妮弗的小姑娘，让我非常着迷。现在我还隐约记得，有一次，在小孩子过生日玩的罚物游戏上，我曾经吻过她的嘴唇，感觉她的双唇湿润柔软，如同剥了皮的葡萄。我在高兴的同时，又因被迫当众接吻而害羞不已。但是自从青春期开始后，除了我母亲和两个姐姐之外，我再没拥抱过其他任何异性。当然，跟家人的拥抱或在脸上的一啄，也完全没有性的成分在其中。所以当达芙妮将嘴压在我嘴上时，我体验到一种非常新鲜奇异的感觉。那时我还没有留胡须，所以在承受她的吻时，连减缓冲击的隔离层都没有。她吻得坚定、小心，甚至还带有些许崇敬，仿佛我教区里的女教民对圣像行吻足礼那样。她们都是常来教堂做礼拜的信徒，一举一动都像达芙妮一样庄重。每年在耶稣受难日的礼拜仪式上，大家都要向钉在十字架上的耶稣行吻足礼，她们优雅自信地双膝一屈，头朝前一低，吻在耶稣的足上，准确得仿佛是在给别人做示范。每次的仪式需要两名助手高举十字架站在祭坛台阶上，我作为主持仪式的神父，侍立在圣像一旁，待每个人行完吻足礼，便用亚麻白巾擦拭一下石膏圣像的双脚。处在这样的位置，我自然而然注意到不同的人行礼的方式也各有不同，而且还在心里给他们分了类：有些人又羞又窘，好像是在玩罚物游戏；有些人举止笨拙却虔诚忘我；还有的人沉静、泰然、矜持。

达芙妮吻我时，我一动不动地僵坐着，满心惊愕却并不拒绝，因为我真的陶醉了。只有在这一瞬间我才发现，从作为未来神父接受培训，直到当上神父的那段漫长岁月中，我是多么缺乏人与人肉体上的接触啊。我从未感受过动物之间互相接触的愉悦，特别是，

199

从未接触过神秘的、身体构造不同于我的异性。她们柔软丰腴的身体，她们平滑无瑕的肌肤，她们芳香的呼吸和长发，对我来说都是陌生的。那是一个绵长的吻，我有时间注意到达芙妮合上了双眼。我急于使自己的举止符合这一陌生仪式的规范，于是也闭上了双眼。过了一会儿，她挪开嘴唇，抬起头调皮地对我说："我早就想吻你了，你也想过吗？"

说"不"似乎不太适宜，于是我回答说是的。她微笑，垂下眼皮，噘起双唇，仰起下巴，似乎要我再一次吻她。我吻了。当我离开她的公寓，匆忙赶回教堂去听六点钟的忏悔时（唉，亵渎圣灵！），虽然我们的关系没有进一步发展，也没挑明什么，但我在感情上已从此专属于达芙妮，那在道德上就必须解除圣职了。不能说是她迫使我这么做的，这么说也不公平，因为我早就打算同教会脱离关系。实际上我还暗暗渴望这一天的到来，好消除我当神父的矛盾心理，好让我坦坦荡荡、诚实无欺地表明自己信仰什么，不信仰什么。可是我缺乏勇气单独采取行动。我需要一个诱因，我需要支持，而达芙妮恰好成全了我。一个心存疑窦的神父，出于怯懦或敬业感，他可以藏起自己的怀疑继续从事自己的工作，这是一回事，而且我相信这样的神父为数不少。但一个在长沙发上同女人拥吻的天主教神父就另当别论了。后者是一起丑闻，一桩怪事，不容继续。达芙妮的吻和我对此的回应，共同为我信仰丧失贴上了封条，或者，我应该说，撕破了封条，释放出所有被我掩藏起来的怀疑。开车离开达芙妮的公寓时，我并不觉得内疚，心中只有轻松与振奋。我向上看了一眼达芙妮起居室的窗口，半幅窗帘拉开，室内的灯光将她的黑影放大后映在窗子上，好像还在朝我挥手。这是我生平第二次迈出具有决定意义的、改变人生方向的一步。第一次，我投进了严峻却又令人心安的母教会的怀抱，第二次，我投入了一个女人的双臂，一种充满未知风险的生活。我感觉自己比以往任何时候都更有生命力。这感觉让我兴高采烈，我真的相信，那天晚上我所扮演的忏悔神父的角色充满了激情和关切，比以往更能令人心悦诚服，更能给人以激励和鼓舞。

但第二天早晨的讲经布道就全然不同了。我情绪紧张，神志混乱，读经文时竟然一反常态地结结巴巴，给教徒们分发圣餐时不敢同他们对视，好像害怕他们在我眼睛深处看西洋镜似的看见我和达芙妮拥抱的丑恶场面。午餐时我几乎不能顺畅地同托马斯进行交谈。有一两次他好奇地望着我，问我是不是不舒服。下午我开车去达芙妮的公寓找她，我们又长谈了一次。这一次谈到了将来。

不可避免地，我生活的转变将给我父母带来震惊和痛苦，我的重中之重是尽可能地弱化这种转变带给他们的冲击。所以，我不能在同一时刻公开地对神父制度、天主教信仰和禁欲主义大张挞伐。我准备分几步走，先告诉父母说我的职业出现了危机，想申请还俗。然后，待他们习惯了我俗家人的身份后，我大概就能够说清楚自己决定还俗是因为在神学方面产生了疑惑。同时，还可以做好铺垫，让他们接受我的婚姻。在这个过程中，我打算到英格兰北部找份教书的工作，等达芙妮也搬过去后，我们就能避开外人眼目、从容不迫地加深了解，最后迈出决定性的一步，结婚。但我的设想太天真，计划又不周密，很快一切都成了泡影。

我先去见了我的顶头上司，主教管区的辅助主教，说我失去了信仰，要求还俗。他自然是要求我略微缓缓，要谨慎行事、三思而行。他还建议我单独进行一次静修，在宁静、属灵的氛围中认真考虑一下。为了表明我的意愿，我去了一座加尔默罗会的修道院，原计划是进行为期两周的静修，但那里的死寂和孤独差点把我逼疯，住了三天我就离开了。我再次去见辅助主教，第二次请求还俗。他问我还俗是不是跟独身的种种困难有关，而我的回答多少有些诡辩的性质：我对天主教的怀疑纯粹是出于哲学的、理性的思考，但是还俗之后，我显然也可能同大多数俗人一样，结婚。他说还要考虑考虑，希望我能找到一种双方都能接受的方式，暂缓迈出这一无法挽回的一步。他还说要为我祈祷。

接下来的一两周算是间歇期。其间，我各种犹豫不决的心情、各种自相矛盾的想法在心里乱成一团。主教免去了我做弥撒讲道的职责，对外只说我工作压力太大，身体不适，正遵医嘱休息。我在圣彼得和保罗教区附近的一座修道院中找了个房间住下，继续同达芙妮幽会。我感觉我们交往中那种串通合谋、触犯天条的成分，给我们的关系平添了一份浪漫与刺激，也令她颇为开心。我们的交谈全是关于我的怀疑、我的决定和主教的拖延，但我们的身体接触却逐渐增多。每次分手时，达芙妮的吻总是绵延悠长，有一次甚至将温湿的舌头塞进我的唇齿之间，吓了我一跳。接着，不可避免的事情发生了。在距离萨德尔几英里远的乡间小酒吧里，我和达芙妮手拉着手的时候正好被一位认识我的教徒撞见。于是纸里再也包不住火。

翌日，教区里谣言传得沸反盈天。我回神父宅邸取邮件时，管家阿吉瞪大双眼望着我，仿佛我头上长出山羊角，裤腿中伸出羊蹄子，变成了恶魔的化身。有人向主教告状，主教将我召去面谈，怪我欺骗了他。我们在气头上争吵了几句，我当时当地就辞去了神父之职，并且自行免除了教籍。我返回南伦敦老家去见父母，艰难地向他们交代了自己的所作所为，以及今后的打算。二老深受打击，妈妈伤心落泪，爹地一言不发，面容憔悴。当时我难受得简直如同坠入炼狱一般。我没敢说明自己如此决定的缘由。解释，只会加剧父母的痛苦。对于他们来说，他们质朴单纯的信仰就跟体内的血液循环一样重要，靠着信仰他们才能熬过生活的一次次考验，一次次失望。也许就连这一次，父母也还要依仗信仰才能熬过去。临走之前，妈妈说她会在有生之年的每一天诵读《玫瑰经》，好让我重新获得信仰。我敢说她一定是说到做到了。她真是白费气力啊。时至今日，一想起妈妈为我诵经祷告的事，心中便涌出无法言说的悲伤。妈妈诵经的时候，一定是夜复一夜、从不间断地跪在阴冷的卧室里，向壁炉架上的路德圣女像祈祷。她双目紧闭，念珠像手铐般缠绕在她的腕上。此时她身体状况已经不是太好，却为了我强拖着病体做了这一番无用功。不久之后，我和达芙妮分手了，让妈妈又看到了一线希望。从理论上来说，我重返圣职的道路仍然是畅通的。

我匆忙搬离了萨德尔的神父宅邸，租了一间小房住下。那里距离伦敦八公里，单调破败，地名居然叫作汉菲尔德克罗斯。克罗斯，十字架，这里面所隐含的基督教典故的讥讽意味，我自然没有忽略。达芙妮邀请我搬去她的公寓，住进那间小小的客卧里，但她那里离教区太近，我感觉不自在。况且当地报纸听说了我的事情，一位年轻记者便把我堵在达芙妮家一楼的门厅里，要求采访。反正我畏缩了，不想一头扎进亲密无间的恋爱关系中，也害怕做出婚姻的承诺。不知怎么搞的，在几个星期的时间里，一次拥抱变成了一桩恋爱，婚嫁由隐约的可能变成了实际的谈论：时间、地点、由谁经办。我觉得我需要一段安静的过渡期，调整一下心态，逐步适应俗世的生活，同时更深入地了解达芙妮。接下来，就该面对该如何糊口的难题了。我只有不多的一点积蓄，维持不了多长时间。我去社会保障办公室报名领取失业救济金，又到就业中心，在职业登记表里填上自己的名字。工作人员见我在职业一栏填的是"神学家"，不禁有些迷惑："招这一行的可不多。"这我相信。我开始去本地的公共图书馆转悠，翻看报纸上的豆腐块广告，特别是学校类的招聘广告，我觉得我最有可能在学校里谋到一桩差事。

与此同时，我定期与达芙妮见面。我们常上街到酒吧或亚洲餐馆吃饭，她也到我的住处用煤气灶做饭给我吃。我因为刚才提到的原因，不太愿意去她的公寓找她。而且她有车，我没有。当神父时我开一辆福特锐界，因为车是跟教区借款购买的，所以我辞职时也必须交还回去。那车是我唯一真正——

句子写到一半就听见电话铃声响起，是姐姐特丝打来的。我本来打算晚上给她打电话的，这会儿却忘了个一干二净。特丝等不到我的音信只好第二次打电话给我，这本来就已经让我罪加一等了，当我承认父亲因为住院而不能跟她通话时，我更是处于道义上的劣势。自然，她大发雷霆，斥责我照看父亲不经心、不够格，还是愚蠢地把父亲拖来夏威夷的元凶首罪。听着她的训斥,我差点效仿卡通人物的做法,将手臂伸直,让话筒远离自己的耳朵。我知道,令她大光其火的,其实是她自己的负疚感,是她自己为了一笔子虚乌有的遗产鼓动父亲来夏威夷的。我尽可能地把爹地的伤势和恢复的情况讲得乐观一些,而且灵机一动,着重强调爹地所住的医院不仅水平高,还是一所天主教医院。我还把事先购买保险、现在医疗费有了着落这件小小的功劳归到自己头上,实际上应该归功于旅行社那位男职员。我们沃尔什家的人在此类事情上向来马虎大意。我记得50年代我们家接连失窃两回之后,父亲才肯去购买家庭财产保险。我向特丝保证,一定设法让父亲从病床上给她打电话,好让她放心,父亲确实像我所说的那样,没有脑震荡,没有昏迷不醒,也没有住进重症监护室。她话里有话地说:"你说啥我信啥呗。"

我想岔开话题不再谈爹地的事,便讲起替赫秀拉找家合适的疗养院有多难。特丝问赫秀拉有多少财产,听了我的回答后,她咕哝了一声,似乎是在嫌少。等听到我劝赫秀拉自己掏腰包住进私人疗养院时,特丝说:"伯纳德,你不认为你有点自作主张了吗?就算你有那个什么授权,钱毕竟是赫秀拉的。如果她自己愿意住政府办的养老院,愿意给后人留下点钱求个心安的话……"

"看在老天的分上,特丝,"我出声打断她的话头,"她只有几个月好活了,而且不论住哪儿都没什么差别。就算她这时候马上搬进政府养老院,他们照样会从她的私房钱中把费用扣走,最后剩下的不过是几千美金。"这一点是我自己查到的。

"哦,那就算了,乱七八糟,而且,"气哼哼的特丝不讲理地又补了一句,"全是你的错。"然后"砰"的一声,电话挂断了。

再接着说达芙妮,我想一口气写完这段悲哀的往事再上床休息。当时的大体情形是,我想晚一点结婚,好让彼此有时间深入地互相了解,但达芙妮却不想再拖延,她已经三十五岁了,急着想要生儿育女。我需要她的陪伴和支持,但在内心深处,却对婚姻即将涉及的性深感恐惧。我们的亲昵仅局限于亲吻拥抱,而且还带着几分忸怩、斯文,我觉得惬意,但这并没有激起性欲。只有在达芙妮用舌头黏着我的舌头时,心里才会涌起片刻的性冲动,但条件反射般,我会马上收摄心神,努力将注意力移开,不去想那些"犯罪的机会"。我相信,我心里的冲动说明我至少应该具备性生活的能力,但时机到了的时候我该如何实施呢?我实在想象不出来。一天傍晚,我和达芙妮待在我的客厅兼卧室里,我闪烁其词地说出了自己的担忧顾虑,因为说得十分隐晦,达芙妮想了一会儿才明白我到底在担心什么。她行事一向干脆果断,刚一听明白我的意思就马上说:"好吧,那只有一个办法了。"当时当地,她提议我们立即上床。

呜呼哀哉,那天真是一场灾难,我一败涂地。后来我们又试了几次,无论是在她家还是我家都不成功。无奈中我想起最后一招,去酒店开房,依然是惨败收场。达芙妮不是新手,但所有的性经验也仅仅是上学读书时的一两次短暂、不如人意的艳遇。从她告诉我的情况来看,那些所谓艳遇不过是女孩子遇人不淑的悲惨经历。那时的她长相平庸、身材肥胖,急着想找个男朋友,于是过于轻易地把自己交给了浮浪的男孩。结果男孩只管自己寻欢,不管她的苦乐,而且很快就丢开手走了。后来达芙妮考上护士,在工作的第一家医院里,她爱上了一位外科医生。但那是一段纯粹的柏拉图式精神恋爱,因为对方是婚姻幸福的有妇之夫。她告诉我这些,似乎是想让我敬佩她的洁身自好和自我牺牲。但我不知道外科医生会不会只满足于同达芙妮的精神恋爱,他后来跑去新西兰教书,会不会也是因为难以忍受她的痴情。总之,达芙妮在性方面经验不足,至少实践经验不足,同时却又怪异地毫无羞涩之感。这两方面叠加起来,想让我这样一个上了年纪的新手进入状态,就更是难上加难了。达芙妮当了十五年的护士,见识过男女老少形形色色的裸体,了解身体的各项功能和各种缺陷,面对裸体她完全无动于衷。而我却十分羞于暴露自己的身体,面对她的裸体时,更是超乎寻常的敏感。除去衣饰的达芙妮,同穿着洁白挺括的护士服的达芙妮,同穿着连衣裙紧身胸衣的贵妇般的达芙妮,毫无相似可言。我想象中的裸女形象——如果我曾经想象过的话,那一定是源自米洛的断臂维纳斯雕像,或者是波提切利的维纳斯画像。我总觉得裸女应该是贞洁、古典、完美的。赤裸的达芙妮则是丰乳肥臀,肚腹隆起,仿佛博物馆中收藏的原始部落的生育女神像,还是那种工艺粗糙的木雕或陶塑的工艺品。面对这般丰腴的肉体,要是换成别的精力更加充沛、更有自信心的男士,也许会欣喜若狂,但是我却被吓到了。

我猜别人会以为,一个男人按照教规过了二十五年不近女色的禁欲生活,禁忌解除之后,一旦遇到哪个女子表示愿意,他肯定会亢奋颤抖、急不可耐地同女子交配。但事实并非如此。在求学时代的某一段时间里,我跟任何健康正常的男性一样,会被欲望突然袭击，而且强烈到几乎无法克制。有时是因为无意中瞟见杂志里的一幅下流照片，有时是站在拥挤的地铁里，发现自己居高临下盯着对面漂亮女孩虚开的领口。而且，我觉得自己为梦遗而烦恼的时间远远超过大多数年轻人。这繁衍的汁液越积越多，又没有正常的发泄途径，便只能在睡梦中肆意汪洋了。其实这在我们中间是一个普遍的问题。有一次我听见圣埃塞尔伯特神学院的两个洗衣妇讲黄段子，嘲笑"床单上的爱尔兰地图"，还说"难怪这里叫'肾'学院"。但那是很久很久以前的事了。渐渐地，不由自主的性冲动变得越来越少，也越来越容易控制。禁欲与其说是一种牺牲，倒不如说是变成了一种习惯。精液慢慢地回落了。

　　甚至对那些一直有正常性生活的男子，我相信，在一段时期里，性是出于头脑的意志而不是身体的自然反应。最近我在某处读到一个法国人的段子，充分体现了高卢人的处世哲学。段子大意是："五十岁真是个好年龄啊，女人对你说'行'，你觉得很荣幸；对你说'不'，你又松了口气。"当然，那时我还不到五十岁。达芙妮对我尚未成形的问题说"行"的时候，我只有四十一岁。但是，就像肌肉缺乏锻炼便会萎缩一样，人的本能被约束久了也会枯萎。达芙妮和我都不具备必要的技巧和手段，让我长期被压抑的性欲重新勃发。我没法像粗话中说的那样"让它站起来"，即便我能让它挺起来，也只是一小会儿，没法插入达芙妮的体内。达芙妮每次都好意帮忙，却令我更加羞愧、窘迫。每一次的失败都让我更加紧张、害怕，也预先注定了下一次的失败。有一天达芙妮交给我一本性爱指南，里面全是色情插图，描写也极尽变态。这好比一个人毕生都靠喝清水吃面包过活，突然有一天拿到了一份美食家的菜单。实际上那书的章节就滑稽地命名为：开胃菜、餐前小菜、主菜，等等。好比一个人本想自己看书学习如何维修保险丝，却拿到一本大学核物理教材。看完那本书的结果是，下一次实验尚未开始，我就觉得自己异常无能，早早就开始胆战心惊。

虽然刚开始时达芙妮包容、温和，但人的耐心总有个限度，我们也越来越清楚，我们不太可能成为一对和谐的性伙伴。她自然觉得受了冷落，而我觉得羞愤难当。性关系的不谐调开始影响到我们的其他方面，老天知道，我们在其他方面本来就是弱不禁风、不堪一击的呀。我们小事小吵，大事大吵，大事就是我应不应该接受圣约翰大学的聘请去当兼职教师。她不想搬去鲁米治住。她以前在高速路上开车路过那里一次，却非说鲁米治是个肮脏龌龊的工业化贫民窟。高速路上当然看不到什么好景色的。她希望我多花些时间在伦敦东南部找份工作，比如在中学的宗教教育部教书。但我心里明白，我根本管不住国立综合中学里的那帮中学生，何况他们肯定会觉得这门课没意思，恨死老师了。而圣约翰大学的工作，虽然薪水低点，听起来倒还合我的脾胃。另外，我急于离开伦敦南部，远离伦敦的市区和近郊，找一个地方躲开以前的学生同事，躲开自己的家人，眼不见为净。于是，在辞去神父职务几个月之后，我在悲伤、痛苦和懊丧的状态中，离开了达芙妮，或者说她离开了我。毕竟，我们的分手是双方都同意了的。恋爱的失败沉甸甸地在我心头压了好几个月。是我利用了她，还是她利用了我？我不知道。也许我们俩谁都没真正想明白自己的真实动机。去年听说达芙妮结婚了,我大大地松了一口气。我希望那会儿生孩子还不算太晚。

十五日,星期二

今天发生的事情堪称离奇、美妙。要在以前我可能会称之为天意,甚至跟赫秀拉一样,认为这是个"奇迹"。现在我觉得应该称之为侥幸或是幸运。但是这件事情所体现出的公平和善有善报,真是如同诗歌一般令人喜乐,以至于"侥幸"有些词不达意,"幸运"又不够隆重。还有那串钥匙!那串失而复得的钥匙!沙滩上发生的那个小插曲,稍微迷信点的人会视之为吉兆。因为,如果没有找到钥匙,今天早晨我就没法去银行打开赫秀拉的保险箱,不打开保险箱我就不能拿到她的股权证,不拿到股权证我就不会去火奴鲁鲁市中心找她的股票经纪人,就不会发现赫秀拉其实比她梦想的还要富有。是的,富有!

因为我找到了一张王牌,一张早就被赫秀拉忘到脑后的额外的股权证。它就装在一只普普通通没有任何标记的廉价信封里,夹在她的结婚证书中。这东西她自从离婚以后就再也没心情打开过。结婚证被压在箱底,上面是一份遗嘱,一小摞股权证。那些被她一一装进透明塑料文件袋里的股票,赫秀拉全都记得一清二楚,因为都是她到火奴鲁鲁定居后,通过西姆科克·山口公司购买的。跟我约好今天上午见面的就是这家公司的温伯格先生。当初赫秀拉在婚姻破裂时,可能听从了哪位朋友、律师的建议,也可能是前夫的建议,花钱买下了这只王牌股票,就买了那么孤零零的一股。至于是谁的建议,时间太久,连赫秀拉自己都记不清了。当时她只花了两百三十五美元，投资数额不大，上市公司也没什么名气，然后就把那一纸股权证存放起来，抛诸脑后了。所以她后来多次搬家都没有把新地址通知股票经纪公司，自然从未收到过股票分红，最后连经纪公司也不再费力去联系她了。以上是经纪公司的温伯格先生对整个事件的推测。

温伯格先生从薄薄的信封中抽出那张股权证时，皱着眉头纳闷："这是什么？里德尔太太的投资组合中没有它的记录呀。"

温伯格先生面前摆了一排电脑，其中一个棕色背景、琥珀色字母的屏幕上，显示了赫秀拉所持有的股票清单。温伯格先生按照名单先逐一计算每只股票现在的市场价格，为了让我看清楚，又在一个白底绿字的屏幕上调出更多清单和图表，然后点击"卖出"指令。他的操作专业纯熟，可惜我对此一窍不通，完全没看懂。

温伯格先生过着一种奇特的类似隐者的生活。纽约证券交易所收市时，夏威夷正是上午十点，所以他每天天不亮起床，凌晨五点就到公司上班，在没有窗户的开放式办公大厅里工作八小时。大厅里挤满了一排排办公桌，身穿深色西装和条纹衬衣的男士坐在桌旁，皱着眉，盯着电脑屏幕，同时拉小提琴似地歪头把手机夹在腮下，对着话筒喃喃低语。西姆科克·山口公司的交易大厅比贝卢西先生的办公室更像华尔街，也更能让人忘记大楼外面，阳光正在浪花中闪耀，棕榈树被信风吹弯了腰。夏威夷的财富大概全要仰仗温伯格这样的人了。他们在灯光下不知疲倦地工作着，全然不理会热带气候的魅惑勾引。我猜下午一点左右他一天的工作就能结束，但从他的外表可以推断，显然下班后他并没有把闲暇时光全花在海滩上。他脸色苍白得像矿工,过早地顶着一对熊猫眼,可能是因为经常五点钟起床吧。我想象着每天下午下班后,他喊上三两老友去附近购物中心,找一间冷气充足、光线昏暗的地下餐厅吃午饭。他代步的车上有空调和茶色玻璃,他看电视的家中窗帘紧闭。

"天啊,"他细细看着那张王牌股权证,"这到底是打哪儿来的?"

我说明自己是在哪儿发现的。

"你看过了吗,沃尔什先生?"

"看了,只有一股,对吧?"

"是只有一股,但那是1952年买进的。你看到了吗?这是国际商业机械的股票,IBM啊。"他敲了几下键盘,白底绿字的屏幕上出现了一张新的数据表,他看着表说:"自从1952年以来,IBM有过多次配送和分红,所以你姑妈的一股已经变成了……两千四百六十四股。现在IBM每股股票的价格是一百一十三美元,所以你姑妈的投资价值是……"他迅速算出一个数字,"……二十七万八千美元。"

我目瞪口呆:"你是说,二十七万八千美元?"

"还不包括历次分红以及分红所产生的利息。这些钱,IBM应该替你姑妈在银行开户存起来了,都存了好些年头了,与此同时他们应该一直在寻找她的下落。"

"天啊。"我吃惊得低呼一声。

"利润是原来投资的一千倍,"温伯格先生说,"不错,真是不错。你想让我怎么处理这些股票?"

"卖掉!"我大声喊道:"趁股价还没下跌,现在就卖掉。"

"那倒不至于。"温伯格先生说。

四十五分钟后,我迈步走出了——或者说飘出了那幢办公大厦,钱包中装着一张价值三十万一千零九十六点三五美元的支票。那是卖掉赫秀拉所有股票、扣除给西姆科克·山口公司佣金之后所有的钱。我跳上一辆出租车直奔盖瑟医院,高兴得大脑一阵阵发晕。赫秀拉的所有难题,一举全都解决了。她再也不用为钱发愁了。忘了拜尔维迪尔之类的疗养院吧。只要马凯庄园能安排好,她立马就可以搬进去。能给人带去好消息真是开心啊。此时我心里洋溢着一股不可理喻、唯我独尊的骄傲。我一路跑进盖瑟医院的前厅,急不可耐地等来电梯上楼,一把推开旋转门,冲进通往赫秀拉病房的走廊。一名护士试图阻拦我,说现在不到探视时间,我闪身躲过,径直朝赫秀拉的病床奔去。她病床周围拉着帘子,空气中弥漫着一股刺鼻的恶臭。一名护士脸色苍白地从帘子里面出来,手里端着盖了毛巾的什么东西,匆匆离开了。随后格尔森大夫出来,看见我后,单手在我肩上一推,将我原地旋转了一百八十度,带出了病房。

"我们总算疏通了她的肠道,"他说,"用了整整一瓶的灌肠剂。刚才差点想给她开刀了。"

"她没事吧?"

"还行,但灌肠很遭罪。她在休息,一小时以后再过来吧。"

我说有重要消息要告诉赫秀拉,愿意一直等着。我到一楼前厅的紫色长沙发上坐下,先镇静了一会儿,把上午发生的事情在脑海里又过了一遍。赫秀拉的经济问题是解决了,但她仍然会在痛苦和忧伤中死去。这一现实,还没有什么能改变。所以现在还不是开心庆贺的时候。

赫秀拉听说了股票的事情后,自然是十分高兴。要不是亲眼看见那张支票,她根本无法相信自己一夜之间有钱了,因为她根本不记得买过 IBM 的股票。那股票勾连着自己婚姻破裂时的痛楚记忆,所以被她一股脑全都掩埋起来了。"这就是奇迹啊,"她说,"如果我早想起来的话,股票早就被我卖掉了,赚的钱也胡乱花光了。结果在我最需要钱的时候,找到了这笔埋藏的珍宝。天主真是一直恩待我啊。伯纳德,你对我也真好!"

"别人早晚也会发现这笔钱的。"我说。

"是啊,不过可能是在我死之后才发现的了。"死这个字眼瞬间让我们昂扬的情绪低落下来。赫秀拉打破沉默说:"无论如何,千万别把这事儿告诉索菲·克瑙伯弗勒马赫,谁也别告诉。"我问她为什么,她支吾了些劫匪、骗子之类的话,根本讲不通。我觉得这可能是沃尔什家的人在钱财方面守口如瓶、谨慎防范的习惯,也算是我们祖传的家风了。我问她能不能告诉爹地,她说当然可以。"让他给我打个电话,好吗?到现在为止,我还一直没能同他说说话呢。"

然后我直接去圣约瑟夫医院给爹地报喜,却发现克瑙伯弗勒马赫太太端坐在他的床头。这回她的头发是银白色的,白色姆姆裙上印有大团粉色和蓝色的花朵。一小束新鲜的兰花摆在爹地的床头,颜色正好跟老太太的花裙相呼应。"你父亲一直在给我介绍天主教呢。"老太太赶紧解释。"噢,是吗?"我觉得好笑,却尽力掩饰,"都介绍了什么呀?""哦,讲了什么的差别来着?"她转头问爹地。爹地面带窘迫地咕哝说:"诽谤和毁损。""对对,"克瑙伯弗勒马赫太太说,"照这么看,说别人坏话的时候,瞎编乱造也好过说真事呢。"我说:"如果说的是真事,以后就非得撒个谎才能把这话收回来。""对呀,"克瑙伯弗勒马赫太太说,"刚才沃尔什先生就是这么说的。以前我可没想过这个问题。不过,我还不确定是否弄清楚了。""我也不太确定,克瑙伯弗勒马赫太太,"我说,"这些概念,都是道德神学家用来排遣漫漫寒夜的东西。"

我们又闲聊了几分钟,索菲·克瑙伯弗勒马赫告辞离去。"是人家非要来看我,"爹地分辩道,"我总得说点什么吧。反正我可没请她来。"

"我觉得她人挺好的,还能让你忘掉后腰……"

"什么也不能让我忘掉。"他说。

"赫秀拉有个好消息,应该能大显神通。"我说,"要不现在就打个电话,让她亲口告诉你?我去叫人拿电话过来。"

"什么消息?"

"我现在说了就不是惊喜了。"

"我可不喜欢惊喜。到底什么事儿?"

"关于钱。"

他考虑了片刻。"那好吧。但一会儿我们通话时,你不要在旁边盯着。"

我说我可以在外边等。他们几十年不通音讯,首次通话的时间却并不算长。几分钟后,我从门口探头朝里看时,爹地已经放下了听筒。

"惊喜吧?"我笑着说道。

"她总算有钱了。"他平淡地说,"不过钱财对她已经没多大用处了,可怜人啊。"

"钱能让她住上最好的养老院啊。"我说。

"嗯,也就这样了。"他眼中露出一副沉思、茫然的神情。我意识到赫秀拉发财的消息又重新燃起了他继承遗产的希望。这样自私的反应真是让人心寒,但只要能减少爹地对夏威夷之行的怨愤,我也没啥可抱怨的。

"赫秀拉好不容易听到了你的声音,一定很高兴吧?"我试探着问了一句。

他耸耸肩。"她自己说是很高兴,还说要雇辆救护车,坐着来看我。"

"哦,这倒有可能。"我说,"你们通话时间不长啊。"

"不长。"他说,"一点点赫秀拉的事,就够我消受老长时间了。"

我从赫秀拉病房出来之前,她无限憧憬地说:"要是晚上你我和杰克能一起出去,好好地庆祝一下,该有多好呀。伯纳德,你必须替我们去庆贺一下,找家饭店大吃一顿吧。"

"什么,就我一个人去?"我说。

"你可以邀请认识的人啊?"

我马上想到了尤兰德·米勒。这倒是一个还她人情的机会。但是上个礼拜天去她家吃饭的事我没跟赫秀拉说起过,现在报出她的名字来,难免让赫秀拉意外。我可不想被她刨根问底。"要不我邀请索菲·克瑙伯弗勒马赫吧。"我说。

"你敢!"赫秀拉大喝一声,才发现我是在逗她,神色缓和了下来。"伯纳德,我给你提个建议吧,要是我能行的话,今晚就这么庆祝:去穆娜喝一杯香槟鸡尾酒。穆娜是怀基基最古老、最豪华的酒店,就在卡拉考阿大街和凯奥拉尼大街的交叉口上,你肯定见过。酒店上了年头,最近才又重新装修过。酒店后院里有一棵好大好大的老榕树,正对着大海,你可以到树荫下坐坐,喝杯饮料。过去有一个著名的广播节目叫《夏威夷的呼唤》,就是从那儿向美国本土播出的。这节目我刚到美国时经常听。今晚你替我去一次吧,明天跟我讲讲那里现在成什么样了。"

我说一定照办。现在已经是下午四点半了,想邀请尤兰德·米勒的话,现在就得行动起来了。

十六日,星期三

今天没有昨天那么忙乱。我安排好了,赫秀拉星期五就可以搬进马凯庄园。院方规定"具备令人满意的经济担保"才能入住,现在这个条件已经不成问题了。我开车过去填出了几份必要的表格(美国人都说"填出表格",看来我的美式英语进步得很快),又给赫秀拉带回一份疗养院介绍手册。同时我还按她的要求回家取了些换洗衣物。我必须承认,在她卧室里拉抽屉翻检女性贴身物品的任务,让我觉得既新奇又别扭。我知之甚少,所以每一件都得举起来逐一判断其用途，用手摸摸衣服面料，分辨是真丝还是尼龙。但话又说回来，自从夏威夷之行开始之日起，我就被一把推入各种各样的新奇体验当中了。

在一只抽屉的底部，我发现了一个没有封口也没有标记的牛皮纸信封，我想里面准是装着另一张被遗忘的股权证，或其他什么财宝。打开一看，里面只有一张发黄的旧照片，曾经被撕成两半，然后又用胶带粘在一起。照片上是三个孩子，一个七八岁左右的小女孩，另外两个男孩年长一些，一个十三岁，一个十五岁的样子。女孩和小一些的男孩坐在田野中一棵倒伏的树干上，眯着眼仰视镜头。最大的男孩悠闲地立在他们身后，两手插在口袋里，脸上一副傲气的笑容。他们穿的是老式的斜纹布衣服，脚上是笨重的系带长靴，可是看周围环境当时应该是夏天了。那个小一点的男孩，我能马上认出来，就是小时候的爹地。那个满头卷发、羞涩微笑的小女孩是赫秀拉，那么最大的男孩一定是肖恩了。我记得在爹地橱柜上摆放的照片里见过这样洋洋自得的姿态，见过那个二战时溺水而死的英雄。

我把照片拿到医院里，希望能让赫秀拉回想起童年的趣事。她瞟了一眼照片，用一种奇怪的目光望着我："你从哪里找出来的？"我把发现照片的经过讲了一遍。"照片撕坏了，我本想粘好的。没什么保留价值，"她把照片还给我，"扔了吧。"我说她不想要的话，我就留下。赫秀拉证实了我的猜测，照片上的就是他们兄妹三个。但是她脸上一副讳莫如深、不愿深谈的模样。"这是小时候在爱尔兰照的，"她说，"当时我们住在科克，后来搬到了英格兰。很久以前的事了。昨晚你去穆娜了吗?"

我向赫秀拉详细描述了穆娜酒店里的一切,只隐去了我邀请尤兰德一起吃饭这一节。

昨天下午五点,我好不容易才鼓起勇气给她打了电话。是她女儿罗克茜接的,尤兰德一定在室外,我听到罗克茜大声喊:"妈,电话,我想是那天晚上来过的人。"然后尤兰德走过来听电话,声音很是冷淡,充满戒备。礼拜天晚上我那般突兀地告辞离去,她会如此也是自然的。因为尴尬和窘迫,我上气不接下气地大致讲述了昨天发生的高兴事,又说明了赫秀拉要我代替她去穆娜喝鸡尾酒以示庆贺的心愿。我问尤兰德是否知道那家酒店。

"当然知道啦,人人都知道的。我听说重新装修以后很漂亮。"。

"那你能来吗?"

"什么时间?"

"今晚。"

"今晚?你是说,现在?"

"必须是今晚,我答应过我姑妈的。"

"我正在院子里干活,"她说,"砍杂树枝子呢。身上又是土又是汗的,脏得不成样子。"

"来吧。"

"啊,我不知道……"她犹豫不决。

"半小时后我到穆娜,"我说,"希望你也能来。"

这么粗鲁无礼的话我也不知道自己是从哪学来的,平素我可不是这样讲话的,不过这话还真管用。我换了件干净衬衣,四十分钟后来到了穆娜悦榕万怡酒店,见大榕树四周环绕着一圈游廊,便要了张双人桌,在藤椅上坐下。这时,尤兰德穿过酒店大厅的后门,走了进来。夕阳西斜,她手搭凉棚四处张望着找人。我向她挥挥手,她便迈着运动员般富有弹性的步伐,朝我走来。她刚洗过的黑发还未干,披在肩头,随着步伐上下甩动。她身上一袭棉布长裙,看着就让人感到凉爽舒适。我起身同她握手,她则疑惑地注视着我。

"我来你很吃惊吗?"

"不,"话刚一出口,马上觉得自己的回答太傲娇了,又改口说"是",最后又说,"嗯,应该说放心了。非常感谢大驾光临。"

她坐下来。"你一定觉得我的社交生活很贫乏吧,临时通知一声就能放下一切,为了喝杯饮料匆匆赶来。"

"不,我……"

"实际上,你还真猜对了。再说,你用词如此高雅,我怎么忍心拒绝跟这样的男士约会啊。"

我大笑。"约会"一词让我心里萌生出一丝危险临近的激动,却又不讨厌这感觉。

侍应生走了过来,我便问他香槟鸡尾酒是怎么一回事。听完他的回答,我向尤兰德建议还是单纯喝香槟好了,她立即表示同意。侍应生快速报出一串酒名,其中我只知道一种叫保林格的酒,便要了一瓶。

尤兰德等侍应生离去后问我:"你知不知道在这种地方一瓶标了年份的香槟王要多少钱?"

"今晚我可是奉命来奢侈一回的。"

"好吧。这里环境真是雅致。"她环顾四周。

确实如此。穆娜大酒店不同于我在怀基基见到的任何其他建筑物,不廉价媚俗,也不是按三比一的比例修建的仿制品。前几天我在街上路过一个怪异的维多利亚商业区,美国汉堡王的店面安装了英式的框格窗,一家当地的酒吧模仿起英伦风格,取名为"玫瑰和皇冠"。穆娜酒店是一幢纯粹的建筑,学院派的美术风格使其宏伟异常、鹤立鸡群。这座木结构建筑物刚刚修葺一新,地上铺着抛光硬木地板,墙上贴着英国著名设计师威廉·莫里斯的图案精美的壁纸。酒店从正面看是淡灰色的色调,立着一排希腊爱奥尼亚式石柱,顶端饰有涡旋,门廊上方呈拱形,整体而论颇为庄严大气。酒店的后院面朝大海,一株古老的榕树投下荫翳。榕树有着巨大的树冠,一条条有趣的气根将它牢牢地固定在大地之上。在榕树的荫凉之下,一个三人弦乐队正在演奏海顿的作品,居然能在怀基基听到海顿的古典音乐!而且是在夕阳西下、薄雾如金的如许良辰。真不记得一生中何时何地我曾这般幸福快乐,这般逍遥无忧,生活竟然可以这般有滋有味。杯中有香槟之王,耳畔有古典乐章,眼前有夕阳、晚霞、太平洋,对面是一位聪明睿智、谈吐风趣的私交朋友。"'有钱多快活,嘿哈,有钱多快活!'"我情不自禁开始哼唱。

"你唱的是什么歌?"

"是英国诗人亚瑟·休·克拉夫的一句诗,他生活在19世纪维多利亚时期,却敢于公开自己对宗教的怀疑,是个诚实的怀疑者,所以我对他有惺惺相惜之感。"

"诚实的怀疑者，"尤兰德说，"我喜欢这词。"

"'请你相信我，在诚实的怀疑中存活的信心，远多于存活在繁规教条中的信心。'出自英国诗人丁尼生的《悼念》。"我为什么要以这种可笑的掉书袋的方式显摆自己？思忖良久我才明白，自己一定是醺醺然了。尤兰德好像并不在意，甚至没注意到我的卖弄，也许她也有些醉了。她喝完最后半杯香槟后，自己也承认了。

"喝成这样，我可怎么开车回家啊？"

"你最好再吃点东西。"我们面前只有一小碟薯片，像树皮一样扭曲、厚实，听说是茂伊岛的特产。

"好吧，但不是在这里。这里太豪华了，而且我有可能再喝下去一瓶，弄得咱俩都丢面子。你喜欢寿司吗？"

我老实承认自己不知道寿司为何物。尤兰德说我该去尝一尝，正巧马路对面的酒店里就有一家不错的日本餐厅。

日本餐厅里人头攒动，所以我们就在吧台前的高脚凳上就座。一位笑容满面的日裔厨师在我们面前摆了几片生鱼片，样式精致，蘸上各种美味的调味汁就能入口。尤兰德说做生鱼片的鱼必须绝对新鲜。厨师听见这话后，接口说这鱼几分钟前还在水中游泳呢，边说边用手中的厨刀指指身后的水族箱。我想，这就是活着。我觉得自己相当世俗，相当世故。

周围用餐的多数是日本游客。等那位厨师走开，听不到我们谈话时，尤兰德声称自己从众多食客中识别出来两对新婚夫妇。"他们先在日本老家按传统方式举行婚礼，然后来这里再办一次西式的。他们都是冲着白色婚纱、超长豪华轿车和结婚蛋糕来的，所有这些都用摄像机拍下来，带回去给亲朋好友们观看。知道吗，这里就是他们的梦幻王国，一切都不是真实的。有一天我四处闲逛，走进了卡崴阿浩教堂，那是火奴鲁鲁最古老的建筑物之一，虽然不是多了不起，但也算不错的建筑了。那天刚好有一对日本新人在举行婚礼。我看了一会儿才搞清楚，不但牧师、管风琴师、招待员、摄影师、司机是雇来的，就连男女傧相也是雇来的。在所有出席婚礼的人中，除了新郎新娘之外，我是唯一一个不是花钱雇来的人。我甚至对那对新人都起了疑心。"我问她是如何在人群中分辨新婚夫妇的。"新人互相都不说话，一副害羞的模样。因为在日本仍然实行包办婚姻，新郎新娘彼此还不太了解。情况正好跟我们相反，我们这边是结婚多年之后，两人才闷声不响地吃饭。"她沉默片刻，大概是触景生情，想起了自己婚姻中的烦心事。我告诉她在飞机上我遇到了一对互不讲话的蜜月夫妇，然后详细讲了那个雅皮士小伙同塞西莉的故事。她说她不知道这算得上极为好笑还是极为悲哀。我说这事极具英国特色。

这事也让我想起了在萨德尔认识的一对夫妇，他们是教会的中坚力量，每周都来领圣餐。我登门拜会的时候，他们总是兴致勃勃地跟我聊天，但据可靠消息，他们夫妻二人私下里绝对是零交流，而且长达五年之久，因为五年前他们的独生女儿跟男友怀孕后离家出走了。我讲述的时候竭力不说破我和当事人的关系。然后话题又转到波利尼西亚人在古时候放纵性爱的社会习俗，用尤兰德的话来讲，那就是"我们60年代出生的美国年轻人所追求的那种性爱乌托邦——性爱自由，裸体，共同抚育孩子。只不过对波利尼西亚人而言，这不是一种理想追求，而是他们实在的生活。这种生活一直持续到白人的到来，随之而来的，是白人的繁难、《圣经》和疾病。"白人水手把梅毒传给了美丽多情的夏威夷女子，白人传教士要求他们连下海时都得穿着姆姆裙蔽体。因为上岸后行走坐卧总穿着湿衣服，结果她们患上了感冒。在七十年的时间里，岛上的土著人口就由三十万骤降到五万。"现如今，夏威夷人同其他地方的人一样，为性爱问题吃尽了苦头。如果不信，你只消翻开《火奴鲁鲁广告人报》，看看上面的《伤心》专栏就知道了。当然，也不能将波利尼西亚人过于理想化，毕竟'禁忌'(taboo) 一词就是他们发明的，他们只不过是把禁忌用在了其他地方而已。在古时候，如果你吃饭时不巧坐错了地方，选错了伙伴，你可就小命不保了。如果国王抱起人家小婴儿的时候，婴儿碰巧朝他撒了泡尿，国王要么必须收他为义子，要么就得把孩子砸个脑浆迸裂。人类啊，似乎有种怪癖，非要把自己原本就艰辛的日子弄得更难过些才会开心。"尤兰德看看手表，"我得走了。"

我吃惊地发现时间已经很晚了。我们还没有完全清醒过来，因为我们吃寿司时，又用无柄小瓷盅喝了几杯暖暖的米酒。饭后我付了钱，给了厨师一笔不小的小费，同时提议让她打车回家。

"不用了，我没事的，"她说，"再说我刚才把车停得很远，走一走酒劲就消了。"

我提出陪她去取车，那里已经距离动物园不远了。

"好呀，那边有点黑。"

确实很黑。我们在树荫下走路时，前前后后徜徉着一对对情侣，牵着手，搂着腰。我突然意识到，在别人的眼睛里，我和尤兰德肯定也是一对。我看见尤兰德同一时间也在无言地思考，估计也产生了同样的念头。顷刻间，一晚上和睦相处的轻松感消失殆尽。我心头涌起一阵熟悉的纠结局促，感觉随时随地尤兰德都有可能突然止步，拉我入怀，然后吻我，将她的舌头塞进我的唇齿中，可是接下来该怎么办？我该如何举措？所以，几分钟后，当她停下脚步将一只手搭在我的胳膊上时，我像是被火烫了一般，猛地往旁边一跳。"怎么回事？"她问。"没什么。"我回答。"我只是想告诉你，你看那月亮。"她伸手指指枝叶间露出的一弯明亮的新月。"啊？噢，真好看。"我说。

她一言不发又向前走了一会儿，然后停下来，转身挡在我面前。"伯纳德，你怎么回事？你以为我想勾引你还是什么？啊？是不是？你以为我是没人要的，像狗一样伸着舌头等着找男人吗？是不是？"

"不是，当然不是。"我心虚地说。附近有一两对情侣驻步观望，她的突然发作引起了他们的兴趣。

"我给你提个醒啊，今晚可是你安排的，是你请我出来见面的，而且事前半小时才通知的我。"

"我知道，"我说，"我十分感激。"

"那你表示感激的方法真是太可笑了。就像那天晚上，我还以为咱们挺聊得来呢，你站起来扔下我就跑了，害得我琢磨了半天，还以为自己说错了什么话。"

"我很抱歉，"我说，"这不怪你，全是我的错。"

"好吧，都忘了吧。"她合上双眼，深深吸了口气。我看着她棉布裙子下的胸口一起一伏。站在一旁看热闹的人慢慢散开了。尤兰德睁开双眼,说:"就送到这里吧,我能看见我的车子了。晚安,谢谢你的香槟和晚餐。"

她伸出一只手,我傻乎乎地跟她握了握,像脚下生了根一般钉在原地,望着她大步走开。她每迈出一步,裙摆就打一个漩。我像傻瓜一样地让她走了。当时我应该奋起直追,抓住她的手,全力说清楚我为何很难跟女士正常友好地交往,并且告诉她,那天晚上大部分的时间是我有生以来第一次与一位异性相处得这么好。

我想出一个主意,一个相当疯狂的主意。现在已经十二点半了,我要将我写的这本日记,忏悔,或随便什么,用牛皮纸包好,开车带去尤兰德家门前,投进她的信箱里。或者,如果本子太大塞不进去,就把它投到房子正面的门廊里去。我必须现在就动身,趁我还未改变主意,趁我还未受到诱惑自己先通读一遍,修改润色一下。我还要在封皮上写上一句话:"凡读它的,愿她能会意。"

2

亲爱的盖尔：

　　沙滩上满是人，比明信片照片上的人多多了。海水暖暖的，很不错，但光是游泳没啥意思，我爸又不让我和罗伯特学冲浪，说冲浪太危险。别的就没啥可做的了。还不如去年去帕克中心好玩呢。

衷心的祝福
曼迪

最最亲爱的德斯：

　　夏威夷，我们来了！天气好热啊。酒店干净舒适，但遇到上下楼高峰期时，你得等上十分钟才有电梯坐。海滩很棒，但有点挤。我们找到了一个晚上喝饮料的好去处，露天，还有演出看。我们认识了一个叫伯纳德的男人，同机飞过来的，我觉得他配迪伊很合适，但是他太害羞，迪伊也不满意。希望你能乖乖地。

全部的爱
苏

亲爱的妈妈：

  我们到了，但我还不确定是不是值得大老远折腾这一趟。怀基基徒有虚名，拥挤，商业气息浓厚，到处都是麦当劳和肯德基，跟国内购物中心没什么区别。我们应该去其他岛屿的，像茂伊岛、考艾岛，可惜现在太迟了。

爱你
迪伊

亲爱的丹尼斯：

  我们平安到达了。明信片背面就是我们住的酒店，我标十字的地方就是我们住的阳台，正对着大海。这里真漂亮，到处是花。特里说：最高级的才配得上我妈妈！只可惜他女友不能来，所以他朋友托尼陪他来了。天很热，不太适合你父亲。

爱你
妈妈

最最亲爱的德斯：

　　在沙滩上又遇到了我提过的那个伯纳德，他和他朋友——一个叫罗杰的英国人在一起。我觉得罗杰跟迪伊很合适。他头有点秃，但人哪有十全十美的嘛。我们和他一起乘船出海兜风看日落（伯纳德不能同行）。那艘帆船是电脑控制的，真是浪漫。可惜迪伊晕船，一路上只好由我跟罗杰聊天，或者听他训话。他是位大学老师，喜欢听自己的声音。但愿下次运气能好一点。真希望你也在这儿。

　　　　　　　　　　　　　　　　　许许多多的爱
　　　　　　　　　　　　　　　　　　　苏

亲爱的格雷格：

　　这就是著名的怀基基海滩。还没顾上多看几眼，一直在抽时间多睡会儿（哈哈哈）。婚礼后你和伴娘进展如何？你们也不可描述了？

　　　　　　　　　　　　　　　　　　祝愉快
　　　　　　　　　　　　　　　　　　　拉斯

　　　　　　　　天堂面包房

　　　　　　　　天堂牙医诊所

天堂快艇滑水

天堂瑞德凯伯出租车

天堂游艇销售店

天堂起重机

天堂小教堂

天堂法拉利和蓝博基尼

天堂古代艺术

天堂录像店

天堂宠物店

亲爱的先生：

我正在怀基基的夏威夷岸涛大酒店享受贵公司组织的旅游服务，"享受"一词是否贴切[①]，我冒昧地表示怀疑。

你们的宣传册上明确无误地声称，从酒店到沙滩步行只需要五分钟。从该酒店到沙滩的一切路径我全都测试了一遍，而且我和儿子分别用电子秒表测算了每一次的步行时间，我们各自测得的最短时间为七分三十六秒。但前提是要趁清晨人行道上行人相对稀疏的时候，要快步疾行，十字路口还必须是绿灯。

一个普通家庭，带着在沙滩游玩一天所需的各种常用物品，从酒店大堂走到最近的沙滩，这至少要花十二分钟。所以，你们的宣

---

① 原文为法语。

传严重失实，纯属误导。我在此通知贵方，我要求退还合理数额的旅行费用。待我返英后将即刻向贵方发函联系。

你忠诚的
哈罗德·贝斯特

最最亲爱的德斯：

昨天我们跟罗杰一起浮潜去了。可以租浮潜用具和水下照相机，去拍海里的鱼。海里有成千上万的鱼，但也有成千上万浮潜的人，还有好多泡在水里的面包，扔水里喂鱼用的。迪伊嫌恶心不肯下海，结果是我去喂鱼，罗杰拍照。但愿下次运气好些。

许多的爱
苏

论文前言草稿：将旅行动机分为"漫游欲望"和"太阳欲望"的两分法（格雷，1970年）并不尽如人意。默瑟基于"单调弱化"理论提出的旅游类型学（默瑟，1976年）也是如此。要建立一种更为合理的分类法，立论基础应该是文化和自然的二元对立，可以根据旅游者的意图是着眼于文化还是自然风光，将旅游划分为两大基本类型：朝圣型和天堂型。朝圣型的典型特征是，游客乘长途大巴游览各著名城市、博物馆、酒庄等名胜古迹（谢尔德雷克，

1984年)。天堂型的特征则是前往海滨度假，游客们努力返璞归真，回归到原始纯真的状态。他们穿着尽可能少的衣物，假装不用钱币就可以生存，转而使用签字、刷卡等办法付费。总之，追求的目标侧重于身体而不是心理。南欧富豪云集的地中海俱乐部村落中的做法便是使用塑料珠子代替钱币。朝圣型旅游基本上是动态的、活跃的，力求在既定的时间里安排尽可能多的景点。天堂型旅游基本是静止的，致力于营建一种原始社会所特有的没有时间感、单调重复的模式(莱维·施特劳斯，1967年，第四十九页)。

[注意：显然地中海俱乐部的经验没能在夏威夷成功被复制。原因何在？]

亲爱的乔安娜：

我能说什么呢？婚礼上我羞愧难堪死了，事情过后都无法拿起电话跟你联络。你一定后悔不该答应当我的首席伴娘吧。我永远不能原谅拉斯，永远。我们的婚姻还没开始就已经结束了。婚礼后我就一直不理他。等我们一回英国，我就马上跟他离婚。

也许你会奇怪这封信怎么是从夏威夷寄出的，但我这一趟不是真的蜜月旅行。我们分床睡觉，交流全靠传字条或者找其他人传话。就当这次是来休假的吧——一次我辛苦攒钱、盼了好几个月的休假。反正婚礼搞砸了，没必要再把旅行也取消掉，而且，在动身之前才取消的话，预付的钱就全白扔了。我查过以前买的旅行保险条款了，因为通奸取消行程是不赔保险金的。当然啦，严格来讲他们不算通奸，因为那会儿我们还没结婚，但我们已经订了婚，而且同居了呀。

他怎么能干出这种事，还是跟那个婊子布伦达？他居然还请她来参加婚礼，是可忍孰不可忍！

现在我们俩各行其是。我多半时间都待在酒店的游泳池旁，跟沙滩相比我更喜欢游泳池。这儿人少，凉快，还可以买饮料零食。我不知道他去哪儿了，也不想管。也许他打哪儿又勾搭上妖艳贱货了。不过我瞧着不像。晚上他多半待在房间里看电视。

如果能及时收到信的话就给我写回信吧。别吃惊，我能收到的。

爱你

塞西莉

亲爱的斯图亚特：

看到桌上照片里的黑美人，我猜能让你乐呵上一天吧？靓吧？让我想起老早以前在普林格尔时雪莉的那个朋友特蕾西。论起小妞来，夏威夷可跟科孚岛没法比。美国妞穿比基尼竟然不脱胸衣，可惜呀，简直是浪费录像带。但酒店很舒适，饭菜分量足。天太热，悠着点儿哈。

布赖恩

亲爱的盖尔：

　　昨天我们去浮潜了。水里有好多好多彩色的鱼，都很乖，直往你身上游。爹地的后背、大腿全晒伤了，两条腿伸都伸不直，只能罗圈着腿走路。热毒攻心，他火气更旺了。

爱你
曼迪

亲爱的先生：

　　我能否提个建议？你们辖下负责出租潜水设备的所谓的辅导员，今后在向游客说明日晒的危险时，能否明确说明人在水中和在陆地上一样，也有可能晒伤爆皮！

你忠实的
哈罗德·贝斯

　　　　天堂财务公司

　　　　天堂体育服饰

　　　　天堂物资公司

　　　　天堂美容美发器材

　　　　天堂饮料

　　　　天堂木偶

天堂潜水

天堂染色

天堂卫生维护

天堂泊车

亲爱的皮特：

　　照片上的是我目前所看到的夏威夷的精华了。他们首先给你放一段日本佬轰炸珍珠港的片子，这边都管日本人叫日本佬。片子是那种老新闻短片，但很有意思。然后再乘一只海军舰船去看美国海军亚利桑那号的残骸。水底下的炮筒都能看清。这里叫作战争坟墓，所以禁止游客吃喝。

最美好的祝愿

罗伯特

亲爱的吉米：

　　知道吗，夏威夷也有英国酒吧，有地道的扎啤机，只可惜抽出来的是美国啤酒，全是泡，没味道。瓶装的健力士黑啤差不多卖两英镑半品脱。不过也算是找到家的感觉了。天热，口渴得很。

快乐

西德尼

亲爱的儿子们：

　　我们在夏威夷玩得很开心。我们去吃了夏威夷烧烤，坐在大船上看日落，参观了波利尼西亚文化中心（很有趣）、怀梅阿瀑布公园（好多树和小鸟）和珍珠港（很惨）。你爸爸拍了好多好多录像。晚上千万锁好门窗，还有，不准带朋友到家瞎玩。

　　　　　　　　　　　　　　　　　　爱你们的
　　　　　　　　　　　　　　　　　妈妈和爸爸

亲爱的斯图亚特：

　　我去，我竟然忘了珍珠港是在夏威夷。这趟旅行真长见识了。你看没看过一部老片子《虎！虎！虎！》？算下来，美国人拍电影花的钱都比日本人轰炸损失的多。你也许该了解一下，那些日本佬原来早就开始毁我们了。

　　　　　　　　　　　　　　　　　　　　此致
　　　　　　　　　　　　　　　　　　　布赖恩

亲爱的爸妈：

　　我们在这里玩得很好，就是酒店附近有几个黑鬼在晃悠（哈罗德正在给旅行社写信投诉此事）。怀基基跟我们想的不一样，修了许多房子，但也不错，比西班牙的马尔贝拉干净，洗手间一尘不染。孩子们很喜欢玩水。

爱你

弗洛伦斯

亲爱的斯图亚特：

谢天谢地我在酒店里找到了传真机。还记得我一直开玩笑说要在夏威夷把剩下的那批日光浴床卖掉吧？信不信由你，我找到买主了。别问我人家为什么要买，可能是想避税吧，也可能明着是开日光浴厅，暗地里是开妓院的。他看上去像是混黑道的，名字叫路易·莫斯卡，是在码头旁边一个叫"肮脏的丹"的酒吧里认识的。跟我一起的也是个英国人，叫西德尼。我们一起甩掉老婆溜出去鬼混了一个下午。说实话我真有点心痒痒了，美国报纸上连香艳点的照片都看不见。那个买主坐在脱衣舞舞台的尽头，啤酒一仰脖子就是一瓶，手里攥着一大把十元美钞，专往台上女孩的内裤里塞，好像明天不过了似的。我们攀谈了一会儿，我说了自己是干哪一行的，为啥来夏威夷卖日光浴床，不知怎的，在那个地方，我不想承认自己是来旅游的。接着他就问我价格。我压根儿没想到他是玩儿真的，就傻乎乎地报了个数，包括运费在内，结果当时当地他就跟我握手，说买卖成交了。当时我肯定是喝大了，现在仔细一算，我报的价格连运费都不够。所以，你赶紧给我发个传真，动作要快，就说咱搞不到出口许可证，这样我就能跟对方交待了。多谢。

此致
布赖恩

亲爱的乔安娜：

我查清楚了。昨天我盯他的梢去了，拉斯没发现，因为我戴了墨镜，还专门买了顶宽边草帽。他先是走到沙滩上，在出租冲浪板的地方跟两个小伙子会合，好像是约好的，然后就扛着冲浪板下海了。我在海边找了架投币望远镜，远远地观察他们。那两个小伙子比拉斯会玩，拉斯一副费老劲的样子，大浪劈头盖脸，一个接一个。每过去一个浪，他就得在水里划拉半天，傻乎乎的。不过有一次他还真抢着了，浪来的时候趁势在冲浪板上直立了好几秒钟，他成功了！我看见他乐得咧嘴直笑，然后一个倒栽葱栽进水里，溅起老高的水花。就这么短短的几秒，让我差点忘了他的渣男属性。

爱你
赛西莉

亲爱的格雷格：

我发现了冲浪！狂帅酷眩！好过床上运动！结识了两

位超棒的澳大利亚仔，正跟他们学冲浪呢。

最好的祝愿
拉斯

  以怀基基为大本营前往邻近一个或多个岛屿短途观光的游客，人数比例正在稳步增长。1975年仅占游客总数的百分之十五，1980年为百分之二十，1985年为百分之二十九，去年则高达百分之三十六。这究竟是因为怀基基所在的瓦胡岛遭到大肆开发、魅力衰减，还是因为其他岛屿的短期观光广告有方、营销有道呢？其中原委尚不清楚。

  昨天参加了考艾岛一日游，亦即广告上所谓的"天堂快旅"。早上五点一刻叫早，一辆小巴来接，然后随车去怀基基各主要酒店接其他游客。他们一个个打着哈欠、睡眼惺忪的，苏和迪伊也在其中。这俩英国女孩简直如影随形，我走到哪里都有她们跟着。我猜我可能提过要去考艾岛，她们听着好玩便跟来了。

  我们换乘中巴驶往火奴鲁鲁机场时，正赶上早高峰，高速路上堵得水泄不通。到了机场，旅行社工作人员分发登机牌和各种说明。快要抵达时，发现考艾岛正掩在雨雾的面纱之下。飞机两次尝试着陆才成功。苏紧攥着双手，手指发白，迪伊则不耐烦地打着哈欠。舷窗外大雨滂沱，机场一片汪洋，我们都为身上的短裤和旅游鞋担心。考艾岛被夏威夷旅游局命名为"花园之岛"，其实说白了就是"天无三日晴"。考艾岛怀厄莱阿莱山的某个地方号称是世界降雨量之最，年降水量高达四百八十英寸，约合十二点二米。

参加一日游的游客们像羊群一般被分成几组，登上不同旅行社开来的小巴。我们的导游名叫卢克，他坐在司机座上通过麦克风大声地自我介绍。"我朋友都叫我路加①，也就是说你们都是路加的粉丝啰。"他自己咯咯笑，苏放声大笑，迪伊则不满地咕哝了几声。汽车驶离机场，沿着一条新铺的柏油马路向前行驶。大雨依然唰唰地下着，棕榈树剧烈地左右摇摆，堪比车窗前的雨刷。

小巴先是去一家家酒店接乘客，然后才开始环岛之旅。看来每去一处景点之前，都必须在无聊的公路上行驶好几个小时，等好不容易到地方了，却发现所谓的景点也就是一般般，比如几处中等规模的瀑布，一个庞大却丑陋的峡谷。在海边岩石上有一处喷水口，从好几辆巴士上下来的游客围成一圈，巴巴地举着相机，好像等着拍的不是喷水，而是犀牛交配似的。一日游的高潮是乘船溯流而上怀芦阿河，那是夏威夷唯一一条可以通航的河流，除此之外，就再也没有什么风景名胜可言了。尽管如此，河上往来运送游客的船只居然形成相当规模的船队。上船后，为我们表演歌舞的是几个有气无力的夏威夷乐手和呼拉舞女。船行的终点是一个叫蕨洞的去处，据说以前是古人举行婚礼的地方，不过现在更招蚊虫的喜欢。乐师们演唱了《夏威夷婚礼曲》，一曲终了，要求你亲吻身边的一个人。我事先在苏的身边占好位置，相比而言苏还耐看些。但在最后关头她和迪伊移行换位，我只好亲迪伊了。

考艾岛唯一的迷人之处就是它的海岸线，我们时不时能望见几眼美丽的沙滩，尤其是下午天放晴后，沙滩更加诱人心动。可惜只能远观不能近前，导游不许我们下车，因为我们正赶着去看另一处该死的瀑布。

---

① 《圣经》中圣徒的名字。

但每到一处景点,要是谁坐车上不愿下车拍照,路加导游就会气恼不堪。这次一日游让我重新思考了朝圣型旅游和天堂型旅游二者之间的对立关系。旅游业固有的势能不可避免地将度假天堂改变成供人朝觐的圣地。为了弄出一条旅游路线,一些不足为奇甚至彻头彻尾骗人的景点被生搬硬造出来,"标示出来"(麦坎内尔,1976年),以方便游客往返并享受各种服务(如商店、饭店、游船、表演,等等)。迪伊似乎很赞赏我的理论。在余下的行程中,我一直坐在她旁边的座位上。在亲吻之后好像只有这样才不失礼。苏是漂亮一些,但迪伊更有头脑。

最最亲爱的德斯:

刚从考艾岛尽兴玩了一圈回来。岛上遍布鲜花,所以被称为"花园之岛"。瀑布有趣极了。明信片上的喷水口在我们去时并没有喷水,也许是退潮的缘故吧。重大新闻:迪伊总算让那个叫罗杰的家伙感兴趣了。她大讲起自己在旅行中遇到的种种倒霉经历,他居然拿笔在小本子上记下来。

祝好运

苏

亲爱的丹尼斯:

我很难过地告诉你,你老爸昨天发病了,被送进医院里抢救,昨晚整整一夜都留院观察,不过今天就能回家了。我说"回家"指的是酒店。我多希望此时此刻真的能回家啊。本来想给你打电话的，可你远在天边，打了又有什么用呢。我估计这封信在我们回家之前你就能收到了，这样你去机场接机时，万一你父亲情况不好，你心里也好有个数。当然真有什么万一我会打电话通知你的。

我对这边的人说，你老爸是因为天气炎热才发病的，可实际上他是被特里的事情吓到了。丹尼斯，我不知道该怎么对你说，你哥哥是个同性恋。是的，我实话实说了。你小时候觉察到了吗？我自己肯定是什么也没有发现。但是他离家在外的时间太长了，我在机场一看见他，还有他那位"特别"的朋友托尼，就觉得不对头。他人倒是很不错，可西德尼受不了，连提都不愿意提起。

特里好吃好喝地招待我们，租了一辆很大的车领我们到处玩，请我们去最好的饭店吃饭，点那么多的菜，我们连一半都吃不完。我们哪里都去了，该看的也都看了，珍珠港、呼拉舞什么的，住的酒店也那么高档。可西德尼就是不开心，自己在海边找了个名叫"玫瑰与皇冠"的小酒吧，总一个人溜过去待着。前天晚上吃完晚饭，特里宣布他要和托尼结婚，好像还有牧师愿意给他们主持婚礼。唉，你父亲当时就差点犯病。他的脸一阵白一阵红，最后一言不发地走了。

我知道他准是又去"玫瑰与皇冠"了，过了没多久我去找他，见他和一个叫布赖恩·埃弗索普的人在一起喝酒。那人我们坐飞机来时见过，我不太喜欢他吆五喝六的样子，他妻子人倒是不错。他们非让我喝了一杯橘汁金酒，然后我就领西德尼回酒店了。路上他一直念叨：我们哪里做错了？哪里做错了？我说我们什么也没做错，特里那样是天生的。他问我知不知道那样的男人都怎么回事？我说我不知道，也不想知道，那不关我的事，也不关你的事。我要他当心，不能为这事病倒。结果第二天一早他就发病了，被送进了医院。当时我们正准备坐车去参观国家纪念公墓，他一发病，大巴调头就去了最近的一家医院，虽然是天主教医院，条件却还不错。特里当然很难过。所以总体来讲，这次旅行不及我们想象的那么开心。我只希望你父亲能撑到我们回家。

爱你的妈妈

亲爱的特沃威斯顾客：

我谨代表特沃威斯旅行社，祝您的怀基基之旅开心快乐。您就要离开美丽的瓦胡岛了，我们希望将来能再次欢迎您光临夏威夷。

特沃威斯旅行社和怀厄特大酒店秉承夏威夷传统的殷勤待客之道，联袂邀请您于二十二日（星期三）下午六时光临位于卡拉考阿大街的怀厄特帝国大酒店（斯平德里夫特酒吧，酒店夹层），出席"朴朴"鸡尾酒会。

凭此请柬，每人可免费获赠一杯鸡尾酒和一碟朴朴。其他饮品可在酒吧付费享用。届时将放映特沃威斯组织的邻近岛屿的旅游风光短片，您可以观赏到新开发的度假胜地怀厄特海口楼。

阿罗哈，你真诚的
林达·哈纳玛
度假中心总监亲爱的哈纳玛小姐：

　　对您的邀请，我们感谢并接受。但我想指出，您只寄来三张请柬，而我家有四口人。您若能再寄一张请柬来，免去入场时可能发生的不愉快，我将不胜感激。

你忠诚的
哈罗德·贝斯特

天堂珠宝

天堂巡游

天堂花卉

天堂音像制品

天堂家居建材

天堂室内装潢

天堂积木公司

第三部

Ho'omakaukau No Ka Moe A Kane A Ma Wahine:

学习通达男女之事。为此,要为性爱做准备,实行性爱教育。

Ho'oponopono:

改正;校正;修正;恢复并保持家人之间、家人与超自然力量之间的和睦关系。通过一次特别的家庭会议修正各种关系,方法有祈祷、交谈、坦白、悔改以及相互的补偿和谅解。

——《追溯本源》:一本关于夏威夷土著文化活动和思想信念的原始资料集。作者:玛利·卡威娜·朴奎,E. W. 黑特希,医学博士,凯瑟琳·A. 李

1

"伯纳德,你到底还有没有信仰?"赫秀拉问,"你相不相信人有来世?"

"我不知道。"他回答。

"行了,伯纳德,我直截了当地问,你就痛痛快快地答嘛。连这都答不出来,还在大学里教什么书呀?"

"好吧,在来世这个问题上,恐怕近代神学家们都有点闪烁其词,就连天主教的神学家也是如此。"

"真的?"

"比如说,瑞士汉斯·昆写的《论基督徒》堪称近代经典著作。但在这本书的词条索引中,你若想查查天堂和来世,什么内容也查不到。"

"要是没有天堂,宗教还有什么用处呢?"赫秀拉说,"我是说,没有善报,人为什么要行善?没有恶报,人为什么不作恶?"

"神学家认为,德行本身就是善报。"伯纳德一笑。

"下他的地狱去吧!"赫秀拉说完,马上为自己的粗话哑然失笑,"那地狱怎么样了?也给冲到下水道里去了?"

"差不多吧。扔了干净,我得说。"

"我猜炼狱也扔掉了吧?"

"奇怪得很,近代的神学家们,甚至包括天主教派之外的神学家,都比较赞成炼狱的提法,虽然在《圣经》中并没有找到什么存在依据。有人认为炼狱类似于东方宗教中轮回的观点,而东方的宗教,特别是佛教,现在较为流行。你知道,轮回就是在今生为前世的业因赎罪,直至人达到涅槃的境界。"

"什么叫涅槃?"

"嗯,大概来说就是泯灭了自我,同宇宙之常道相通,从生死轮回中解脱出来,成为虚无。"

"我不喜欢这种论调。"赫秀拉说。

"难道你还想长生不老不成?"伯纳德大着胆子想逗她一笑。每次去马凯庄园探望赫秀拉,都少不了这样的神学探讨。考虑到赫秀拉目前的健康状况,他每次谈起时都有如履薄冰之感。但赫秀拉每次都会挑起这一话头,她好像很喜欢考考他的专业知识,探探他的怀疑是深是浅。

"当然想啦。"她答道,"谁不想呀?你不想?"

"不想。"他说,"我倒是很乐意摆脱这个自我。"

"你要是待在更好的地方,就不这么想了。"

"哈,地方,"伯纳德说,"这才是难点,是吧?把天堂当成一个地方,一座花园,一座城市,一个开心猎场,当成一个可以触摸的实体。"

"过去我总是把天堂想象成一座巨大的天主教堂,圣父在高高的祭坛上端坐,所有的人都对他顶礼膜拜。这种想法是我们上学时从宗教课上学来的。这样的天堂听上去有点沉闷,像一台无休无止的大弥撒。当然,上课的修女们对我们说,等我们进了天堂,就不会觉得沉闷了。她们看上去可是心向神往的样子,也许是她们装出来的。"

"当代一位神学家说,来世类似于一场梦。在梦中,我们每个人的愿望都能够实现。如果你的愿望级别比较低,你就去一个低级别的天堂,要是愿望级别高呢,就去一个高级别的天堂。"

"这主意妙啊,有什么出处吗?"

"不知道。我猜是他自己杜撰的。"伯纳德说,"现在的研究中有一个突出的现象,相当多的近代神学家们摒弃了正统的末世论观点,随心所欲地杜撰一些跟正统观点一样怪诞的新观点。"

"呀,你知道不少拗口的词嘛,伯纳德,你说什么来着?末……?"

"末世论,跟万民四末有关。"

"死亡、末日审判、天堂、地狱。"

"你的教义问答学得不错嘛!"

"小时候不好好学的话,修女嬷嬷就要把我们捆起来了。"赫秀拉说,"但我觉得这家伙说的有点道理。"

"你不觉得他有种精英分子的优越感吗?啤酒和九柱戏的天堂属于下里巴人;而受过高等教育的人,怎么说呢,在天堂里可以欣赏莫扎特指挥的演出,跟莱昂纳多·达·芬奇学习绘画。那天堂跟这个世界可就太相似了,有人可以住在豪华的穆娜,有人只能住进怀基基冲浪人。"

"怀基基冲浪人是什么?"

"噢,是一家酒店。我和爹地跟着旅行团过来,本来是要住在那里的。就是那种外表一模一样的大鸡蛋盒子,距离海边还有好几个路口。"

"那你去住过吗?"

"哦,去过,"伯纳德微微发窘,"我是去问能不能退还房费。"

"能退吗?"

"不能。"

"这倒不奇怪……如果你能去你所向往的天堂,那么,你的天堂会是什么样子?"

"不知道,"伯纳德说,"我想要一个机会好好地重新活一回,不再在十五岁就决定当神父,而是看看后来怎么发展。"

"再活一回也照样会犯错啊,不同的错罢了。"

"是的,赫秀拉,但我也可能更走运一些,谁能说得清楚呢。所有的事物都是相互关联的。我记得几年前收看电视转播里的足球比赛,好像还是一场重要的比赛,为了争什么杯。我的助手托马斯打开了电视,我就陪他一起看。下半场时英国队因为一次罚球而输了比赛。最后一声哨音响起时,可怜的托马斯直揪自己的头发:'要是没给对手那次罚球机会,我们就能打成平局进决赛了。'我告诉他,这么讲根本就是个逻辑错误。他的意思是,你能将那次罚球从比赛中抽取出来,却不改变原来的比赛。当然,实际上,如果英格兰没有送给别人一次罚球的机会,球赛就会不间断地进行下去,那么从那以后足球的每一次进退都会跟我们已经看到的情况不一样。根据进球的多少,英格兰有可能赢也有可能输。我这一番话似乎并不能安慰他。他说:'你得按比赛的趋势来判断。按照发展趋势,我们能打成平局。'"

伯纳德想起旧事,暗自笑了,但他随即发现赫秀拉已经睡着了。她经常在交谈过程中就这样打盹睡着。伯纳德希望她打盹是因为疲倦,而不是因为厌倦。

她眼皮动了几下,醒了。"你在说什么,伯纳德?"

"我在说,生活中发生的事情毫无章法,比如我来夏威夷这件事。"

赫秀拉叹息一声,"我多希望你能早点来,趁我身体还好的时候就来!那时候,这地方还没给糟蹋成这个样子。60年代我刚到这儿的时候,这里美得你根本想象不出。怀基基几乎没有一幢高大的酒店,我能从家门口笔直走到沙滩上。现在海边都让酒店成排的高楼大厦给挡住了,要去也只能从一条条夹道里挤过去。以前我天天都去游泳。我们一帮老太太常常找个地方碰头,游完了,就到希尔顿酒店的游泳池,蹭人家的水龙头洗淋浴。那里的服务员认识我们,对我们也是睁一只眼闭一只眼。可是有一天,一个粗鲁的男人过来把我们赶走了,从那以后好日子就到头喽。怀基基不再像乡村一样淳朴了,它变得像一座城市,街头、沙滩到处都挤满了人,还有垃圾和犯罪。就连气候也好像不如从前了。现在的夏天热得让人难受。据说是修了这么多建筑物的缘故。真让人伤心啊。"

"你有没有想过,夏威夷跟很多其他地方一样,它的过去总是比现在更加辉煌？我想在大型客机发明之前，在你来之前就住这里的岛民们回忆从前时，准会认为他们那会儿才是黄金时代。依此类推，那些依靠蒸汽船同外界保持联系的岛民，甚至是库克船长发现夏威夷岛之前的岛上土著，他们也都会这么想的。"

"是啊，这有可能，"赫秀拉说，"可这并不说明这里的情况不是在越变越差啊。"

"对，"伯纳德微笑了，"你说的对。这说明不了。"

"我猜你在这儿过得很愉快，是不是？我是说除了杰克车祸那些事情。你看上去跟刚来时不一样了。"

"是吗？"

"是的，看着更开朗，不那么羞怯了。"

伯纳德老脸一红。"替你料理事情一直干得挺顺心的。"

"你干得非常出色，"赫秀拉一边说，一边伸出没受伤的好手同他紧紧相握。"杰克怎么样了？我什么时候能见他？"

"医生对他复原的情况很满意。他很快就能下床了。"

"我们怎么见面呢？他伤一好就会想着回英国了。我干吗不租辆救护车，到圣约瑟夫医院去看他呢？"

"我也是这么想的，已经让伊妮德去安排了。"

每个住在马凯庄园的老人都配有一名专门指派的社会工作者，指派给赫秀拉的是一位办事麻利、性格沉静的年轻女士，名叫伊妮德·达·席尔瓦。她在门厅里拦住往外走的伯纳德，又一次展示了她的麻利干练，她告诉伯纳德车辆已经安排妥当，下周三下午赫秀拉可以坐救护车去圣约瑟夫医院。伯纳德向她道谢，并请她把这消息告诉赫秀拉。

伯纳德开车返回怀基基,一路上的海滨风光秀丽迷人。戴蒙德角附近的海面上,一只只色彩鲜艳的三角形风帆在阳光下闪烁颤动,像蝴蝶翅膀一样。他发现离赴约还有充足的时间,便将车停在山崖边的停车场内,驻足远观海上的冲浪者。也许因为今天是周六,冲浪的人数目众多,场面惊心动魄,让人看得酣畅淋漓。他们一个个紧绷着肌肉,屈膝弯背保持平衡,双手紧握着帆板的钢制帆杆,随时调节随风鼓胀的风帆,以这样的姿势,夹在卷扬的浪峰之下,乘浪朝着海岸冲去。快要冲上陆地之际,他们又用令人炫目的灵巧技术旋转、调头,鲑鱼洄游般纵身一跃,从水沫中穿过迎面打来的浪头。有人居然可以在连翻几个筋斗之后,双脚仍奇迹般站立在冲浪板上。然后,他们用帆兜住风,乘风滑回大海的开阔处,做好准备迎接下一排大浪。他们好像已经掌握了永动不息的奥秘。在伯纳德眼中,这些冲浪高手俨然是神仙一般的人物。他想象不出要完成这样的高难动作,需要具备怎样的技巧、力量和勇气。他想知道格尔森大夫是不是也在其中,任由扑面的水沫、蜇人的盐分、刺目的艳阳和大海的熠熠光芒将他从癌症病房沾染上的蚀骨阴森冲洗个干净。冲浪者心目中的天堂是什么样子?不用费什么力气就很容易猜到。人一旦学会了一件本领,就会盼着一直做下去,永不停息。

他开车回到考洛街,开进地下停车场,在指定给赫秀拉的车位上停好车,然后朝三个街区以外的怀基基冲浪人酒店走去。沿途的路标已经很熟悉了:毛巾厂,沃考礼品店,呼拉草帽店,二十四小时营业的热狗店,第一洲际银行,ABC商店。最后一个倒算不上路标,在怀基基差不多每隔五十米远就能看到一家 ABC 商店,出售的商品种类全都一模一样——日用百货、饮料和各类旅游用品:人字拖、泳衣、草垫、日光浴用品和明信片。商店里的游人一脸茫然地巡视着,似乎想瞧瞧这家 ABC 商店里的东西同他们上次光顾过的那家有什么不同。怀基基的空气又暖又湿,空气中总飘荡着一种莫名的空乏和渴望。游人顺着卡拉考阿和库夷奥大街,从头走到尾,再从尾走到头。他们穿着新奇有趣的 T 恤衫和齐膝短裤,腰上系着有袋动物那样的小包。太阳当空照耀,棕榈树在信风中摇曳,吉他的乐声在各家店铺内外轰响,游人的脸上也是一副怡然自得的神情。但在他们眼底却仿佛隐藏着一个尚未成形的疑问,嗯,这里是不错,可就这些了吗?就是这样子了吗?

怀基基冲浪人酒店那大而务实的前厅里空空荡荡。大门旁堆了一堆行李,等着被送进房间或是用车拉走,一旁的长沙发上坐着一对老年夫妇,他们本人倒有点像两件无人认领的行李。看见伯纳德进门,他们满怀希望地看向他,老先生起身迎过来问他是不是天堂旅行社的人。伯纳德回答说抱歉,自己不是。他走到前台,出示了自己的房卡,向服务员索要 1509 房间的钥匙。服务员递给他钥匙的同时,还交给他一封给他们父子俩的信。在电梯口等电梯时,他拆开信封,发现里面是一张请柬,特沃威斯旅行社邀请他们下周三出席一个鸡尾酒会。

酒店里静悄悄的。现在是午后时分,所有住客都外出了,去了沙滩和街上,乘着公共汽车或是开着租来的车围着小岛转悠。电梯里还有个一脸肃穆的日本小女孩,七岁左右,在游泳衣外面穿了件T恤，上面印着一条英文命令："微笑"，升到十层时她出去了。十五楼的走廊里空空荡荡，悄无声息。一模一样的房门全都紧闭着，深不可测。他打开1509的房门，把"请勿打扰"的牌子挂到门外把手上，走进房中。

房间内部注重实用，毫无特色可言，整洁干净，仿佛圣约瑟夫医院的创伤病房。房间里安放了两张床，一个带抽屉的组合柜，一个饰有大理石纹密胺板的衣柜，两把椅子，一张咖啡桌，还有一台固定在墙上的电视。浴室里有抽水马桶和淋浴间，但没有窗子。伯纳德敢肯定整幢大楼里的每一个房间都跟这间房毫无二致，连地上尼龙地毯起的棱纹、颜色都一模一样。这家酒店实际上是大规模生产组团旅游度假的工厂。它剥下了任何的外表装饰，无意提供个性化的服务，也不屑理会房客的闲事。当然了，酒店的工作人员还是颇为好奇，为什么伯纳德在抵达一星期之后才露面要求住宿，还编了一通因为车祸而耽搁的故事。看了他出示的房间预订单，酒店助理经理耸耸肩膀说，从现在到他假期结束之前，他可以使用这个房间。

在早晨的某个时间，一双无名的手前来整理房间，往迷你酒柜里添饮料。这两个房客既无衣物又不带任何行李，使用两条浴巾却又共睡一张床，服务员会怎么想呢？伯纳德不敢去猜。不过不用问，她肯定不会嫌这个房间的活轻省。不管打扫的人是谁，每次她临走前总把空调的功率调到最大。伯纳德进屋，把空调降到一个声音更弱也更舒适的模式，然后脱下衣服，挂进空空如也的衣柜里。他冲了个澡，将浴巾斜过单肩裹在身上，像古罗马人一样，然后打开迷你酒柜,取出半瓶加州纳帕山谷出品的沙当尼干白,给自己斟了一杯,又将剩下的盖好塞子放回冰箱。他背靠床头坐在床上,一边啜饮着沙当尼,一边时不时瞟一眼腕上的手表,直到门口传来敲门声。

他打开房门,待尤兰德一进来,就赶紧将门关上。她穿着一件红色棉布连衣裙,就是伯纳德第一次见到她时穿的那件。她冲他微微一笑,吻了吻他的面颊。

"对不起,我迟到了,我得先开车送罗克茜去办事。"

"不要紧。"他说,"来杯白葡萄酒?"

"好啊。"尤兰德说,"我先去冲个澡。"

趁她洗澡的时候,伯纳德从酒柜里取出酒瓶,又倒了一杯葡萄酒,放在床头柜上。他走到窗边,虽然窗外是另一家酒店光秃秃的侧墙,他还是拉上了厚厚的条纹窗帘,只留下一条窄缝漏进一缕亮光,将房间照得半明半暗。尤兰德走出浴室时,他吃了一惊,她仍然穿着裙子。"你还没洗吗?"他递上酒杯。

"当然洗了。"她唇边挂着微笑,双眼却不肯离开酒杯,"不过今天,得由你来替我宽衣。"

就在伯纳德深夜前往尤兰德家送日记的第二天,她出现在赫秀拉公寓的门口。她事先也没打电话通知一声,就这么胳膊底下夹着日记本,直接来敲门了。伯纳德打开门,"哦,是你。"

"是我。我来还你日记,能进去吗?"

"当然。"

他请尤兰德进屋,同时扫了一眼外面的走廊,正好瞥见克瑙伯弗勒马赫太太乌龟一样将头缩进自家门洞里。尤兰德站在客厅中央,四下打量了几眼。"这里不错嘛,"她说,"在这个地段,这房子准值一大笔钱。"

他解释说这房子不属于赫秀拉所有。"现在她倒是有钱了,可以把它买下来,可又没什么用处。我已经通知房主她要搬走了。喝杯茶如何?"

尤兰德随他走进不大的厨房,在吃早餐用的小桌前坐下。伯纳德把水壶放在炉子上烧水,然后走过来在她对面坐下。两人之间的桌子中央躺着那个日记本,像一本日程表。

昨晚他去送日记时,尤兰德被汽车声吵醒了,随后又听见信箱盖子"砰"的一声响,便出门来查看究竟。她把日记本带回床上,一口气从头读到了尾。"然后,今天早晨又重读了一遍。这么悲惨的故事我真是闻所未闻。"

"哦,我可不这么认为。"他表示异议。

"我是说在英国发生的事情太悲惨,到夏威夷这一段就比较有趣了。我喜欢读你弄掉钥匙那一节。你对我的那些描写嘛……"她一笑,"当然是我最感兴趣的了。"

"动笔的时候我从没想过会让你看一个字的。"

"我知道,所以读起来感觉才真实嘛。你写作的目的不是为了打动人,全部都是发自肺腑的实在话。我早就知道你是个实在人,伯纳德。我在你日记里就说过这话,对吧?"她拍拍日记本蓝色的硬封。"'不知怎的,我能断定你是个实在人。现在实在人可不多了。'"她又一次笑了,"读你的日记,就好像在读一本以你本人为主角的小说。或者说，像在看家庭录像，看见了自己被偷拍下来的镜头。比如你描写我去穆娜大酒店时，先四处张望，然后，怎么说的，'迈着运动员般富有弹性的步伐'走了过去。我还不知道自己走路时一弹一弹的呢，不过我认为你写得对。我还要告诉你一件事，就是在结尾部分，我们在动物园附近的树荫下散步——"

"是我太傻了，"伯纳德说，"我让你读日记，就是希望你能明白我的举止为什么如此怪异。"

"不，你当时的感觉是对的，"尤兰德说，"我确实想让你吻我。"

"哦，"伯纳德垂下眼帘，审视自己的双手，"可是月亮，你说你想让我看月亮的。"

"那不过是找个借口想要亲近你。"尤兰德说着，伸出一只手覆在伯纳德的手上。

一阵长时间的沉默。直到水壶的哨音响起，沉默才被打破。伯纳德恳求地望着尤兰德，她笑了，松开手。伯纳德关上煤气阀门时，感觉尤兰德也站起身来。他一转身，正好跟尤兰德面对面。他想起刚到夏威夷的第一天早晨，自己透过救护车后窗看到的她的模样。只是这一刻她既没有皱眉头，双手也没叉在腰上，她的双手正向伯纳德平伸过来。"过来，伯纳德，"她说，"把欠我的一个吻补上。"

他迟疑着移动了一两步，尤兰德握住他的手将他拉近。伯纳德感觉她的手臂绕过自己的双肩，她的手指在抚摸自己的脖颈。小心翼翼地，他用手环住她的腰，她则顺势依偎在他身上。隔着她的棉布裙和自己薄薄的衬衣，伯纳德能感到她胸脯的温热。他感到自己开始勃起。他们吻在了一起。

"瞧,不是太糟吧?"尤兰德喃喃低语。

"嗯,"他嗓音嘶哑,"非常好。"

"你想做爱吗?"

他摇头。

"为什么不?"

"你都知道的啊。"

"我可以教你,可以给你做示范。我能治好你,伯纳德,我知道我能。"她拉住他的手,紧紧握着。

"你为什么愿意这么做?"

"因为我喜欢你。因为我为你难过。你让我读你的日记,就是在大声求救。"

"我没这么想过。我只是把它当成一种……解释。"

"你就是在向人求救,而我正好能帮到你,相信我。"

又是一阵长时间的沉默。他低头看着两人紧握在一起的手,凭感觉知道尤兰德正紧盯着自己的脸。

"而且我也需要别人的爱。"她的声音更加柔和。

"好吧。"他终于同意了。

他一生之中好像都在紧攥着双拳,死憋着一口气,现在他终于决定要撒手,要放松,要开口呼气,管他什么后果呢,他心里顿时放松下来。然而,如此剧烈的转变让他瞬间感到一阵晕眩,他感觉站立不稳,微微摇晃了几下,被尤兰德拥在怀中。

"不过别在这里。"他说。

"也不能去我家,罗克茜很快就要回家了。为什么不能在这里?"

"不能在我姑姑的家里。我感觉不自在,总觉得不对头。"

尤兰德好像能理解他的顾忌。"那我们就去酒店开房吧,"她说,"在怀基基这倒不是难事,只是不便宜罢了。"

"我早就在酒店订好一间房了。"伯纳德想起了特沃威斯旅行袋中装着的那张酒店预订单。

他们立刻出门去找怀基基冲浪人酒店。尤兰德先在酒店的地下咖啡馆里等候,由伯纳德出面去跟酒店的前台交涉。等他俩单独待在1509房间时,尤兰德开口说的第一句话就是:"我希望你不要想着今天下午就跟我做爱。"伯纳德脸上半是失望半是解脱的表情令尤兰德大笑不已。"你日记里写的那句法国俏皮话还真说对了。"

"今天不做的话,我不敢肯定今后我们还能不能做。片刻纵情所激发的豪气,并非召之即来,挥之即去。"

"片刻的什么?"

"我引用了一句诗。"

"暂时先忘掉诗吧,伯纳德。诗人太浪漫,我们还是现实些吧。你和达芙妮失败的原因,或者原因之一,就是你操之过急了。你想一下子由童男子变成床第老手,对不起,我这么措辞你介意吗?"

"有一点。"

"那好,以后我不用这个词了。性治疗有一套标准做法,对于有问题的夫妻双方或一方,建议先从简易的步骤开始,然后一步一步过渡到实质性的性交。即使夫妻已经在一起生活多年,也要按照建议从头开始,就好像他们以前从未有过性关系似的。第一步是不带欲望地亲吻和肢体接触,接着是享受彼此按摩的快感,然后再深深地爱抚什么的。整个过程最好能够间隔开,在几周的时间里完成。既然我们没有那么多的时间,那就一天完成一个步骤,好吗?"

"我也这么想的。"伯纳德说。

所以那天下午他们只是脱去了鞋袜,和衣躺在床上,抚摸彼此的脸颊、头发、耳朵,轻轻地接吻,用手指轻划对方的手掌,互相按摩脚掌。开头伯纳德觉得这样做很傻,但是他并没有怯场,因为尤兰德没有显露出一丝一毫的困窘和难堪。

第二天下午,他们洗好身体后,尤兰德将厚重的遮光窗帘完全拉严,然后,待两人裹着浴巾各自立在床榻两侧时,她将床头灯也关掉了。房间里一片漆黑。"伯纳德,我觉得你可能有点害怕女人的裸体,"她说,"你应该先从触摸开始,逐步了解。"伯纳德听见尤兰德身上的浴巾簌簌地滑落到地板上,然后她的手朝自己伸过来。于是他开始像盲人一样摸索她的身体结构,她的手臂结实,背后肩胛骨平滑如翼,脊椎柔顺、微微凹成槽状,浑圆的臀部柔软而有弹性,大腿内侧肌肤柔嫩细腻。等尤兰德翻转身体仰面躺下时,他能感觉到她沉甸甸的双乳朝两肋处沉下,乳头猛然变硬,还能听见她沉稳的心跳声。在她肚子上摸到了一条阑尾手术留下的疤痕,顺势往下,又摸到一丛柔软的毛发。尤兰德将他的手轻轻按住。对于伯纳德来说,尤兰德像是一棵树,她的骨骼是树干和枝条,她身上浑圆的突起摸起来像是熟透的果实。尤兰德问他有什么感觉,他只好再一次吟诵济慈的《夜莺颂》：

> 我辨不清足畔是什么花朵，
> 枝头悬着什么温柔的芬芳，
> 只在这馥郁的黑暗中揣度，
> 季节该把何种甜美赏赐给，
> 这草儿、这灌木、这野生的果树……

尤兰德大笑，说他无可救药了。"明天我们让屋里明亮一点，"她说，"明天也会更放肆、更激烈一些。不过现在轮到我来抚摸你的身体了。"

"恐怕没什么值得一提的地方。"

"还行吧。这里的肌肉弹性不够好，"尤兰德捏捏他的小腹，"你平时锻炼吗？"

"在家时我常常走路。"

"走路是很好的锻炼，但是你该加大运动量。"

"你是怎么锻炼的？你身上好像一丝赘肉都没有。"

"我经常打网球。刘易斯和我过去是教工组的网球混双冠军。现在我和罗克茜对打。"

他真希望尤兰德没有提及前夫刘易斯和女儿罗克茜。这些名字让他记起尤兰德在这床、这房间之外，还有她自己的真实生活，一种复杂而又独特的生活。但是尤兰德的双手慢慢地揉去了他的忧虑。她缓缓地、有条不紊地抚过他每一寸的身体，只除了他的私处。她好像是在黑暗中雕塑着他的躯体，让他第一次意识到自己躯体的起伏、轮廓和边限。很久以来，他主要生活在一方精神世界里，把自己的躯体当成了一套虽然破旧但还能穿用的衣服，早晨穿上，夜晚脱下。现在他才意识到，他同样也生活在这样一具奇异的分叉成人型、带有瑕疵的骨肉之躯里，一个由血液和筋肉、五脏和肺腑组成的混合体里。自从童年以来，他第一次感觉到自己从手指尖到脚趾尖都是活的。有一下，她的手扫过他直立的部位，便喃喃地道歉。"我们做爱吧？"伯纳德说。

"不行，现在还不行。"她说。

"那明天？"

"明天也不行。"

第二天，房间里更明亮了一些。开始之前，他们先把酒柜里的半瓶白葡萄酒喝完。这一次尤兰德更加大胆健谈。"今天仍然仅限于触摸，不过没有什么禁忌，我们可以抚摸任何地方，想怎么摸就怎么摸，好吗？而且不仅仅是用手摸，还可以用嘴唇和舌头。想不想吸吮我的乳房？来吧，感觉好吗？对，我喜欢这样。我可以吸你吗？别担心，我会用力夹紧，你就不会射了。好了，放松。感觉如何？好。我当然喜欢这样啦。用口吮吸和舔舐都是原始的快乐。当然，男人喜欢什么很容易看到。女人就不同了，因为所有的器官都隐藏在里面，你得先认认路。现在吮湿你的手指，我来给你当向导。"

这样突飞猛进地进入到言谈举止都毫无禁忌的阶段，伯纳德震惊了,茫然了,身体几乎蜷缩成一团。但同时他也感到兴奋异常。他渴望享受美好的生活。"今天我们做爱吗?"他恳求。

"这就是做爱,伯纳德。"她说,"我很愉快,你呢?"

"我也是,但你知道我是什么意思。"

"今天我们做爱吗?我是说真的做爱。"他替尤兰德解开红裙上的纽扣。

"不行,今天不行。要等明天。"

"明天?"他哀号,"老天!昨天和明天之间的那一天叫什么名字来着?"

"那么,首先是这个。"红裙子滑落到脚边,她抬腿迈出来,身上只剩下一条蕾丝镶边的白缎衬裙。

他合上眼摇着头。"尤兰德,尤兰德……"

"怎么了?没让你兴奋起来吗?"

"当然兴奋啦。"

"那就帮我脱掉吧。"

他笨手笨脚地解开她裙子的肩带,她手臂一扬,衬裙滑落到她的腰际,现出她的双乳。伯纳德低头轻轻地吻下去,呻吟道:"尤兰德,尤兰德,你对我做了些什么啊?"

"你可以称之为性爱教育。这是美国式的,伯纳德。在美国什么都能教,怎样成功,怎样写小说,怎样做爱。"

"你以前教过别人吗?"

"没有,那样做不道德。"

"道德?"他有些歇斯底里地咯咯笑起来,"那教我为什么又道德了?"

"因为你不是顾客,你是我的朋友。"

"你好像很在行啊。"

"如果你非知道不可的话,八年前刘易斯遇到过一次性功能方面的问题。我们一起去看的大夫。这办法管用了。"

白色衬裙滑向地板,她整个人站在他面前,健康结实,凹凸有致,如同高更油画里的裸女,只不过晒成褐色的身体上,胸前和腰下部位留有比基尼泳衣捂出的浅色印痕。伯纳德跪倒在地,将脸贴住她的小腹,双手抚过她的两肋。"你真美。"他说。

"嗯,真好。"她用手指轻摩他的头顶,"又有人将我拥在怀中,真好。"

"刘易斯离开后,你再没有别的人吗?"

"没有。我熬不住的时候就用自慰器对付一下。你吃惊不?"

"再也没有什么事能让我吃惊了,"伯纳德说,"有时候我想你准是个女巫,一个黑眼睛的漂亮女巫,否则我怎么能做出这种事情还没有羞愧而死呢?而且还是跟那位差点撞死我父亲的女人。"

"如果我信奉弗洛伊德的观点,"尤兰德拉他站起身来,"我可能会说那次事故就是我吸引你的部分原因。你从一开始就被我迷住了,是不是,伯纳德?"

"是,我是着了迷。事故发生以后,我清楚地记得你一袭红裙的模样。做梦也没想到有一天会由我来帮你脱掉裙子。"

"可裙子已经被你脱下来了,不是吗?生活总是充满了惊奇。

趴下吧。"

"可这不符合比赛的发展趋势。"

"什么?"她开始很有章法地按摩他的脖颈和肩膀。

"没什么。就是今天跟赫秀拉聊天时说起过这个词。"

"你们聊天都聊些什么?"

"今天我们聊到了天堂。"

"可你不是不信天堂吗?"

"是不信,但是关于天堂我知道的还挺多。"

尤兰德大笑。"这才是纯粹的学者腔调。"

"你是怎样认为的?"

"我认为人要在这个世界上建立自己的天堂,实现自己的愿望,就像那次你在沙滩上找到了丢失的钥匙那样。翻过身来好吗?"

"我们现在就做爱好不好?"他乞求。

"我们今天要做的,就是让你练习进入我的身体,但不能射精,明白吗?如果你感觉自己要射了,就告诉我,好吗?既然你不可能患上什么讨厌的性病,实际上,伯纳德,我突然想起来,你应该是火奴鲁鲁岛上最安全的性伙伴了。你可以把自己卖给那些住在夏威夷皇家大酒店的有钱寡妇们,狠狠赚上一笔呢。如果你想知道,我在发现刘易斯在外面偷腥后的第二天就去医院查了HIV,是安全——"

"这个我根本没想过。"伯纳德说。

"你应该想到的。为了万无一失,我给你戴上避孕套,好吗?我就这样骑在你身上,慢慢把你放进去,就这样,我们就这样待上一两分钟,一动不动,好吗?感觉如何?"

"人间天堂。"他回答。

"这样呢?感觉到了吗?"

"天啊,感觉到了。"

"我肌肉弹性很好吧?我在什么书里读过,过去夏威夷土著的老祖母们就教自己的孙女们如何动作,她们管这个叫作'amo amo',字面意思是"眨眼,眨眼"。我这样不停地唠叨,就是为了不让你射。"

"我爱,我爱。"

"什么?"

"Amo 在拉丁文中是'我爱'的意思。"

"噢,是吗?现在我要轻轻地上下移动几下,像这样,好吗?然后我就要起身了。"

"不要。"伯纳德伸手按住她的臀部不准她动。

"几分钟之后我们还要重来一遍。"

"不要,别动。"伯纳德说。

"我这样做是为了让你学会控制勃起。"

"我一直在控制啊,都忍了三天了。现在我只想失去控制。"

"学会控制后你就能达到高潮了。如果你愿意,让我来帮你。"尤兰德说。

"不,谢谢你,"他说,"我还没有完全打消羞耻感,你知道,我还有些顾忌。我们别管什么课程了,尤兰德。让我们做爱吧,我爱你,尤兰德。"

"这个，我认为我们应该谈谈。"她试图起身挪开，但他一挺身抓住了她。"不要走，"他呜咽着，不再控制自己了，"不要走，不要走，不要走！"

"好吧！好吧！好吧！啊！"她开始大声喘息。

事毕，他们扯一条被单盖在身上，双双睡去，两人弓起的身体紧紧地依偎在一起，像两柄勺子。尤兰德打开床头灯时伯纳德才清醒过来。窗外好像已经天黑了。"我的天啊！"尤兰德看着手表连连惊呼，"罗克茜会奇怪我到底跑哪儿去了。"

她裸身坐到床边给女儿打电话。伯纳德伸手抚弄她的肩膀，被她捉住握紧，不许他捣乱。她放下电话，便开始匆忙穿衣服。

"明天同一时间见？"伯纳德问。

尤兰德报以羞涩而异样的一笑。"课程结束了，伯纳德。恭喜你，你毕业了。"

"我还以为自己不及格呢。没等你下令就抢跑了。"

"性教育课不及格，但是你通过了自信心培训课。"

"我爱你，尤兰德。"

"你确定自己没把爱情和感激给弄混了？"

"我什么也不确定，"他说，"但是，我知道我想再次见到你。"

"好吧，那就明天下午见。"

她还像往常那样临别时俯下身给他友好的一吻，却被他拥住，动情地久久亲吻着。"在这以前，我从来不知道'跟人睡觉'是什么意思。"伯纳德说。

"太好了，伯纳德，但我得赶紧走了。"

跟往常一样，伯纳德待尤兰德离开后，又等了几分钟才下楼。一楼大厅里满是游客，有的是玩了一天后刚回酒店，有的是打算趁着夜色外出。他友好地望着他们色彩斑斓的休闲装和晒黑的面孔，耳边是他们空洞的闲谈。他把房间钥匙塞进前台桌子上的一只小孔中，低调地穿过人群，走进外面芬芳馥郁的暮色中。几滴温热的雨珠落在他脸上，很是惬意。这种由轻风吹送的落雨，当地人戏称为菠萝汁。这还是索菲·克瑙伯弗勒马赫告诉他的。他任由路上的人流裹携着自己，与其说是步行，倒不如说是一路浮游而去。他感到休息之后的清新与振作，他感到宁静与幸福，他感到肚子饿了。

他发现自己离天堂意面馆不远，便进去要了张单桌。那位叫达莉特的服务员给他端来一杯冰水，问他晚上好吗，他回答说："我很好。"说完又觉得这句套话不足以表达自己现在的心情，又补上一句："好得不得了。"这是他从前的助手托马斯爱说的话。

"太棒了，"达莉特脸上堆着一副漫不经心的笑容，"今晚咱们来个特色菜吧，意式海鲜宽面怎么样？有虾、蛤蜊和剑鱼片，配上奶油调味汁？"

"那就来一份吧。"一尝，味道果然鲜美。喝完两杯白葡萄酒后，他便开始哼唱《我爱夏威夷》。步行返回公寓的路上，一位露天表演的油头歌手正好也在狂吼同一首歌。他哼着歌走出电梯，路过克瑙伯弗勒马赫太太家门口时，她突然跳了出来，似乎已经等候多时了。

"西联汇款下午给你送来一封电报，"她说，"我说交给我就成，可他还是把电报塞你门缝里面了。"

"哦,好的,多谢你。"伯纳德说。

"我希望不是什么坏消息。"克瑙伯弗勒马赫太太说。

"我也是。"伯纳德回答。

电报就躺在公寓的门里。伯纳德弯腰拾起来。

"在那里吗?"身后传来克瑙伯弗勒马赫太太的说话声,把他吓了一跳。她居然悄无声息地跟过来了。

"在呢,谢谢你,克瑙伯弗勒马赫太太。它很安全,晚安。"他关上房门。

电报上写道:"二十一日周一晚八点二十乘 DL157 次航班抵达火奴鲁鲁请接机特丝。"

伯纳德一下跌坐在扶手椅上。他瞪着那一纸电报,感觉自己心头的兴奋快乐正飞快地流逝而去。之前十天中他所体验的自由、独立、秘密的生活就要结束了,特丝一来就会接管一切,接管他的父亲,接管赫秀拉,接管公寓里的家务。她会颐指气使,发号施令,她会进驻赫秀拉的卧室,把他撵去睡沙发。清早刚一起床就得把沙发折叠收好,每餐刚一吃完就得洗刷杯盘。她还会列一张清单打发他去采买物品。如果他继续同尤兰德幽会,特丝会生出疑心,两人的关系一旦被发现,特丝肯定会大肆渲染、极力丑化。

他打电话给尤兰德,把电报内容念给她听。

"是位不速之客吗?"尤兰德问。

"我绝对没料到她会来。特丝总是说家里事多,脱不开身去旅游什么的。"他解释了帕特里克生病的事情。

"也许她是领着帕特里克一起来的。"

"不会,他们从不领他坐飞机的,他常常发病。"

"她为什么发电报,而不是打电话呢?"

"发电报我就不能劝阻她了呗。木已成舟了。现在英国时间是周一清晨,她大概已经出门了。"

"你一点也不知道她为什么而来吗?"

"我猜她是挂念爹地……可她前一天才跟爹地通过电话呀。"他突然灵光一闪,"肯定是爹地跟她讲起赫秀拉发财的事了,很可能是因为这事来的。"

"她想伸手拿赫秀拉的遗产?"

"她想阻止我伸手拿这笔遗产。她以为我在打主意霸占遗产呢。她一直这么以为的。"

"听你这么说,你俩的关系可不太好呀。"尤兰德说。

"对,恐怕是不太好。"

"你别再这么说了,伯纳德。"

"说什么?"

"恐怕,你总说恐怕。"

第二天早晨,沃尔什先生听说特丝要来火奴鲁鲁,简直大喜过望。"太好了。她来了大家就会该干吗干吗了,我告诉你,有了她才能治住这帮医生护士。"爹地开始钻牛角尖了,总觉得医院的人在无谓地延长他的住院时间,好从他的医疗保险中榨出更多的油水。"特丝来了就能跟他们讲讲道理了。她一转眼就能把我弄出医院,带我回家去了。"

271

"是你喊她来领你回家的?"伯纳德语带指责。

"没有啊,我没喊她来。"沃尔什先生肯定地说,"我从没想过她能从家务中脱出身来,更不用说来这儿还要花钱了。不过赫秀拉会帮她一把的,是吧?现在她兜里可是有钱了。"

"如果特丝需要别人帮衬点儿路费,赫秀拉肯定会乐于帮这个忙。可是没人要她来呀,我不明白她到底来干什么。"伯纳德说。

"在这种情况下,一家人就应当团结在一起呀。赫秀拉见到特丝也是个安慰嘛。"老爸板起脸来教训人了。

"能见到特丝我当然高兴,"赫秀拉说,"但是我此刻更盼着能在下周三见到杰克。现在真的要见到他了,我反而有些紧张了。"

"紧张?"

"我们都分开了那么久,他也不常给我打电话,就是打来了,口气听起来也是那么冷淡戒备。"

"你知道爹地的脾气,他轻易不会表露感情的。说起来我也是这样,我们全家人都是这样。"

"我知道。"赫秀拉一下陷入阴郁的沉默中。当她再开口时,又拾起了前一天交谈的话头。"那天那个人说,天堂就像人的梦境,在里面每个人都能得偿所愿……那性爱也包括在里头吗?"

"不知道。"伯纳德吃了一惊,"我不记得他有没有提到过。不过我看不出为什么不能包括在内。"

"我们的天主说过,天堂中没有结婚出嫁,说过没?"

"许多基督教徒认为天堂里婚嫁的说法难以令人接受,就找了各种方法加以规避,比如斯韦登伯格。"

"他是干什么的?"

"18世纪瑞典的一位神秘主义者,在许多著作中都写到了天堂里的婚姻。他认为在天堂里你可以找到自己真正的灵魂伴侣,然后结婚,过一种玄妙缥缈的性生活。斯韦登伯格本人没结过婚,他一直暗恋某位伯爵夫人,所以在书里大笔一挥,就把伯爵夫人的老公给变成了一只来世的猫咪。"

"猫咪?"

"是啊,斯韦登伯格认为属灵发育不健全的灵魂,在来世里就会变成猫咪的。"

"那他不是天主教徒吧。"

"不是,他是路德教派的信徒。根据他的论著,人们还建立了一个教派,名叫新耶路撒冷教派。突然想起来了,关于天堂里的性爱,新教要比天主教更热心一些,比如弥尔顿、查尔斯·金斯利。有一位16世纪的天主教神学家,他的名字我记不清了,但他就认为天堂里有频繁的亲吻。他还说圣徒之间即便隔着一段距离——哪怕是千山万水——都能互相接吻。"

"接吻我倒没问题,"赫秀拉说,"我一向喜欢接吻拥抱的。但接吻后其他的事情就难住我了。"

伯纳德那透着学究气的智慧一下卡了壳,堵住了。他瞠目结舌,不知如何回答是好。

"在那方面我从未让里克满足过。我无论如何也放不开自己。我们分手时里克就是这么说的。"

"我很难过。"伯纳德嗫嚅。

"我无论如何也不能强迫自己去碰他的……他的那个,你明白,我就是做不到啊。"她双目合起,语调疲惫而徐缓,仿佛是在向神父忏悔,"他过去经常让我用手握住它,头上的小口里喷出些脓一样的东西,喷在我手上。"

"是里克让你这样干的?"伯纳德悄声问。

"不,不是里克,是肖恩,我哥哥。所以我再也不能那样去碰自己的丈夫了。"

伯纳德脑海里浮现出那张被撕成两半的照片。照片上的三个孩子坐在野外,年纪小的两个眯着眼睛望向镜头,年纪最大的男孩站在他们身后咧嘴嬉笑着,两手插在口袋里。一个惊悚的想法袭上他的心头。"赫秀拉,爹地没有……吧?"

"杰克没有,"赫秀拉说,"但他知道这件事。"

跟赫秀拉聊天之后,伯纳德向尤兰德详细介绍了事情发生时的背景。"那件事应该发生在夏天,那时候我爷爷一家还住在爱尔兰,就在科克的郊区。当时学校正在放暑假,家里有个亲戚病危,我奶奶常常离家前去帮忙照料,我爷爷一整天都在外面工作,也不在家,三个孩子就没人管了。肖恩是老大,赫秀拉说他那时大概是十六岁,爹地十二岁左右,她自己七岁。肖恩就是利用了这个机会。他领赫秀拉出去散步,给她糖果吃,拿她当宝贝。起初她还受宠若惊,后来肖恩就开始当着赫秀拉的面裸露自己的身体。第一次时肖恩还说是开玩笑,以后他做得多了,这事就成了他俩之间的秘密。肖恩开始手淫后,赫秀拉才知道事情不对头。但她吓坏了,不知道该怎么办好。"

"肖恩没干别的吧?我是说,性侵什么的?"

"别的没有,这一点她很肯定。但是肖恩的行为产生了恶果,赫秀拉结婚后对性生活感到厌憎恶心,而且终其一生都没能迈过这道坎。赫秀拉说,这种心态毁了她的婚姻,也打消了她再婚的念头。她说自己一生中谈过多次恋爱,也有许多人追求爱慕,但是只要一发展到身体接触的阶段,她就落荒而逃。"

"真是悲剧悲惨悲切啊,甚至比你的经历还要凄惨。"尤兰德说。

"我的故事已经发生逆转,不凄惨了。"他轻轻抚摸着她隆起的臀部,声音里满怀爱意。此时他们正躺在1509房间的床上。他们刚才一见面就干柴烈火地上了床,那一份迫切和激情在伯纳德看来,只属于恋人,绝不属于师生。当然,其间尤兰德还忙中抽闲地给他讲课,说他采用了传教士的姿势,还调皮地说:"这名字简直太贴切了。"好在伯纳德新近发生了变化,能够直言不讳地谈论性了,所以他的反应很是热切。"我同意你的观点。我是说,阴茎怎么了,几滴精液又怎么了,"他从大腿间挑起黏湿的无精打采的阴茎,又任它垂下,"只不过看见了它们,怎么就毁了女人的一生呢?"

"在虐待儿童的案例中,身体接触倒不一定很关键。关键的是那种恐惧感、羞耻感,它们会在儿童心灵上留下累累伤痕。"

"你说得对。赫秀拉当时就是坚信自己犯下了不可饶恕的大罪,更不用说肖恩了。在向神父忏悔时她又无法启齿，无法倾诉出来，所以此后的好多年里，她一直生活在恐惧里，害怕自己会突然暴毙，而且她相信自己死后会直接坠入地狱。"

"这事她后来找肖恩谈过吗？"

"没有啊。再后来肖恩上战场牺牲了，成了家里人的英雄，就更没有旧事重提的可能了。你能相信吗，一直到今天，赫秀拉都对此事守口如瓶，谁都没说过？赫秀拉想见见我父亲，让我劝他大老远来这一趟，估计就是为了这件事。她想通过和父亲的一番交谈，抹去那一段记忆，驱散肖恩的阴魂。可是当他们见面这一时刻就要到来时，她又害怕紧张了。这可不能怪她，就连我都不知道父亲会是什么态度，何况除了所有这些事情外，特丝也很快就到了，事情变得更复杂了。"

"赫秀拉说你父亲'知道'，那是什么意思？"

"好像是有一回刚好被爹地撞上了。那时肖恩总领赫秀拉到菜园尽头的一间旧棚屋里去。有一天，爹地去棚屋里找什么东西，他们没听见他的脚步声。赫秀拉还记得爹地闯进门来，猛地在门槛处停下了。本来他面带笑容，张口正要说些什么，可等他看清楚他们是在干什么时，他脸上的笑容慢慢消退，一言不发转身就跑开了。肖恩慌慌张张地系好衣扣，对赫秀拉说了一句她至今都记得的话："别担心杰克，他再也不会偷看了。"果然杰克再也没有闯入过，也从未跟人提起只言片语。起初赫秀拉放心了，因为她害怕被父母发现，怕得要死。等她长大以后，她才开始怪罪杰克。她说杰克本来可以制止这件事情的，只消吓唬一句说要找爸妈告状就能管用。"

"你是说,从那以后这事还没停止?"

"没停,持续了一整个夏天,而且爹地心知肚明。就因为这个赫秀拉才怪他的。"

"这就没有什么可奇怪的了。"

"赫秀拉想听他道歉,想看他有悔悟的行动。但是我不敢确定她这愿望能实现。"

"她这个忙你必须帮。"尤兰德说。

"怎么帮?"

"你必须提供方便,安排周到。提前让你父亲做好思想准备,等他们见面以后,要选适当的时机离场,确保他们有单独谈话的机会。"

"我觉得很难跟父亲谈起这件事。再说特丝也不会让我谈。她肯定会横插一杠子的。"

"你得争取你姐,争取两人联手。"

"你是不了解特丝这个人。"

"我很快就会了解的,对吗?"

他用手肘支撑起上身,双眼正视尤兰德:"你是说,你想见特丝?"

"你不会盘算着把我藏起来不让见人吧?"

"没……当然没有。"他嘴里这么说着,脸上表情却暴露了心里的真实想法。

"你就是这么打算的!"尤兰德开始逗他,"我猜你准备把我藏起来,像个小傻瓜一样,天天下午跟你幽会私通。"尤兰德伸手狠狠地拧了他一把,痛得他大叫出声。

"别闹了,尤兰德。"他脸红了。

"你跟我约会的事,告诉别人了吗?比如说你姑妈?你父亲?"

"嗯,没有。那你告诉罗克茜了吗?"

"她知道我来见你,但不知道我们在一起睡觉。她干吗要知道呢?"

伯纳德想了一想才说:"还是你说得对,你一贯都是正确的。我们的事我一直不敢告诉家里人。那明天我们和特丝一起吃午饭吧。"

2

伯纳德按照沿途路标的指示,开车前往火奴鲁鲁机场的到达大厅接人。路上看见排成一排的六个售货亭在出售花环,每个亭子前都留出了泊车位,他一时冲动,便停车买了一只香气浓郁的黄色花环。卖花的是一个胖乎乎乐呵呵的夏威夷女人,少牙没齿地笑着说这花叫作"伊丽玛"。他走进机场大厅,来到行李转盘近旁等着,见周围都是手捧鲜花等着迎接宾客的人。他心里不禁有些感慨,仅仅十二天之前,自己和父亲才捂着厚重的衣服、挥着热汗在这儿走下飞机,但他觉得自己同十二天前相比,已经判若两人,个中差别可不仅仅是因为他穿着短裤的缘故。这种感觉不久就得到了印证。特丝走出大门出现在他视野中时,举目朝等候的人群中张望,根本没认出他来。她穿着揉皱了的亚麻夹克和裙子,手臂上搭了件雨衣,看上去既笨拙又闷热。他挤上前去叫道:"特丝!阿罗哈!"便把手里的花环朝她头上一抛,可惜被她卷曲的头发挂住,特丝只好抬手去拿。

"什么呀?"特丝生气了,似乎担心自己被人捉弄。

"花环啊,这是本地的风俗。"

"这样子糟蹋鲜花,真是可惜啊,"她低头看了看鲜花串成的花环,"不过这花真香!你刮掉胡子了,伯纳德,显得年轻多了,刚才我都没认出你来。爹地好吗?

"他很好,正盼着见到你呢。路上都顺利吗?"

"远得简直走不到头啊。早知如此,我可能就不来了。"

"特丝,你到底是来干什么的?"伯纳德问。

"以后再告诉你。"她回答。

"我是来休息的。"特丝的话让伯纳德颇为意外,"我要躲开家,躲开弗兰克,躲开丈夫孩子。我要潇洒一回,在沙滩上坐坐,在游泳池边躺躺,不必盘算下顿饭吃什么。我来的这些日子里,你可别指望我来替你干家务。"

"不会的不会的。我们可以到外面吃饭。我常出去吃。"

说话时,他们正坐在赫秀拉家的阳台上,楼下面椭圆形的泳池在幽暗的天井中熠熠生辉,像一块蓝宝石。他们刚从机场回到家,特丝就坚持要下去游泳,令伯纳德惊奇不已。她在水中海豚一般快乐地游弋,口中还时不时发出兴奋的叹息和欢呼。等她回浴室冲洗时,伯纳德沏好一壶茶端到阳台上。特丝穿着赫秀拉的印花丝绸家居服来到阳台上,宣布自己要脱胎换骨重新做人了。"当然啦,我这一趟也是想亲眼看看爹地是否平安无事,来看看赫秀拉姑妈,其实这些都是借口,不是我来这儿的主要原因。我来这儿就是为了找乐子。"

"那帕特里克怎么办?"伯纳德问。

"让弗兰克照顾他儿子吧,"特丝简短地回答,"我都一个人照看他十六年了。"

伯纳德感觉特丝同丈夫之间一定出了什么问题。他没等太久,特丝就把事情全盘托出了。

"他交了个女朋友,你能想得到吗?我老公弗兰克?我的天啊。他年轻的时候那么害羞,都不敢跟女人对视。现在觉得自己是个浪漫的大英雄了,跟人家小姑娘可不是随便玩玩的。那小姑娘是他在教会里认识的,挺不错,是吧?他一向热衷于俗家人的使徒布道会,当然了,弗兰克嘛,他是教区议会的主席,盟约计划的组织者,圣哥伦布骑士的顶梁柱,一周当中要花两三个晚上去忙教会的事情。我觉得那些都是正事,虽然我多累一点,晚上和白天里的一半时间全由我一个人来照顾帕特里克,但我不该抱怨。我认识那个小姑娘,在小学当老师,长着一张愚蠢的圆脸,比弗兰克小好几岁,但我猜这就是她吸引弗兰克的一个原因吧。另外一个原因就是,小姑娘总是睁着大大的牛眼,一脸崇拜地望着他。你知道吗,在我察觉是怎么一回事之前,我还让她替我们照看过孩子。她就这么盯着弗兰克看,就像月亮围着太阳转那样,我当时还觉得很搞笑呢。他们是进行盟约计划时认识的,小姑娘志愿做了游说员,跟他一起四处巡回游说,学习如何劝说别人。弗兰克说他们没有上过床,我想他们也不会,他没那胆子。但我知道他们接过吻,因为弗兰克信上这么写了。有一天我把他的衣服送去干洗,在衣袋里掏出了一封信,这情节太老套了,是吧?我掏出的是一封情呀爱的情书。弗兰克说她过得很不容易,嗬,我倒想知道有谁又过得容易了?说人家小姑娘家家,父母离异,家庭破裂,自己谈恋爱又以失败收场,等情绪平复后就皈依了天主教。总之人家是孤苦伶仃的可怜人,就等着找副肩膀靠上去痛哭了。结果弗兰克上钩了,连钩子坠子带鱼线全都沉下去了。他们一起做完盟约计划的巡回游说后,就找了家酒吧坐一坐,听人家倾诉人生的种种繁难。小学放假的时候,小姑娘好像还去弗兰克工作的伦敦商业区找他,趁他吃午饭的时候两人见过一面。弗兰克发誓说他们的关系是纯洁的,他只是替她难过,却不肯跟她一刀两断,说是害怕那姑娘在绝望中会做出什么傻事来。好呀,那就该我来做点什么事情了。于是我出门就订了一张来火奴鲁鲁的机票。直到我把机票拿出来摆在他眼前了,他才相信我是真的要走。我买的机票没定返程日期,看到票价他脸都吓白了,还问我:'你儿子帕特里克该怎么办呐?你总不能把他扔给我就走人吧。我天天都得去上班啊。'我跟他说:'你自己想办法对付吧,我一个人都对付十六年了。而且,人家布赖沃妮肯定会帮你一把的。'那小姑娘就叫布赖沃妮。"

伯纳德见她停了下来,或暂时停了下来,便说:"我真为你难过。这种事太让人伤心了。"

"最让我受不了的是,我们结婚这么多年了,他从未对我表现出过一丝一毫的爱怜。我们两个一直是真诚以待、开开心心、踏实过日子的类型,很现实,很理智,一心只想着把帕特里克和几个孩子养大成人。夫妻生活不过是在黑暗中进行的无声体力活动,最近就连这样的性生活也大大减少了。但是弗兰克一提起她的时候,眼睛里竟然满是泪水,泪水!"特丝好像强压下一声呜咽或嘲笑,她的脸掩在黑暗中,伯纳德吃不太准。"我对他说:'你对她的那份怜惜从未对我表现过一丝一毫。'弗兰克却回答我说,你看着那么强壮,还以为不需要人怜惜呢。"

"人啊,别人是什么真面目,真正想要些什么,需要些什么,真是很难看个清楚明白。就连自己内心的真实愿望和需要,都不是那么容易看清的。"伯纳德说。

特丝用纸巾擤擤鼻子:"天气真热,连晚上也不凉快。"说话的语气已经冷静下来了。她站起身,倚在阳台上:"那边有两个人在挥手,你认识他们?"

伯纳德抬眼一看,发现是他第一晚见过的那一对奇怪男女。这一次他们穿戴整齐,手中端着酒杯,看起来完全正常,毫无怪异之处。难道上次看见那女子暴露身体的一幕是自己的幻觉?

"不认识。可能是上次我穿了赫秀拉的女士花袍,他们觉得有些惹眼吧。我要是你的话就坐下来。"伯纳德说。

"不用我再嘱咐你啊,我的事可千万别让爹地知道。"

"好吧,按你的意思办。不过,这样做真的好吗?"

"你什么意思?干吗要用我婚姻中的麻烦去给爹地添堵?何况他现在身体还不好。"

"爹地差不多已经好了。大夫说他恢复得很好,现在扶着助行架一天都能走上十分钟了。"

"没有必要的话,我不想惹他不高兴。"

"咱们一家人怎么老是这样子,别惹爹地不高兴,别惹妈咪不高兴,不好的事情谁也别告诉,胳膊折了藏在袖子里。我不知道这到底是好还是不好,因为伤口捂起来总归会化脓的。"

"这话什么意思,伯纳德?"特丝说。

于是伯纳德讲述了许久以前那个夏天,在爱尔兰发生的赫秀拉同两位哥哥的往事,并说出了自己的猜测:赫秀拉之所以想在临终之前见到自己的哥哥,主要就是为了这事。听他说完,特丝沉默了一阵,才长长地嘘出一口气。"肖恩叔叔,当然,我从未见过他,但是家里人每次提起他,就好像他眼睛里汇集了日月的光芒。家里人都说他很了不起。"

"嗯,他也许很了不起,"伯纳德说,"但是他青春期的苦恼躁动,害了赫秀拉一辈子。"

"现在提起这桩旧事,会要了爹地老命啊。"特丝说。

"胡说。爹地跟经年老靴子一样经得起事儿。再说,这跟他自己欺负赫秀拉又不一样。"

"是不一样,可他毕竟默许了。如果爹地猜到我们也知道了这事,他会羞愤而死的。"

"是的,是有点棘手,这我同意。可我不清楚赫秀拉自己一个人能不能处理好。我还得听听尤兰德的意见。"尤兰德的名字不自觉中给说出了口。

"谁是尤兰德?"

"我的一个朋友,我希望你们能见一见。咱们三个人一起吃午饭吧,明天中午。"

"你是说你在这里认识的朋友,在夏威夷?她是什么人?"

伯纳德禁不住紧张地一笑。"实际上,就是她开车……"

"她开车？你是说，是她开车撞倒了爹地？你居然跟一个差点撞死爹地的人成了朋友？"

"我觉得我爱上她了，说实话。"伯纳德说。

"爱上她了？"特丝一声尖笑，"你们这些男人突然之间都怎么了？是男人的更年期到了，有人往水里投迷药了，还是怎么回事？"

"我认为这跟饮用水无关。弗兰克在英国，而我在夏威夷。"伯纳德说。

特丝一觉睡到第二天上午十点，伯纳德才把她叫醒。吃完早饭后，伯纳德开车送她去圣约瑟夫医院看望父亲。他们走进病房时，见父亲正扶着助行器在病房中央练习走路，他小心翼翼地慢慢迈着步子，一旁有理疗大夫仔细照看着。特丝上前拥往父亲，眼泪夺眶而出。待她平静下来后，开口说的第一句话就是："爹地，你的头发需要理理了。"

理疗大夫说："这我们可以安排，有一位理发师常到医院来。"

"不用了，他的头发一向是由我打理的。"特丝回答，"要是有剪子和围脖，我现在就可以开始。"

于是工作人员送来一把剪子，一块从背后系紧的一次性纸披肩，还将沃尔什先生病床四周的帘子拉严，让特丝给他修剪头发。理发似乎让父女俩都平静了下来。

伯纳德看了几分钟便转身走开，去医院门口找了把树荫下的石椅坐下。一辆出租车开到近前停下，从车上下来两个人。伯纳德认出来是旅行团里患有心脏病的西德尼和他的妻子莉莲，便打了声招呼。见他们惊疑地望着自己认不出来,伯纳德便提了个醒。

"噢对,我记得你,"莉莲说,"你是领你父亲一起来的。他在夏威夷玩得好吗?"

伯纳德讲了车祸的事,他们表示同情。

"西德尼也一直在遭罪呢,是吧,亲爱的?"莉莲说。

"我没事。"他的话不太让人信服。

"前几天他又发了一次病,"

"是心绞痛。"西德尼插话说。

"被送进了医院,"莉莲说,"所以我们才过来检查一下。那你的假期过得怎么样?"

"我真不是来度假的。"伯纳德说,"我们是来看望我姑妈的,她就住在这里。"

"真的吗?我觉得我们可受不了天天这么个热法,是吧,西德尼。不过人会慢慢习惯的吧?这次是我儿子特里,专门请我们来度假的。他住在澳大利亚,到这里来正合适,可以天天去海里冲浪,现在还跟他朋友托尼一起在海里呢。埃弗索普先生,你记得他吗,就是我们一起坐飞机过来的那位?他还说要给他们拍录像呢。特里租了一辆车,本来要专程送我们过来的,但是我发话了,儿子,你去冲浪吧,让埃弗索普先生给你们拍录像,我们叫辆出租车就行了。你姑妈喜欢这里吗?"

"过去肯定喜欢。现在恐怕她身体不太好,正住在疗养院里。"

"唉哟,真是祸不单行呀。"莉莲说着,便拽着丈夫的袖子直往后退,好像是害怕沾上伯纳德一家的晦气。

"明晚你去参加聚会吗?"西德尼说。

"什么聚会?"

"特沃威斯主办的。"

"噢,那个呀,也许吧,我倒是收到邀请了。"

"快点吧,西德尼,我们要迟到了。"莉莲说。

"对,千万别耽搁了。"伯纳德说,"祝你们一切顺利。"

"我就怕医生说西德尼不适合周二坐飞机回家。我真是着急回家呀。"

大约四十五分钟后,伯纳德又回到了病房中。父亲和特丝正头挨着头窃窃私语,免得让住在同一病房的温老先生听到。老先生刚刚置换了髋关节,正处在复原阶段。

"该走了,特丝,"伯纳德说,"我们跟人家约好一起吃午饭的,爹地。"

"爹地说了,他一点也不知道你那位朋友的事。"特丝调皮地笑道。

"哦,我还没顾得上告诉爹地呢。"伯纳德真希望脸上的胡子还没刮掉,好用来掩盖自己一脸的羞赧,"爹地,她叫尤兰德·米勒,就是她开车撞上了你。你还记得吧?当时她就站在街边,就是那位穿红裙子的女士。"

老人绷着脸说:"我不记得了。车子撞了我以后我什么也不记得了。怪不得你不想起诉那女人呢。"

"决定不起诉那会儿我们还没成为朋友呢,爹地。那又不是她

287

的错,警察后来都没追究,这不就很能说明问题了吗?"

沃尔什先生哼了一声。

"尤兰德当然也很抱歉。要是你愿意的话,她很想来看看你。"

"我才不缺女人来看我呢,谢谢你了。"沃尔什先生说,"那个索菲一天不落地来看我。顺便说一句,你能不能给我搞本《一便士教义问答》?她总是追着我问天主教的问题,我得查一下,别给她讲错了。我可不想一不小心告诉她一大堆旁门左道。"

"我试试吧。"伯纳德说。

"谁是索菲?"特丝问道。

"我喊她索菲,不是因为跟她熟,是因为她的姓我念不出来。"沃尔什先生赶紧解释。

伯纳德适时介绍了跟索菲·克瑙伯弗勒马赫的关系。

"好呀,你们俩倒都没闲着嘛,"特丝说,"都交上女朋友了呀。"

伯纳德纵情大笑,笑得有点儿过了,但就是侧着脸不看父亲望过来的眼睛。

"爹地,明天就是大日子喽。"伯纳德说。

"什么大日子?"

"赫秀拉要过来看你了。"

"噢,对啊。"他并没有显出很期待的样子,"希望她别待太长时间,我很容易累的。"

"她病得很重,爹地,你应该做好思想准备。而且她为这次见面倾注了大量的情感。见一面对你俩都不容易,只消对她好一点就行。"

"对她好一点?我为什么要对她不好?"老人发火了。

"我是说,耐心点,温和点,多体谅她一点。"

"我该怎么对待自己的妹妹还用不着你来告诉我。"沃尔什先生说。但他还是询问了一下明天和赫秀拉见面的具体安排。他这一问让伯纳德感觉,自己好歹让父亲明白这次见面对赫秀拉来说有多么重要。他们兄妹离开时,老人一副沉思的样子。

尤兰德提前在阿拉韦运河以北几条街区远的一家泰国饭店里预定了席位。这一地区颇有些杂乱无章、临时凑合的味道。其实除了怀基基和市中心之外,火奴鲁鲁别的区都是这个样子。这家泰国饭店看上去很不起眼,几间隔板搭就的小屋排成 L 形,房顶起棱纹,墙上还突出来几个难看的空调。但是饭店里面却是一片清凉世界,有潺潺的喷泉,亚洲风情的壁挂、吊扇和竹制的屏风。来这儿用餐的人看着也不像游客。

尤兰德提早到了,正坐在屋角的一张桌子前等候他们。伯纳德互相介绍时,两个女人戒备地对视着。尤兰德对车祸表示遗憾,特丝则生硬地宣称她了解那不是尤兰德的错。特丝从未品尝过泰国菜,尤兰德的见多识广让她有些恼火,或者有些底气不足。她把菜谱合上,说:"你们替我点吧,我不太喜欢外国菜。"

尤兰德脸色一沉:"噢,对不起。早知道的话,我就不推荐这里了。"

伯纳德本来就觉得让两位女士碰面不明智,这一场小小的摩擦令他的担忧有增无减。但是点完菜后,特丝问洗手间在哪里,尤兰德便领她去了,这一去就是半天。等伯纳德喝完半罐泰国啤酒后,两人才一起结伴回来，之前的戒备和矜持居然消失不见了。伯纳德估计这期间她们相互交换了秘密，而且彼此印象不错。最后这顿饭竟然是出乎意料的成功。特丝满口称赞饭菜美味。至于交谈，伯纳德不幸沦为配角，主要是听两个女人大谈育儿经。尤兰德很巧妙地将话题引到帕特里克的身上，对儿子这个话题，特丝可从来没有厌烦的时候。

饭后伯纳德还要送特丝去见赫秀拉，三人便在饭店的停车场分了手。有特丝在一旁目光灼灼地盯视着，伯纳德强忍难堪，故作轻松地吻了吻尤兰德的脸颊。尤兰德在他耳边轻声说："你姐姐人不错，我挺喜欢她的。"然后钻进她锈迹斑斑的丰田车，嘎吱嘎吱地开走了。

"我得说你的眼光比弗兰克要高。"姐弟俩一同朝伯纳德的车走去，"不过她看中了你什么呢，伯纳德，我真是想不出来。"

"肯定是看上了我美妙的身体嘛。"听见伯纳德这样回答，特丝大笑，但是一双眼睛精明地打量了他几遍，好似想看清他到底打算胡闹到什么程度。

他们开车沿着滨海大道驶往马凯庄园疗养院。经过戴蒙德角附近时，伯纳德停车让她观看海上冲浪的人。今天人不如周末时多。特丝心不在焉地看了一会儿，似乎有什么心事。

"赫秀拉跟你提到过遗嘱没有？"他们坐回车里时，特丝发问了。

"没有啊。自从她找到那一大笔钱后就没提过了。在那之前，她确实说起过，想要留下点遗产给后人，比如我，这样她就不会被遗忘了。当时我劝她有多少钱就花多少，她日子不多了，要尽量过得舒服些。"

"你倒是不自私啊，伯纳德，"特丝说，"现在她有钱了，也许会给你留下笔遗产作为报偿。我觉得这是你该拿的，而且老天知道，你确实需要这笔钱。但我不得不说，我认为这样做不对。钱应留给爹地，然后再分给我们四个做儿女的，你，我，布伦达，丁普纳。当然，钱不一定是均分成四份。毕竟，布伦达和丁普纳为爹地和赫秀拉都做过些什么？再说他们俩现在都过得挺舒服的。"

伯纳德含混不清地咕哝了一声。

"但是昨晚听了你讲的事情，我觉得赫秀拉不会把钱留给爹地，无论如何也不会全部留给他。我坦白跟你说吧，伯纳德，我一直在考虑你昨晚说过的话，而且我认为你说得对，为了沃尔什家族的透明化我也要尽自己的一份力。为了帕特里克，我要拿到遗产中公平的一份，或者更好一些，拿到不公平的一大部分。到目前为止我家里差不多还能应付。帕特里克在一所特殊学校上学，开学后每天都要打车上下学。但他不可能无限期地住在家里，他需要有人照料日常生活，而我呢，不管有没有弗兰克帮忙，都不可能继续照看他太久。他早晚得找个地方托管，而条件最好的托管中心都是私人开设的。如果我们能够设立一只信托基金，情况就完全不同了。"

"你的感受我理解，"伯纳德说，"但说到底，特丝，这是赫秀拉的事情。我不知道她打算怎样使用这笔钱。"

"但是她听你的呀。她的事情不是都由你来处理吗？"

"还没到那种程度。"伯纳德停下来想了想，"如果两星期前咱们讨论这件事的话,我可能会告诉你,就我个人而言,赫秀拉所有的钱可以全部归你,我没问题。但是现在我认识了尤兰德,我没有什么可以给她,我没有房子,没有存款,甚至连份正式工作都没有。我不否认我心里确实琢磨过,这一大笔遗产对我真的很有用处。"

"你是说你想跟她结婚?"

"如果她愿意的话,当然要结。但我不知道她对我是什么态度,真的。我一直没敢跟她讨论未来,就怕她说我们之间没有未来。"

"我猜她正在打离婚官司吧。"

"是的。"

特丝慢慢地摇着头:"你这位圣母永恒救主仪式上的首席香炉侍者,跟从前相比,真是大不相同了。"

"是的,是大不相同了。"他说。

他们推门走进马凯庄园的门厅时,伊妮德·达·席尔瓦正等着他们。她一向舒展的眉头此时微微皱起。"沃尔什先生,我整个上午都在打电话联系你。里德尔太太怕是不太好,上午吐了点血,弄得她心烦意乱的。格尔森大夫过来看诊,让你给他打个电话。里德尔太太害怕大夫不许她明天去见自己的兄长,正担心着呢。这是格尔森大夫的电话号码。"

伯纳德马上给格尔森打电话,大夫说:"她只是少量出血,我认为没必要接她回医院里来。她失血不多,但这不是个好兆头。"

"那她明天能坐救护车去火奴鲁鲁吗?"伯纳德概述了明天见面的安排,强调了这次见面对赫秀拉的重要性。

"你父亲不能过来看她吗?"

"我可以问问菲格拉大夫,但我不敢肯定。大夫才刚准许他每天下床几分钟。"

"也许你是对的,"格尔森大夫仔细考虑了一会儿才说,"严格来讲我应该反对,因为她明天需要休息。但是根据你说的情况,如果她们兄妹见不成面的话,她只会坐卧不安的,对吧?"

"是这样的。"伯纳德说。

"那我们还不如冒一次险,让她去吧。"

赫秀拉见到特丝后,刚问候完便问起了明天的安排。伯纳德从姐姐的眼神中看得出来,姑母枯槁憔悴的面容让她震惊不已。可能是自己已经看惯了吧,不过今天赫秀拉看上去特别孱弱,她脸色蜡黄,几乎无力从枕头上抬起头接受特丝的吻。伯纳德问她感觉好不好,她用微弱的声音说:"不是很好,早上吐了点血,他们请格尔森大夫来看过。我怕他不让我明天去见杰克。"

"没事的,赫秀拉,"伯纳德说,"我刚问过格尔森大夫,他说你可以去。"

"感谢天主,"赫秀拉叹息道,"再拖一次我可经不起了。"她伸出未受伤的好手握住特丝的手说:"现在我能放下心来,跟你好好待一段时间。太好了,上次见到你的时候,你还梳着小辫,穿着学生裙呢。"

"你真不该离开家那么长时间,赫秀拉姑妈,"特丝任赫秀拉握着自己的手,"你早该趁着……"

"趁着不算太晚的时候回家去?是啊,我当然该回去看看的,可是我不知道自己是否受欢迎。我最后一次回去探亲可算不得圆满。实际上我和你妈妈还有杰克,我们大吵了一架后我才离开的。我忘了当时是怎么吵起来的了,就为了桩鸡毛蒜皮的小事,洗澡水什么的。想起来了,是我不小心把水箱里的热水全用光了,你知道,那时候我已经美国化了,把哗哗流淌的热水看得很平常。但你们家住在布雷克里时,是用什么复杂的设备烧水……"

"是安装在厨房里的固体燃料锅炉,"特丝说,"那东西从来就没好用过,后来我们总算是安装了一台浸入式的电热水器。"

"哦,不管怎样,我在美国养成习惯了,每天早晨都得冲淋浴,泡个澡。你家的卫生间里又没有淋浴……莫尼卡好几次都暗示我说,天天洗澡的习惯有点太过分了,你们都是一周才洗一次澡。我却假装听不明白她话里的意思。现在回想起来,你妈妈心里准憋着股火,火气越来越旺。有一天早晨,我不小心把浴缸里的水放得太满,宝贵的热水顺着水管流到后院去了。那天刚好是洗衣服的日子,等我洗完澡,已经没有热水洗衣服了。唉,莫尼卡这下可忍不住了,一下子发作起来。现在说起这些旧事,我真的不怪她。那个时候她操持家务、维持这个家可真不容易,而我一个客人却不知道体谅主人,为所欲为。当时那情景真是不堪回首啊,双方都讲了些不可原谅的话。杰克下班回家后不是息事宁人,反而火上浇油。第二天一大早我就走人了,比原计划提早了一个星期,打那以后我就再没回去过。可能是我心高气傲,不肯让步吧。想想就觉得可悲啊,是吧?不就是一缸洗澡水吗,却让一家人生分了一辈子。"

一口气说了这么久,赫秀拉疲乏地合上了双眼。

"当然了,也不光是因为热水,对吧,赫秀拉?"伯纳德柔声提示道,"你不回家还有其他的隐情,其他的怨愤。你昨天不就告诉我了,你,爹地和肖恩叔叔小时候的那些事。"

赫秀拉点点头。

"我们一直在猜,噢,我都告诉特丝了,希望你别介意……"

赫秀拉摇摇头。

"我们一直在猜,你是不是预备明天跟爹地谈谈这事儿。"

赫秀拉再次睁开双眼:"你认为我不应该谈?"

"我认为你有充分的权利去跟他谈。但也别太难为他了。"

"他老了,赫秀拉姑妈,"特丝说,"而且事情也过去那么多年了。"

"但对于我,一切好像就发生在昨天,"赫秀拉说,"直到今天,我都记得我家后面那座旧棚子里的味道,有松节油味,木馏油味,还有猫尿味。就像以前做过的一场噩梦,总也忘不掉,总来骚扰我。还有肖恩冲我微笑的样子,他是用牙在笑,而不是用眼睛笑。你要明白,我不能原谅肖恩,是因为我无法跟他提起这件事,就像我不能请求莫尼卡原谅我浪费洗澡水一样,我拖延得太久,他俩都过世了。但我觉得能跟杰克谈一谈。那个夏天在科克发生的事,在我后来的人生中造成了多大的痛苦,如果我能把这种痛苦告诉杰克,而且能够感觉到他对我的理解和他承担部分责任的意愿,那我就能一劳永逸地从痛苦记忆中解脱出来,平静地离开人世了。"

特丝无言地拍拍赫秀拉干瘦的手,表示赞同。

"当然,杰克也有可能全忘了,早就忘光了。"伯纳德说。

"我觉得他不会忘。"赫秀拉说。伯纳德想起当初爹地推拖着不肯与赫秀拉会面的情形,也就明白了,他应该没忘。

"还有一件事,"赫秀拉看他准备起身又说,"也许我应该接受终敷礼。"

"好主意!"特丝说,"不过现在不叫终敷礼或者涂油礼,而是改名叫病人敷礼了。"

"哦,管它叫什么名字,我就要这个礼。"赫秀拉面无表情地幽默了一句。

"我去跟圣约瑟夫医院的卢克神父约一下,他肯定乐意到这儿来的。"伯纳德说。

"最好明天下午到医院里来,"特丝说,"正好我们全家都在。"

"这样好。"赫秀拉说。于是伯纳德马上拿起电话同圣约瑟夫医院的神父办公室联系,敲定了明天的安排。

两人走出马凯庄园后,特丝说:"我的天啊,她的样子太可怕了,简直就是皮包着骨头。"

"是啊,可能我已经看习惯了。这病就是折磨人。"

"噢,生命,生命!"特丝摇摇头,"要是精神上肉体上都遭受折磨……"她声音转弱,后面的话没说出口。"我需要去游个泳,"她突然冒出一句,同时挺胸仰头,迎着太阳,"需要去海里游泳。"

他们先开车回公寓换好泳衣,然后直接去了卡皮奥拉尼海滨公园。他们脱衣准备下水时,伯纳德给特丝讲了自己钥匙失而复得的故事。特丝穿一件样式普通的黑色泳衣,显得臀部肥大,不太适合她。但她入水后游泳的动作却优雅有力。她奋臂朝开阔处游去,伯纳德在后面吃力地跟着。游出去一百米左右,特丝一翻身仰躺在水面上,双脚踢起阵阵欢快的水花。"真好笑,海水居然这么暖和,"她朝喘着粗气、喷着水沫赶上来的伯纳德喊道,"你尽可以在水里泡上一天,根本不会感冒。"

"跟国内黑斯廷斯的海边不一样,是吧?"伯纳德说,"还记得吗?你以前十指都冻得发紫?"

"你也是啊,冻得牙齿嘚嘚直响,"她放声大笑,"那声音,真的是空前绝后,闻所未闻啊。"

"还有光着脚走在鹅卵石上,硌得真够难受的。"

"还有浴巾不够大,得围着浴巾脱去湿乎乎的泳衣,换上裤头,还得站在滑溜溜的鹅卵石上,金鸡独立。"

和特丝这样轻松地相处谈笑,已经是好久以前的事了。"裤头"这个词既不见外又带着些调皮,让姐弟两人的嬉笑打闹显得无忧无虑,快乐开心。这种状态不禁令他回想起了童年。但话又说回来,他不确定特丝以前当着自己的面提到过"裤头"这个字眼。他们上岸躺在沙滩上晒太阳的时候,伯纳德向特丝说起这事。

"对啊,我才没有当着你的面提过这个词呢。我要是敢说出口的话会挨父母耳光的,明白吧?为了你好,爹地和妈咪对丁普纳和我都严加管束。我们必须衣着朴素,不敢惹你分心、不专注于圣职。"

"你当真?"

"当然了。胸罩、裤头在咱们家里都变成了粗话脏话。我们在厨房里洗熨自己内衣的时候,要是你碰巧走进来,我们得飞快地把内衣藏起来,生怕勾起你的七情六欲。至于说月经带之类……哼,我敢说你从来不知道我们什么时候来月经,是吧?"

"不知道。在这之前我从未想过这些。"

"伯纳德,你从小就被选中了要从事圣职,后来我几乎都能看见一圈光环围绕在你头上,就跟土星周围的光环一样。你在咱们家里可是一直享受优待的。"

"我吗?"

"难道说你都不记得了?从来没有人要你洗洗涮涮干家务活,因为我们都觉得你的功课要比别人多,比别人更重要。礼拜天吃烤肉的时候,精挑细选的那份从来都是留给你的。"

"你别逗了。"

"都是真的。而且你需要新衣新鞋时,从来不用你张口讨要,到时候就摆在你面前了。而我们几个……你瞧我这脚趾头,"特丝举起脚丫,指指大脚趾关节处的变形,"这就是我长身体的时候,却不得不长时间穿小鞋造成的。"

"太过分了吧!这也太可怕了。"

"这又不怪你,全怨妈咪和爹地。他们忙忙碌碌地在你身边竖起一道道屏风,不许你接触现实生活。"

"'他们毁掉了你,你妈咪和爹地/也许是无心之举,但他们毁了你。'"

"你敢再说一遍!"特丝呼地坐直,直盯着他。

"我只是引用了一首诗,菲利浦·拉金写的。"

"都是些什么话啊,也配用来写诗。"

"'自己的毛病他们全塞给你/然后又添了点别的,一切还只为了你。'"

特丝痴痴窃笑,感叹道:"可怜的老妈,可怜的老爸。"

"可怜的赫秀拉,可怜的肖恩。"伯纳德补充。

"肖恩可怜?"

"对,肖恩也值得我们同情。谁知道他为什么会做出这样的事情?谁知道事后他曾经怎样地自责过?"

他们回公寓冲完澡换好衣服后,伯纳德建议上街去吃饭。但是特丝突然感到时差引起的不适,不想再出门了。冰箱里还有从街角的 ABC 商店里买回来的鸡蛋和奶酪,特丝翻出来做了些奶酪煎蛋,再加上克瑙伯弗勒马赫太太前几天送来的卷心菜沙拉,便是一顿饭了。

俩人正吃着饭,特丝的丈夫弗兰克从英国打电话来了。伯纳德刚想起身回避,被特丝摆手制止了。特丝简短地回答着弗兰克的问题,声音里不带一丝喜怒。对,她平安到达了。是,她见到了爹地,他恢复得很好。对,她见过赫秀拉了,她的情况不妙。天气晴朗,炎热。她已经游过两次泳了,一次在游泳池里,一次在海里。不,她不知道何时回去。请他向孩子们转达问候。再见,弗兰克。

"他应付得如何?"伯纳德等特丝放下电话后问道。

"听起来,他……"特丝想了想词,"学乖了。都没提那个小姑娘布赖沃妮。"

饭后不久特丝就去睡下了。伯纳德给尤兰德打电话，约她到老地方见面。尤兰德说她得待在家里，因为罗克茜答应十点半回家，她得盯着点。伯纳德扫了一眼手表，八点二十。"就一个小时。"他央求道。

"就一个小时？你把我当什么人了，应召女郎？"

"不是为了那事。我想谈谈。"

但见面后他们还是做了"那事"。

"好了，伯纳德，你想谈什么？"事后尤兰德说。

"你非要'伯纳德、伯纳德'一直喊下去吗？"

"那你让我喊什么？"尤兰德惊讶了，"简称为伯尼？"

他咯咯笑出声来。"不要，我不喜欢伯尼。恋人们不是互相称呼达令、甜心什么的吗？而且美国人有一个词……"

"蜜糖？"

"对，就是它，你就叫我'蜜糖'吧。"

"我以前都是喊刘易斯'蜜糖'，要是这么称呼你的话，感觉跟你成了夫妻似的。"

"所以我才喜欢嘛。尤兰德，我想跟你结婚做夫妻。"

"啊？你想跟我怎么做夫妻？在哪儿？"

"我约你就是谈这事的。但大致上你是怎么想的？"

"大致上？大致上我认为这是我生平听到过的最最疯狂的想法。我跟你认识了才不到两个星期，我正在打一场又臭又长的离婚官司，我有一个在夏威夷读中学的女儿，还有一份自己的工作，这工作在精神病学这一行虽然说不上是处于顶峰，但我也还满意。至于你，据我所知，你是拿着旅行签证来这儿的，你的工作在英国，为了工作你也得回去，更不用提你正在复原的父亲，你总得把他送回去吧。"

"显然我们不可能马上结婚，"伯纳德说，"但我可以回英国申请移民签证，然后来夏威夷找份工作。教书，或者在旅游行业谋个职。"

"天呐，千万不要。"尤兰德说，"我要是想嫁给你的话，唯一的原因就是我想离开夏威夷。"

"我是认真的，尤兰德。"

"我也是。"

他用胳膊支起上身，好在幽暗的房间里看清尤兰德的脸庞。"你是说，你愿意嫁给我?"

"我是说，我当真想离开夏威夷。"

"哦。"伯纳德说。

"别这么沮丧啊，"尤兰德微笑着伸手去抚摸他的脸，"我真的喜欢你，伯纳德。但我不知道自己是否想嫁给你，不知道自己是否还想嫁人，嫁第二次。但是我愿意继续同你做朋友。"

"怎么做? 在哪里做?"

"圣诞节的时候我去看你，这样如何? 我可以不跟刘易斯争，让孩子们跟着他过节。"

"圣诞节?"伯纳德想起十二月末的鲁米治和圣约翰学院，心里就一片灰蒙蒙的。那时学院已经放假，食堂里只供应最简单的伙食，几名思乡心切的非洲学生在半明半暗的宿舍走廊里游来荡去，他自己的单身宿舍狭小拥挤,只安放了一张窄窄的单人床。

"是啊。知道吗?我去过英格兰,有一年的夏天我在伦敦住了几天。"

"我不敢肯定你会喜欢英国的冬天。"

"为什么?英国冬天是什么样子?"

"冬季白昼短,早上要到八点钟才天亮,下午四点钟就天黑了。天上总有云层,有时一连好几天都见不到太阳。"

"听起来真棒,"尤兰德说,"这倒霉太阳真烦死我了。我们可以拉上窗帘,往壁炉的火堆里添柴烧火。"

"我没有烧木柴的壁炉,我恐怕。"伯纳德说,"实际上我在学校里只有一间单身宿舍,宿舍里只有一台小小的电暖炉,一个煤气灶。我们得出去找家旅馆住才行。"

"那太好了,我们去找一家乡村小旅店,过一个传统的英式圣诞节。我见过那种广告。"

"你得自己付钱,我恐怕。"

"行啊,你又开始说'我恐怕'了。你真的希望我去看你吗?"

"我当然希望了,只是我不想让你失望。实际上我没有钱好好招待你,而且我永远也不会有,除非……"

"除非什么?"

"实话实说吧,除非我能得到赫秀拉的遗产。"

"噢,这很有可能的啊,不是吗?毕竟是你发现了IBM的那笔钱。"

"发现那笔钱以前,赫秀拉确实说过要留些什么给我的话。但是现在钱那么多,事情变得复杂了。我感觉家里的人正在朝赫秀拉身边聚拢,旧的伤口正在愈合,许多年之后家里人总算能够开诚布公地交谈了。我不希望这一切因为争夺赫秀拉的遗产而给毁了。你了解我家里人的情形。爹地是赫秀拉的至亲。现在特丝又想让我劝说赫秀拉,给帕特里克设立一只信托基金。"

"伯纳德,那可不行。"尤兰德大声说,"别那么做,别这么逆来顺受、听之任之。让赫秀拉自己来决定怎样处理这笔钱。如果她想留给帕特里克,可以。如果她想留给你父亲,可以。如果她想捐出去作癌症研究经费,还是可以。但如果她想要留给你,你就接着,这是她做出的选择。帕特里克会很好,特丝也会很好。特丝是强者,她告诉我她被惹恼后是怎样甩手离开丈夫的。他叫什么来着?噢,弗兰克。这些年来弗兰克显然一直在拿那个残疾孩子当锁链,将特丝拴在家务事中,她得自己砍断锁链,这次她就做到了。这可是需要勇气的,为了这个我服她。但话又说回来,弗兰克为什么会跟那个年轻的小学女老师有瓜葛?也许特丝尽忙着照看生病的帕特里克了,没有给丈夫足够的关爱。为了保护那孩子的利益,特丝可以和全世界作对。你要是给她机会的话,她会为了儿子把你踩在脚底下的。而且听我说这番话的时候,你可别以为我没想到,你脑子里可能正在比较,觉得我和特丝在婚姻中境遇相似。"

第二天,特丝和伯纳德提早吃完午饭就出门了。特丝打车去圣约瑟夫医院陪父亲,伯纳德开车去马凯庄园疗养院。按照计划,伯纳德把车停在疗养院里,跟赫秀拉一起坐救护车去医院见杰克,然后再陪同返回。赫秀拉这次乘坐的救护车不同于父亲出事后去医院时乘坐的那辆。车内设施不是很齐全，四壁较高，尾部装有电子控制的升降板，专门用来运送乘坐轮椅的病人。赫秀拉既兴奋又紧张。早晨她洗了澡，做好发型，枯黄的脸上扑了厚厚的一层粉，嘴唇也精心涂过口红，化妆虽然是出于好意，但效果却不佳。她穿一件蓝绿两色的姆姆裙，受伤的胳膊上也换了一副新的吊带，枯瘦的手指间缠绕着一串用银链子串起的琥珀念珠。

"这是我母亲留下的老物件，"赫秀拉说，"我离开家来美国跟里克结婚那年，母亲把它交给了我。我猜母亲是把念珠当成了一条绳子，觉得早晚会把我这只迷途的羔羊再牵回羊圈中去。她跟你妈妈一样，对路德圣女虔诚得不得了。我想杰克也许愿意留着它。"

伯纳德问她干吗不自己留着。

"我想送给杰克一点东西，等他回到英国后，别忘了今天这个日子。别的东西我也想不出了。再说，我也用不了多久了。"

"别瞎说，"伯纳德强装笑脸，"你今天看上去好多了。"

"哦，马凯庄园虽好，能到外头散散心也很不错。大海看上去真美。我太想看看大海了。"

这时汽车刚好开到海边的山坡上，隔海遥对着戴蒙德角。伯纳德问她想不想找个地方停下，下车去看看风景。

"还是等回来的时候吧。我不想让杰克久等。"赫秀拉颤抖的手把念珠往手指上缠绕，解开，缠绕，解开。"我们在哪里跟他见面？他自己单独住一间病房吗？"

"他跟别人合住一间。不过病房外面有一处不错的平台，平时病人在那儿散步，在阴凉处坐坐。我看一会儿我们就去那里，说起话来也方便些。"

车到圣约瑟夫医院后，司机先用皮带将赫秀拉稳在轮椅上，然后将轮椅降到地面，推上一个斜坡，再推进医院的电梯。出了电梯后，伯纳德请司机下楼等候，自己接过轮椅，先推着赫秀拉去了父亲的病房。床上空无一人。正在看微型电视的同屋病友抬起头来说，沃尔什先生和女儿去外面的平台了。伯纳德推着轮椅走过一段走廊，通过两扇转门，来到室外，再一拐弯，看见了平台尽头的父女俩。沃尔什先生也坐在轮椅上，特丝正弯腰替他拉齐晨衣的下摆。

"杰克！"赫秀拉声音颤抖地喊了一声，声音太小，他没听见。但杰克肯定是有所感觉，他猛然转头，跟特丝说了句什么。特丝微笑着挥挥手，推着轮椅朝伯纳德和赫秀拉走了过来。于是，在欢笑、泪水和感叹声里，在平台的正中央，四个人相遇——或者说几乎相撞了。沃尔什先生显然打定了主意，一定要幽默风趣，一定要牢牢把握住会见的气氛，不能中途变调。

"哦！"两只轮椅聚到一起时，老先生大喊一声，"别太快了，我可不想再来一次交通事故。"

"杰克！杰克！总算见到你了，真是太好了。"赫秀拉嘴里喊着，探身向前，隔着相互交错的轮椅车轮，抓住哥哥的一只胳膊，亲吻他的面颊。

"我也一样高兴啊，赫秀拉。可是瞧咱俩坐在这玩意儿上，简直就像两只玩具娃娃，别人可有热闹看了。"

"你看上去棒极了,杰克。你的屁股怎么样?"

"都说愈合得很好,也不知道还能不能恢复成原样了。你好吗,亲爱的?"

赫秀拉耸耸肩说:"你都看见了。"

"老天,你真瘦啊。我真为你的病难过。别哭,赫秀拉,别哭嘛。"他紧张地将赫秀拉枯瘦如柴的手握住,在手背上拍了拍。

伯纳德和特丝将两只轮椅推到平台的一角。那里是个回廊,网格廊顶上攀爬着开花的蔓藤植物,下面阴凉安静。沃尔什先生早就打听过了这里能吸烟,轮椅一停下他马上掏出一包万宝路,问大家谁想吸。"没人抽烟?"他问道,"那好吧,那我就勉为其难来上一支,好替你们把苍蝇赶走。"

兄妹俩热烈地交谈起来,谈论赫秀拉如何坐的救护车、沃尔什先生对圣约瑟夫医院有什么看法、平台上能看到怎样的景致。说完这些细琐的杂事,兄妹两人开始沉默。

"真傻啊!"赫秀拉感叹道,"可谈的事情那么多,居然不知道从何说起了。"

"要不你俩单独待一会儿吧。"伯纳德说。

"不用,你和特丝不碍事,是吧,赫秀拉?"

赫秀拉不置可否地低声说了句什么。但是特丝也附和说好,跟着伯纳德缓缓走开去,原地只剩下两位轮椅中的老人相对而坐。沃尔什先生望着他们离去的背影,脸上露出一丝淡淡的走投无路的神情。

伯纳德和特丝走到平台的尽头,凭栏远眺,郊区一幢幢房舍的屋顶在炎热中闪着微光,高速公路上车辆川流不息,远处火奴鲁鲁港口附近的工业区笼罩在一片雾霭之中。一架大型客机,看起来就跟儿童玩具一般大小,它爬升上天空,在大海上空盘旋几周后,朝东飞去。

"成了,成了,我们总算促成他们见上一面了。"

"伯纳德,你是好心才说的'我们',"特丝说,"实际上都是你一个人促成这件事情的。"

"哦,不管怎么说,我很高兴你能来。"

"你知道的,最初我觉得你真是发了疯,居然想把爹地大老远带来见赫秀拉。听说爹地被车撞了以后,我又觉得是因为我改变了主意才遭的报应。"特丝说话时,脸上一副毅然决然、实话实说的神情,"但是到了这里后,了解了他们过去的关系,我觉得你是对的。要是赫秀拉没有跟家人和解,孤零零地一个人在遥远的异国他乡死去,那真是太可怕了。"

伯纳德点点头:"真要如此的话,等爹地上了年岁,到他自己也面临死亡的时候,准会为这事糟心的。"

"别说了,"特丝说着,两手抱住肩膀,拱起背,"我不愿意想到父亲会死。"

"有人说,做儿女的只有在双亲都辞世之后,才肯接受自己早晚也会死去这一事实。但我怀疑这一说法是否正确。接受必死这一现实,随时准备好去面对死亡,同时又不因此毁掉生活的意趣,在我看来这才是最难做到的。"

他们沉默了几分钟,然后,特丝说:"伯纳德,妈妈去世时,在葬礼上，我对你说了不可饶恕的话。"

"你已经得到宽恕了。"

"我把妈妈的死归罪于你，真是太不应该了。是我错了。"

"不要紧，"他说，"当时你很难过，我们都很难过。我不应该掉头就走的，我们应该好好谈谈，有好多次，我们都应该好好谈谈的。"

特丝扭过头，在他脸上飞快地亲了一下。"看来他们兄妹俩总算找到许多事情来说了。"特丝越过伯纳德的肩膀，朝杰克和赫秀拉的方向扬一扬下巴。的确，他们正在深谈。

特丝和伯纳德漫无目的地在医院附近散步，在停车场逛了一圈后，就去找卢克神父。神父领他们去参观小教堂。那是一间凉爽舒适的房间，室外的阳光照在现代的彩色玻璃上，将一团团五彩的光斑投射在雪白的墙上和光亮的硬木家具上。"既然你姑母坐着轮椅，我想我们可以在这里举行敷油礼。"神父说，"当然了，一般都是在病人的床边行礼，但是鉴于今天的情形……敷油礼之后，你们都和里德尔太太一起领圣餐吗？"

"是的。"特丝说。

"不。"伯纳德说。

"我可以为你祝福。如果你愿意的话，"神父说，"有些参加弥撒的人因为各种原因不能领受圣餐，比如离过婚的情况。那我就把他们请上祭台，接受祝福。"

伯纳德踟蹰了片刻，便不再反对了。神父如此尽心尽力地帮忙，伯纳德不禁心生好感。

当他们转回到平台时,看见沃尔什先生正若有所思地抽着烟,眼睛盯着护栏外面的大海。赫秀拉则在轮椅中睡着了。

"她睡了多长时间?"伯纳德惊问道,生怕自他们离开后赫秀拉就开始昏睡。

"也就五分钟吧,"他父亲说,"我正说着话呢,她就打起盹来了。"

"她时常这样的,可怜啊,身体太虚弱了。"伯纳德说。

"她睡着之前你们谈得好吗?"特丝问。

"还好,有许多事情要谈。"他说。

"是很多呀。"赫秀拉接口道,好像并不知道自己刚才睡着了。

在返回马凯庄园的路上,伯纳德让司机把车开到能远眺戴蒙德角的山顶停车场,将赫秀拉的轮椅降到地面上。他推着轮椅走到围栏处,让赫秀拉凭栏眺望湛蓝一片的大海,海面上有十几个人在乘浪疾驰。

"今天真是棒极了,"赫秀拉说,"我觉得心里那么安宁,就是现在闭上眼睛,也开开心心的,没有遗憾了。"

"别傻了,赫秀拉。你精神还好着呢。"

"不,我说的是真心话。我敢说不会持续太久,这种感觉。估计今晚,恐惧和消沉又会压上心头,跟以往一样。但现在这会儿……前几天我在杂志上读到,以前,夏威夷的土著老人相信,人在临终之际,灵魂会从一个高高的山崖上跳下去,跳进永恒的海洋里。他们还有一个专门的词,怎么说来着?我记不起来了,但意思是'跳离之地'。你不觉得这里曾经就是这样一个所在?"

"很有可能。"伯纳德说。

"奇怪极了,我有种感觉,如果我现在就从这个崖边跳下去,我将不会感到任何痛苦或恐惧。我的身体会像衣服一样跟灵魂脱离,然后缓缓飘落,落在海滩上,而我的灵魂就向上飞升,进入天堂。"

"好啦,还是不要跳了,"伯纳德开玩笑说,"周围的人会伤心的。"他指指附近的游客,他们正拿着照相机四处拍照呢。

"我感觉奇怪地……轻盈。"赫秀拉说,"大概是在杰克面前卸下了精神包袱吧。'卸下包袱'真是个好词,正好说出了我的感受。"

"这么说,肖恩的事你们谈开了?"

"谈开了。杰克当然记得那个夏天,也许不如我记得那么真切,但是我一提到老家的菜园,还有深处的那个旧棚屋,从他脸上的表情我就能看出来,他知道我要说什么。他说,那时候他不敢向父母告状,因为在那以前,肖恩也逼着他就范过。杰克害怕旧事被翻出来,怕我们三个被打个半死。也许他这样做是对的。我们老爸生起气来呀,我告诉你,吓都能把人吓死。杰克说他真的以为我太小,不清楚肖恩在干些什么,也不会受到伤害,而且,他以为过一段时间我就会忘掉。我刚才告诉他了,肖恩干的事情毁了我的婚姻,葬送了我的人生。杰克好像真的吃惊了,不停地对我说:'对不起,赫秀拉,对不起。'我相信他这是真心话。后来,领受圣餐前,杰克先问卢克神父今天下午能不能去找他忏悔,我猜就是为了这件事。敷油礼的仪式真美,是吧?有几句话那么动人,我要是能背出来就好了。"

"我也许还能背得出来,"伯纳德说,"过去我常常主持这类仪式的。'因这神圣的敷油礼,并因天主的无限仁慈,祈求天父宽恕你由视觉所犯的一切罪过。阿门。'然后再重复前面的话,为嗅觉、味觉、双手、双脚的过犯祈祷宽恕。"

"我很好奇,人的嗅觉还能怎么犯罪啊?"

伯纳德大笑:"我当学生的时候,这可是道德神学课上最喜欢拿来逗乐的问题了。"

"那答案是什么?"

"教科书上说,人往往沉迷于嗅闻各种香水和香花。但这种观点说服力不强。此外还有人隐约提到,人的体味能激发情欲。但他们在神学院里无法深入展开,原因很明显。"伯纳德脑海中浮现出一幅记忆中的场景,自己跪在尤兰德脚下,将头埋在她的胯间,鼻尖肺腑中,味道类似于海水涨潮时海边咸腥的空气。

"这不是我想的那段。"她说,"有一篇日课……"

"是雅各书,'你们中间有病了的呢?'"

"就是那段。怎么说的来着?"

"你们中间有病了的呢?她就该请教会的长老来,他们可以奉主的名用油抹她,为她祷告。出于信心的祈祷要救那女病人,主必叫她起来;她若犯了罪,也必蒙赦免。所以你们要彼此认罪,互相代求,使你们可以得医治。"

"就是这一段。你不当神父真可惜了,念得这么动听。卢克神父下午读福音书的时候,是说的'女病人'吗?"

"不是。我把原文变动了一下,专门为你改的。"伯纳德说。

等他们回到马凯庄园,赫秀拉已经累得筋疲力尽了。"我累坏了,但是心满意足啊,"她躺回床上,伸出手握住伯纳德的手,"亲爱的伯纳德!谢谢你谢谢你谢谢你啊!"

"我还是该走了,你好好休息吧。"伯纳德说。

"好的。"她说完,却依旧握着他的手不放。

"明天我还会来看你的。"

"我知道你会来,我已经习惯有你天天来看我了。真不敢想有一天,你最后一次走出那扇门,第二天再也不回来了,因为你坐上飞机回英国了。"

"我还不知道自己什么时候走呢,所以你没必要先为这事伤心。我走不走全看爹地恢复的进度了。"

"杰克告诉我说,他希望下周出院。"

"可以让特丝先领爹地回家,我多住几天再走。"

"你真好,伯纳德。但迟早你会走的,你得回去工作。"

"是呀,"伯纳德承认,"大学里有一门给亚洲和非洲学生开的入门课,马上就要开课了,我答应要接手的。这课的目的是向他们介绍英国式的生活方式。"伯纳德详详细细地解说着,希望能让她从伤感的情绪中脱离出来,"老师向学生们亲身示范,教他们怎样点煤气灶,怎样吃烟熏鲱鱼,然后领他们去城里的大商场,添置过冬的内衣。"

赫秀拉虚弱地一笑:"希望你走后,我不要活得太长。"

"千万别这么说,赫秀拉。这么说你我都会伤心的。"

"对不起,我只是想训练自己在你离开后,可以再对付着活下去。最近两个星期里,我都给惯坏了。先是你来了,然后我又见到了杰克和特丝。等你们全坐飞机走了,我会非常寂寞的。"

"谁知道呢,也许我还会再来夏威夷的。"

赫秀拉摇摇头。"路途太远了,你总不能因为我觉得寂寞就跳上一架飞机,绕半个地球飞回来吧。"

"我可以给你打电话嘛。"他说。

"是啊,还可以打电话呀。"赫秀拉干巴巴地说。

"你还有索菲·克瑙伯弗勒马赫呢,"伯纳德开了个玩笑,"等爹地走后,她肯定会来探望你的。"

赫秀拉扮了个鬼脸。

"还有一个人,就住在本地,"伯纳德说,"我知道她愿意来看你,而且你也会喜欢她的。"他脑海中闪现出一幅画面:尤兰德穿着红裙子,浑身散发着健康和活力,挥着网球运动员般结实的手臂,一弹一弹地走进病房,她朝赫秀拉微微一笑,拉过一张椅子坐下,准备跟她聊天。她们肯定会谈到自己的,伯纳德愉快地想。"明天我带她来见你。她叫尤兰德·米勒,就是她的车撞到了爹地,或者我应该说,是爹地走到了她的车前。我们就是这样认识的,后来成了朋友,相处得很融洽。嗯,实际上,十分融洽。"伯纳德脸一红,"还记得吗,为了庆祝我找到 IBM 的股票,你让我去穆娜酒店喝鸡尾酒的那次?当时我没告诉你,是尤兰德跟我一起庆祝的。"伯纳德省去细枝末节,说明自己与尤兰德是常常见面的关系。

"天啊,伯纳德,你真是匹黑马呀!"赫秀拉兴致大增,"这样一来,除了看望可怜的老姑妈之外,你还有一个理由来夏威夷了。"

"就是嘛。但唯一的困难是,我没钱买飞机票。"

"你任何时候想来,路费我给你出,"赫秀拉说,"毕竟,我早晚会把所有的钱都留给你的。"

"哦,我要是你,就不这么做。"伯纳德说。

"为什么?谁比你更有理由拿这笔钱?谁比你更需要这笔钱?"

"帕特里克,"伯纳德说,"特丝的儿子帕特里克,那孩子才是完全无依无助的。"

3

伯纳德同尤兰德商量好了,实际上是受她的鼓动,打算领特丝出去好好玩一个晚上。他准备先带她去怀厄特帝国大酒店参加特沃威斯旅行社举办的鸡尾酒会,尽兴之后,再去尤兰德推荐的一家夏威夷风格的花园餐厅就餐。听说那餐厅就在怀基基附近,园子里有几方鲤鱼池,乐手们徜徉在池边演奏音乐。但他六点前赶回公寓时,发现特丝刚在楼下的泳池里游完泳,正穿着真丝花袍在阳台上躺着。她说一两个小时之内自己不想出门,免得错过弗兰克的电话。此时正是英国的早上,特丝估摸着弗兰克上班前可能会打电话过来,前天他就选了这个时间。伯纳德觉得特丝对老公的态度不那么僵硬了,她态度的转变也许跟今天下午发生的诸多事情有关。下午领完圣餐后,她从祭坛前转过身来,一脸安宁、沉思、敬虔。伯纳德把赫秀拉讲述的老兄妹会谈的情况向她转述了一遍,特丝听完现出满意的样子,夸了一句"干得漂亮",就催促伯纳德去参加酒会。伯纳德并不是特别想去,但感觉特丝也许想一个人清静清静,便不再反对。除此之外,伯纳德记起罗杰·谢尔德雷克曾邀请自己到怀厄特帝国大酒店喝杯酒,自己还一直没去践约,酒会上大概能见到他吧。最后伯纳德和特丝约好,伯纳德晚上会回来一趟,一则看看弗兰克有无打来电话,二则等特丝决定如何吃这顿晚饭。

怀厄特帝国大酒店是一座拜占庭式建筑,两幢巍峨的塔楼由一座中庭相连,中庭里面有购物街、餐馆、咖啡馆、高达三十米的瀑布、棕榈园,还有一块巨大的舞台。舞台上竟有一只巴伐利亚乐队在演奏,曲风完全不同于遍地都是的夏威夷吉他乐曲。舞台上的乐手们穿着巴伐利亚传统的皮短裤和长袜,听音乐的人或坐在咖啡桌前,或在附近散步。单看一楼大厅,这里可不像一家大酒店。要不是脚下踩着的地毯,伯纳德还以为自己仍置身于闹市街头一类的公共场所呢。他闲逛了几分钟,发觉那些巴伐利亚乐手皮肤黝黑,有些令人生疑,他们演唱的约德尔山歌本是起源于瑞士和奥地利,但伴奏的手风琴挤压出尖锐的声音,经扩音器放大后,简直震耳欲聋。他乘坐电梯上到夹层,找到了负责登记的前台,然后按照指点,去找斯平德里夫特酒吧。

斯平德里夫特酒吧的内部装饰成浓郁的海洋风:四壁涂着粗灰泥,挂着一张渔网,窗子修成圆形的舷窗,壁灯也类似于航标灯的模样。林达·哈纳玛——就是写信发出邀请的那位女士——站在大门内,一边灿烂地笑着,一边在名单上伯纳德的名字旁边打了个钩。伯纳德认出来她就是在机场负责迎接游客的旅行社员工。看来在短短几天的时间里,她就已经晋升为疗养地总管了。她向伯纳德介绍了一位身材瘦削、华裔长相的小伙子,说他是酒店的公关部经理,迈克尔·明。他穿一套黑色丝质西装,态度十分殷勤。明经理跟伯纳德握了握手,塞给他一只高脚杯,里面盛满水果、冰块,装饰着塑料小伞,闻起来有一股朗姆酒和水果的香甜。"欢迎光临。请品尝一杯迈泰,扑扑请随意取用。"他指一指旁边桌上摆放的小零食。

酒吧里只有二十多位来宾,但分贝值却很高。伯纳德首先看见的是飞机上那个红色吊带裤小伙子。今天晚上最吸引伯纳德眼球的,是他头上缠绕的厚厚的一层白纱布,此外,他脖子上戴着一圈花环,伸手挽着塞西莉的腰。塞西莉身穿一件无肩带白色长裙,脖子上戴着跟丈夫同款的花环。两人满面红光,喜气洋洋,好像是全场瞩目的焦点。他们旁边是一对肩膀宽阔、胡须整齐的小伙子。伯纳德觉得有些眼熟。一位手法专业的摄影师正在用闪光灯给他们四人拍照,布赖恩·埃弗索普也将录像机对准了他们。

"你总算来了。"

伯纳德感觉一只手按在了自己的胳膊上,一回头,见布鲁克斯夫妇正朝自己微笑。

"我还是决定来瞧一瞧,"伯纳德说,"那小伙子的头怎么了?"

"你难道不知道?你竟然还没听说?你早上不看本地报纸吗?"他们大声惊呼,然后你插一言我抢一语地争相向他讲述事情始末。事情发生在前一天——"可能就是我们和你在医院聊天的时候。顺便说一句,西德尼没事了,可以坐飞机回家了"——那小伙子在冲浪时受了伤,脑袋被自己的冲浪板撞了一下,多亏了布鲁克斯夫妇的儿子特里和他的澳大利亚朋友托尼伸出援手,将昏迷不醒、流血不止的小伙子抬到岸上万分焦急的塞西莉的脚边,由她给了丈夫生命之吻,进行人工呼吸,小伙子这才幸免于葬身大海。布赖恩·埃弗索普刚好在现场,便将整个过程拍摄了下来。"等这玩意儿放完,他会放录像给我们看的。"西德尼翘起拇指,指指活动舞台上的一台大电视机。伯纳德这才明白大厅里为何如此纷乱嘈杂,原来是电视录像里的解说词。那大概就是请柬上说的录像展播了。

"怀厄特海口楼,"一个圆润的美式男中音朗诵着,"坐落于夏威夷大岛的全新的度假胜地,能满足你最狂野的梦想。"伯纳德站在西德尼和莉莲身后,从两人脑袋中间看着电视上色彩缤纷、过分花哨的画面,上面有宏大的大理石台阶,矗立在潟湖上的廊柱,在酒店大堂高视阔步的热带小鸟,横过游泳池上空的绳梯,在棕榈林中蜿蜒的单轨列车。单看画面,恢宏程度简直可以媲美好莱坞史诗级大片,可惜片子的主题尚未确定,不知道要拍成哪一部大片的续集?是《宾虚传》?《人猿泰山》?还是《未来世界》?

"特里和托尼认识那小伙子,"莉莲说,"他们天天在海边见面,他想跟我儿子学冲浪来着。"

"点拨点拨,教他几招。"西德尼说,"你知道吧,冲浪跟别的一样,里头可是大有门道。"

"不过那小伙子居然跟我们报了同一个旅行团,这个我儿子可不知道。"莉莲说。

"拿着,看看这个,今天的晨报。"西德尼说着从钱包里掏出一张对折过的剪报,递给伯纳德。

剪报上方是一幅模糊的照片,两个胡子青年正对着镜头微笑,然后是一行标题:《澳大利亚冲浪高手搭救英国小伙》,再下面是对该事件的简短报道。

来自澳大利亚悉尼的特里·布鲁克斯及好友托尼·弗里曼周二上午在怀基基近海搭救了冲浪新手拉塞尔·哈维。幸免于难的拉塞尔现年二十八岁,来自英国伦敦,正同金发碧眼的妻子塞西莉来本岛度蜜月。拉塞尔被自己的冲浪板撞昏时,未婚妻塞西莉正在岸边通过投币望远镜观看他冲浪。事后塞西莉说:"我吓坏了,我看见他的冲浪板一下子飞起来,然后拉斯就被一排大浪淹没了。他再次露出水面时,是脸部朝下,冲浪板就在他身边漂浮着。我不顾一切地朝海边跑去,大声呼喊救命。但是他离得太远,岸上的人也鞭长莫及。感谢上帝,这两位澳大利亚来的小伙子看见了他,将他从海里救出来,用冲浪板把他送回到岸边。我认为应该给他们颁发奖章。"

"太棒了。你们一定为儿子感到骄傲吧。"伯纳德把剪报还给西德尼。

"嗯,那是当然的了。我是说遇到这种紧急情况时,不是每个人都会这样做的,是吧?"西德尼说。

"与其说它是酒店,不如说它是设施健全的度假村。与其说它是度假村,不如说它是一种生活方式。酒店占地如此广阔,登记之后进入房间之前,您必须乘坐单轨火车,或是运河驳船……"

伯纳德一扭头,看见贝斯特一家四口正靠墙坐成一排,各自膝头上放着一盘"朴朴",一面偷眼观看录像,一面吃零食。他朝雀斑女孩轻轻挥手，女孩报以羞怯的一笑。然后伯纳德对西德尼说："普通人确实不会出手。我看这对新婚夫妻重归于好了，真让人高兴啊。坐飞机的时候看他们好像有点小矛盾。"

"从各方面来看，可远不止是小矛盾呢，"莉莲说，"但是受伤这件事显然让他俩又和好如初了。塞西莉说自己以为要失去拉斯了，就在这个当口，她才发现自己真的爱他。"

"今天下午他们还要再结一次婚呢。"西德尼说。

"真的吗？还可以这样？"伯纳德说。

"这叫再立婚誓。"端着一盘"朴朴"从他们身旁经过的林达·哈纳玛补充说，"在卡拉考阿街那边就有一座小教堂，专门提供这种服务的，还有地道的土著艺术家表演《夏威夷婚礼曲》，到这里旅游度二次蜜月的夫妻们可喜欢了。我记得以前还真没有新婚夫妇提出这种要求的，不过拉斯和塞西莉想用一种特殊的方式庆贺他死里逃生。"

"再来一杯迈泰？"迈克尔·明捧着酒壶走了过来。

"我可以只要酒不要果汁吗？"西德尼说。

"抱歉，赠送的饮料是事先调制好的。"

"我还以为每人只送一杯免费饮料呢。"莉莲伸出酒杯。

"说实话，我们今天真是送多了。但是管他呢，今天情况特殊嘛。"迈克尔·明一眼瞧见摄影师正要离开，赶紧扭头对他说："别忘了，说明文字里一定要提到我们酒店。"那人点点头。"这是我们酒店公关的好机会，"迈克尔·明得意地说，"人们会感兴趣的——这是无法绕过的话题。你们都看录像了吗？真是不错。我告诉谢尔德雷克先生了,请他务必看一看。"他口中说出谢尔德雷克这一名字时,显得格外的诚挚亲切。

"怀厄特海口楼占地约六十五英亩,有两个高尔夫球场,四个泳池,八家餐厅,十个网球场……"

伯纳德远远看见谢尔德雷克半秃的头顶,见他正跟苏和迪伊一起看录像,便朝他们走过去。中途还停下来跟贝斯特一家打招呼。"玩得高兴吗?"他客气地对雀斑小姑娘说。小姑娘脸一红,垂下眼帘低声说:"还行吧。"

"不过我们还是想回家。"贝斯特太太说。

"回家才是度假中最好的环节,我一直都这么认为。"贝斯特先生说,"虽然我的姓氏是'最好'的意思,但我这话可没有双关。"他一龇牙,露出难得的笑容和嘴里的口香糖。"外出之后回到自己家里,推开前门,捡起邮差扔在地上的信件,烧壶水,沏杯热茶,再去花园里看看花花草草,心里就会想,又一年旅游的差事对付过去了。"

"为了享受这份回家的快乐,你们这一趟可真够远的。"

贝斯特先生耸耸肩:"都是因为弗洛伦斯,她在电视上看了一个介绍夏威夷的节目。"

"是啊,这些年普通的地方我们都去过了,西班牙、希腊,"贝斯特太太说,"佛罗里达也去过一次。正好我们挣到一笔钱,所以今年就想找个更特别的地方。"

"钱可不多,别以为我们是有钱人。"贝斯特先生说。

"不会的,不会的。"伯纳德说。

"来之前我还对夏威夷抱有幻想,"贝斯特太太说,"但是看景不如听景,是吧?比如现在播放的录像片,真到了现场就会发觉,根本是两码事。"

大家一起扭头去看电视。

"在亮晶晶的沙滩上沐浴阳光,在瀑布和喷泉中纵情嬉戏,潺潺水流蜿蜒曲折,带着你随波漂流……"

"来怀基基还不如去那里呢,那里好像更好玩一些。"小男孩说。

"是啊,看着跟中心公园一样。"小女孩说。

伯纳德问中心公园是什么地方。小姑娘突然滔滔不绝起来,解释说中心公园是英国谢尔伍德森林中央的一个度假村,去年夏天她跟朋友一家一起去过。公园里住的是林间小屋,往来出行都必须骑自行车,汽车不准通行。公园中间有一个巨大的游泳池,上面带篷顶,池边有水滑梯、筑波机、棕榈树,还有一条热带丛林河,名字叫作"热带天堂"。

伯纳德指指罗杰·谢尔德雷克说:"你应该找那个人谈谈,他正在写一本关于热带天堂的书。如果你愿意,我来引见。"

"不用了,多谢。"贝斯特先生脸上的笑容已经消失。

"是啊,我们可不想给人写进书里。"贝斯特太太说。

伯纳德祝他们归途平安,然后朝站在电视机前的罗杰·谢尔德雷克走去。他的左右站着苏和迪伊,不过他明显偏近迪伊一些。"你好,老伙计,"谢尔德雷克说,"认识这两位年轻女士吗?"

伯纳德提醒他,这两位女士是自己介绍他认识的。苏询问了老沃尔什先生的病情,迪伊则傲然地赏给他一个笑脸,那一笑几乎还算得上是温暖了。伯纳德说:"抱歉,以前没能来看你,我一直很忙。你在这里住得好吗?"

"酒店服务非常好,值得我推荐。"谢尔德雷克说完指指电视屏幕,"这是他们新投的项目,动用了两千万美元。"

"一英里的博物长廊,装饰着东方以及波利尼西亚文化的古代艺术瑰宝,漫步在石板小径上,色彩斑斓的热带小鸟在你头顶盘旋……"

"小鸟翅膀上的毛准是给剪掉了。"迪伊说。

"别呀,迪伊!他说的难道不是挺可爱的吗?"

"这就是他们所谓的梦幻豪华度假酒店,"谢尔德雷克说,"那些大公司非常喜欢,可以用来奖励公司高管和市场营销人员。他们称之为激励型休假,员工的妻子也应邀陪同前往。"

"我可不认为这是一种激励,"站在一旁的布赖恩·埃弗索普插了一句,他话中有话,结果挨了妻子一记粉拳。埃弗索普太太穿了一件适合出席正式场合的亮紫色小礼服裙,配上荷叶镶边,华丽大方。埃弗索普先生穿了一件夏威夷衬衫,粉色底子上印着蓝色的棕榈树,手里夹了一只绿色雪茄烟。

"一个设施齐全的 spa,服务项目应有尽有,有氧健身,冥想疗法,芳香疗法……轻涛拍岸,岁月静好,你可以在自己的廊台上用餐,免受任何外界的干扰,也可以从八家美食餐厅的菜单中任意挑选品尝……"

"我不管别人怎么想的,反正我觉得那就算得上是天堂了。"苏满心向往地说。

"此外,你可以报名参加花样繁多的梦幻远足和各种活动,在只有乘直升机才能到达的劳哈拉角山顶举行的梦幻野餐……日落远航,幽静的海滩之梦……卡华牧场之梦,欣赏地道的夏威夷牛仔……夏威夷大岛狩猎,野物品种繁多,有俄罗斯野猪、南欧野生盘羊、科西嘉绵羊、野鸡、野火鸡,品种随季节而改变……"

"绵羊?他是说打猎打的是绵羊吗?"迪伊说。

"野绵羊,"迈克尔·明一边回答,一面逐一替他们斟满酒杯,"绵羊吃草太多,已经证明对环境不利。但是如果你反对猎杀动物,也可以用相机把动物拍摄下来。谢尔德雷克先生,再来一杯迈泰如何?或者我去酒吧给您弄杯别的饮料来?"

"不用了,这个就不错。"罗杰·谢尔德雷克伸出杯子。

"我倒是不介意弄杯酒来喝喝,"布赖恩·埃弗索普说,但是迈克尔·明好像没听见他的话。

"我们特色项目中最受欢迎的一项——亲近海豚。"

"天啊,简直难以置信。"林达·哈纳玛说。所有人都像中了魔法一般,呆呆地看着画面上穿泳衣的游客在潟湖中与驯服温顺的海豚交流,伸手抚弄海豚的下巴和眼睛后面的皮肤,在水中同它们嬉戏。一个小男孩紧抓着海豚的背鳍,随着海豚朝前冲去,男孩兴奋得纵声大笑。

> "每个人骑在海豚身上,
> 抓稳背鳍,

心地纯良之人又一次经历死亡,

身上的伤口又一次开启。"

伯纳德随口背诵的诗句,让他自己和别人都吃了一惊。因为他已经喝下三杯迈泰,微微有了醉意。

"你刚才说的啥呀,老兄?"谢尔德雷克说。

"是英国诗人叶芝的一首诗,"伯纳德说,"名字叫《消息为德尔菲预言而作》。你知道,公元3世纪罗马流行一种神秘主义哲学,叫新柏拉图主义,它的神话故事里有这样的记载,认为人死之后,灵魂会骑着海豚前往幸运岛。这些你写书时也许能用得着。"

"哦,我又在一定程度上修正了我新书的主题,"谢尔德雷克说,"我发现了,由于旅游业发展内在的经济规律,天堂型旅游不可避免地会被转换成朝圣型旅游。这想法可能有点类似于马克思主义的方法,当然啦,是后马克思主义的马克思主义。"

"当然。"伯纳德低声说。

"我是说,以一座岛,随便一座岛屿为例,比如瓦胡岛吧,你看这张地图,十之八九你看到了什么?一条公路沿着海边形成一个闭环。这条路是什么?是一条输送带,靠它把游客从一个旅游陷阱输送到另一个陷阱。这批刚走,下一批又来了。同样地,海上游轮线路,包机旅行……"

"就是要准时嘛。"布赖恩·埃弗索普说。

"什么?"谢尔德雷克滔滔不绝的话头被打断了,并非特别高兴。

"听你刚才说的,倒是类似于我们工业管理中所说的准时生产的理念,"布赖恩说,"工厂流水线的每一个操作环节都有一张卡片,指导工人在所需的精确时间准时为下一道工序做好准备,这样既能均缓操作速度,又能消除瓶颈现象。"

"这个有意思。"谢尔德雷克掏出笔记本和圆珠笔,"能告诉我出处吗?"

"那是小野①博士发明的,是日本人,在丰田公司工作。所以他的名字可以解释成'噢,不,再也不买日本车了'。"布赖恩为自己的机智开怀大笑。他掏出一盒录像带:"电视上的广告片快放完了,你们运气好,算是来对了,我要请大家看一场家庭电影,但你们最好先去搬几张椅子过来,把自己安置舒服。"

"唉,天呐。"迪伊低声嘀咕。

"我还一直没空把录像剪好,音乐也没配上,"布赖恩·埃弗索普见大家纷纷聚拢过来,多少表现出一些兴趣,便大声解释,"按照我们行话,这叫粗剪,所以请多多包涵。影片的名字暂定为《埃弗索普一家在天堂》。"

"哦,开始吧,布赖恩。"贝丽尔说着,用手抚平身后的紫色荷叶镶边,在一张椅子里坐下。

录像一开头是两个十几岁的男孩和一位老妇人站在门廊里朝镜头挥手告别,他们身后是一座仿詹姆斯一世时代的房子,有玻璃窗和入户车库。"我儿子和我母亲。"贝丽尔现场解说。然后镜头慢慢

---

① 小野(Ono)的读音接近"噢,不"。

由远及近，长时间地对准一只路标，"东米德兰机场"。随后镜头开始上下抖动，在刺耳的高声抱怨声中，贝丽尔出现在画面中，她穿着黄红两色的长裙，戴着金手镯，爬上陡峭的移动舷梯，进入一架螺旋桨飞机的机舱。走到舷梯尽头，她突然止步，转身对着摄影机挥手，跟在她身后的一串乘客依次相撞，后面的脸撞到了前面的屁股上。一只橘子顺着台阶一级级地蹦下来，滚过了飞机跑道。接着是透过飞机舷窗拍下来的伦敦西部郊区，图像模糊而倾斜，然后是希思罗机场第四候机厅，广角镜头拍下了里面攒动的人群。摄影机由远及近聚焦到两位身穿特沃威斯旅行社制服的职员身上，中年高个子站得笔直，年轻人身材瘦小，正对着摄像机怒目横眉。观众都已看得不耐烦，等认出这两个人后，便坐端正，开始认真观看了。

"啊，我记得他，"苏大声说，"那位年长一些的，他人挺好的。"

"那个小年轻可不行，"塞西莉说，"头皮屑多得吓死人。"

镜头一转，从远处对准了希思罗机场那条人行通道。里面的乘客背对着摄像机，流水一般朝标着号码的登机口走去。一辆类似于高尔夫球场的那种小车在中景处出现了，逆着人流的前进方向行驶过来。突然，伯纳德听见周围的人大笑大叫起来。他也认出来了，在小车后排上坐的正是父亲和自己，自己蓄着大胡子，满面阴郁，父亲倒是笑眯眯的，开心地挥手致意。有一秒钟的时间里，他们父子的形象充满了整个画面，然后离开了取景框。这鬼魅般的镜头给人奇异、慌乱之感，仿佛支离破碎的梦境里截取出的一个片断，仿佛溺水之人脑海里闪现出的前世场景。那时的自己看上去是多么凝重阴郁啊!身上的衣服是那么灰败,颔下的胡子是那么肮脏、碍眼。

伯纳德和父亲再次出现在画面上时,已经同旅行团的其他成员会合在一处了,大家在登机口前的候机区里坐着,在飞往洛杉矶的途中排队上厕所,在火奴鲁鲁机场接受花环。观众们对录像中的自己报以阵阵大笑,有欢笑也有嘲笑。林达·哈纳玛说:"啊呀,太完整了。我能复制一盘吗?我们培训新人的时候肯定用得着。"

接下来主要是埃弗索普夫妇唱主角了。开始的一段有点尴尬,是贝丽尔穿着薄如蝉翼的睡衣从酒店床上起身的镜头。观众席上顿时响起起哄声和口哨声。贝丽尔伸手拍了一下丈夫的后腰,嗔怪道:"你可没告诉我那件睡衣这么透明。"

"喂,布赖恩,你打算改行拍色情片了吗?"西德尼问道。

"我在酒店里看的付费成人频道还不如这个,差远了。"拉斯说。

"那种片子,你以后再也不看了,是吧,亲爱的?"塞西莉的口吻中只是略带了一点芒刺。

"当然不看了,乖乖。"拉斯搂紧妻子的腰,吻吻她的鼻子。

屏幕上,披上晨衣的贝丽尔懒洋洋地踱上阳台,还假模假样地打了几个哈欠。落地窗敞开着,可以听见外面马路上车来车往微弱的声音,突然一辆救护车的尖啸声响起。只听布赖恩说:"咔!"贝丽尔停下脚步,转身皱着眉头望向镜头。然后她又回到床上,将起床的动作重来一遍。

"因为那辆救护车,只好拍了两次。最后剪片子的时候,头一次肯定会剪掉的。"

"你这是哪天拍的?"伯纳德问。

"我们刚来的第一天早晨。"

伯纳德感觉自己后脖颈处的汗毛直立了起来。

然后便是在日落海湾音乐宴会上拍摄的整场歌舞表演。舞台上呼拉舞女和食火人起劲儿地表演着,台下无数的观众坐成一排排的,似乎能一直排到天涯海角。接下来的镜头虽然模糊,但画面上的两个人却确定无疑,是伯纳德和苏,站在怀基基椰园大酒店的门口握手,时间是晚上。

"哎呀喂!"西德尼捅捅伯纳德,"你还真是匹黑马呀。"

"没想到被人看见了吧?"布赖恩·埃弗索普说。

"别搭理他们,伯纳德。"苏发话了,然后转头向周围的人解释,"他只不过是顺路送我回宾馆,是绅士都会这么做的。"她忘了自己手里还端着酒杯,一扬手,饮料洒在自己裙子上。"哎呀!不要紧,反正明天就回家了。"

下面的镜头又变得乏味无趣起来,都是埃弗索普夫妇在瓦胡岛旅游时拍摄的岛上风光。因为摄像机都是由布赖恩操控,主角就由贝丽尔来充当。她在海滩、建筑物和棕榈树的前方摆出各种姿势,朝着镜头微笑,凝神眺望远方。贝丽尔似乎察觉出观众们有些不耐烦,主动开口要求布赖恩加速快进。他很不情愿地按下遥控器上的快进键,效果反而很好,录像一下变得好看多了。在珍珠港,一只海军小艇以鱼雷快艇的速度开到亚利桑那号旁边,吐出一群游客,待他们在纪念馆周围自由活动几秒钟后,又被吸回船肚里,快速地送回到岸上。在海洋生物公园,虎鲸"哗"地跃出水池表面,宛如一颗冲天而起的北极星导弹。瓦胡岛的海岸线和一座座起着褶皱的大山模模糊糊地一闪而过。波利尼西亚文化中心突然涌出一波热闹的民俗活动：织布、木雕、战舞、划独木舟、花车游行、音乐和戏剧。

镜头转到一片沙滩上时，埃弗索普又将播放速度调到常速。拍摄这一段时，显然他说服了什么人替他端着摄像机，因为他穿上泳衣和贝丽尔平躺在了水边。屏幕上的埃弗索普朝镜头挤挤眼睛，翻身压在妻子身上。观众中又爆发出一阵尖叫声和口哨声。

"没联想到什么吗？"布赖恩考问大家的时候，屏幕上一排海浪轻拍过来，水花盖住了胶着在一起的两人。

"伯特·兰开斯特和黛伯拉·蔻儿，"一个澳大利亚口音在大厅深处说，"电影《乱世忠魂》的男女主角。"

"答对了！"布赖恩说，"而且影片中最有名的沙滩拥吻场景，就是在这片海滩上拍摄的。"

"肚腹、肩膀、屁股，
　鱼儿一般闪过，
　山林女神宁芙和山林之神萨堤，
　在浪花中云雨。"

伯纳德低声吟诵。

"你这念的又是什么，老伙计？"谢尔德雷克问道。

伯纳德不知道为什么谢尔德雷克总喜欢用一种屈尊降贵的高姿

态跟自己说话。也许是迈克尔·明的巴结奉承使然，要不就是他每次开口说话时迪伊满眼的钦佩引起的。

"还是叶芝的那首诗，《消息为德尔菲预言而作》。"伯纳德说。

"我怎么觉得有点粗俗。"迪伊说。

"新柏拉图主义者认为天堂里没有性爱。"伯纳德说，"叶芝认为他有一个消息要告诉他们。"伯纳德突然想起该把这首诗念给赫秀拉听听，但转念一想，还是作罢。

"在沙滩上做爱？哼，这种消遣方式，我认为名过其实了。"布赖恩说。

"你怎么知道的？"贝丽尔追问。

"任何一位工程师都会告诉你，沙子对摩擦部位有损害。"布赖恩说完，灵巧地躲到贝丽尔打不着的地方。

贝斯特先生一声令下，四位贝斯特刷地起立，列队开始往外走。

"啊，先别走呀，"布赖恩喊道，"最精彩的地方就要到了。看澳大利亚仔伸援手，落海新郎重返新娘身边。"

贝斯特家的小女孩落在后面，渴望地看向屏幕。

"赶紧走，阿曼达，别磨蹭。"

阿曼达冲着父亲的后脑勺做了个鬼脸，却发现被伯纳德看到了，不禁脸上一红。伯纳德笑着挥挥手，遗憾地看着他们离去，永远地将自己隔离在生活的盛宴之外。

此时画面已经切换到怀基基海滩，远景是大家熟悉的戴蒙德角那浑圆的山峦。特里、托尼和拉斯在海里冲浪的镜头是用长镜头拍摄的。两位澳大利亚小伙技术高超，让人看得很过瘾。拉斯跪在冲浪板上时还能控制，但是一站起来就会失去平衡。

门口传来一阵喧哗，干扰了人们的注意力。一个人说："没有，我没有邀请信。我们是谢尔德雷克先生的朋友，他就住在这家酒店里。"迈克尔·明的声音说："哦，快请进，请进，凡是谢尔德雷克先生的朋友，我们全都热烈欢迎。"

罗杰·谢尔德雷克说："哦，太好了，他们到了。"说完赶忙走到门口，跟新来的人握手问好。电视上的图像开始变得断断续续，镜头在海滩、天空、大海之间剧烈摇摆。

"摄像机有点摇摆，"布赖恩说，"因为我正扛着它向前狂奔呢，看见了？"

罗杰·谢尔德雷克的两位访客是一位中年男子和一位年轻女士，他领着两人在伯纳德的前排落座。"真高兴你们能来，迪伊，这位是刘易斯·米勒，我常常跟你提起的。"

"你好，这位是埃莉。"中年男子说。

"你好。"埃莉无精打采地说。

然后大家互相握手。谢尔德雷克见伯纳德紧盯着来人看，捎带着把他也介绍了一番。"刘易斯和我是开会时结交的老朋友了，"谢尔德雷克解释说。"今天上午我在大学图书馆里正巧碰上了他，我都忘了他在这里教书了。我去给你们拿杯饮料吧。他们好像管这个叫迈泰。"

"天呐，我可不喝。我要一杯伏特加兑的马提尼。"埃莉说。

"我要一杯加冰的波旁威士忌。"刘易斯·米勒说。

电视画面已经不再剧烈摇晃了，特写镜头中塞西莉站在水边尖声叫嚷着，比划着，沙滩上人们奔来跑去。然后用长镜头拍到远处海面上，几只脑袋和冲浪板在水面上时隐时现。这一段拍得很有戏剧效果，但伯纳德的注意力时不时总往前排的两个人身上溜。以前不知道出于什么原因，他总把刘易斯·米勒想象成一个高大、英俊、健壮的男子。见面之后才吃惊地发现，原来他又瘦又小，下颌较长，面带沉郁。他头顶秃了一块，为了掩盖，将一侧的黄灰色头发横着梳过头顶。他身边的小女友比他高出半头，漂亮，傲慢，一头红棕色的长发编成沉甸甸的一股，垂在胸前。

"这片子还挺热闹，讲什么的？"刘易斯·米勒问。

拉斯·哈维探身过来解释说："上面那人就是我，是这两位，特里和托尼把我抬到岸上的。这一位是我妻子塞西莉，正给我做人工呼吸。她一下都不肯让别人碰我。"

"我在急救课上学过怎么做人工呼吸，"塞西莉说，"我当过童子军，还得过奖章。"

"我刚一醒过来就发现，塞西莉宝贝正俯在我身上想吻我。"

"太妙了，跟电视剧似的，是吧，埃莉？"

"我要的马提尼呢？"埃莉这话好像不是针对任何人。

"来了！"随着一声喊，罗杰·谢尔德雷克端着满满一盘饮料从人群中挤了过来。"谁还想再来一杯迈泰？"

"然后我就吐了。"拉斯说。

"天啊，真恶心。"埃莉低呼一声，扭头避开电视画面。

"我要是早知道你来火奴鲁鲁就好了，应该让你跟我带的研究生聊聊的。"刘易斯·米勒说。

"你也研究人类学吗?"迪伊问道。

"不是,我研究的是气象学。罗杰和我是在一次以旅游为主题的跨学科会议上认识的。"

有人扯扯伯纳德的衣袖,是迈克尔·明。他低声问:"抱歉,但是听他们谈话,你发现没有,那家伙,"他朝谢尔德雷克一歪脑袋,"是个大学教授?"

"我知道他就是大学教授啊,怎么了?"伯纳德问。

"天天给大学教授赠送香槟和水果这种事,我可不常干。"迈克尔·明说,"我还派了超长豪华轿车去机场迎接,天天晚上往他房间里送花。我以为他是个记者!"说完他摇摇晃晃地走开了,好像脑袋被装满了湿沙的臭袜子给打了一下。

"刘易斯是效应研究方面的大牛。"谢尔德雷克解释给迪伊听,"他写了一篇很有影响的论文,说明火奴鲁鲁的平均气温之所以在1960年到1980年的二十年间升高了一点五摄氏度,就是因为大量砍伐树木,以清出地面来修建停车场。"

"然后歌手琼妮·米切尔把这事写成了歌曲。"刘易斯·米勒开玩笑道。

"哦,我知道那首歌。"苏说完,打着响指唱了起来:

"铺好天堂路,修建停车场……"

"真不错!多可爱的嗓音!"莉莲·布鲁克斯拍手称赞。

"你瞧,水泥能反射太阳的热量,植物则吸收热量。"

"树木砍倒,放进博物馆,

谁要想看,请交一块五……"

苏闭着眼,随着歌曲的节拍摇晃着身体,最后一下从椅子上摔倒在地。她四仰八叉地躺在地上,对着众人放声大笑。

"你迈泰喝多了。"迪伊一边将苏拉起来一边开始责备。

"嘿,你们请安静一下。"拉斯说,"我想听听这一段。"

电视屏幕上,他和塞西莉穿着同今晚一样的服装,手挽手并肩站在一位白衣的老者面前。夏威夷老者微笑着说:"拉塞尔·哈维,你是否……"

"他们在夏威夷结的婚?"刘易斯·米勒悄声问道。

"不是,他们再泥灰誓。"苏说。

"是再立婚誓,"迪伊纠正说,"埃弗索普夫妇才玩泥灰呢。"

苏尖声大笑起来,不知是为了迪伊的俏皮话,还是为了自己的口误,然后又一次滑到椅子下头。

埃莉喝完杯中的酒,站起身说:"我得走了,你也一起吗,刘易斯?"

"啊,可你们才刚到呀!"谢尔德雷克抗议道,"再喝一杯如何,尝尝迈泰吧。"

"我早尝过了。"埃莉说,"喝一次就足够了。刘易斯?"

"罗杰明天就要走了,埃莉。"刘易斯温声哄劝,"我们还有许多话要说呢。"

"要不我们四个人一起到外面去吃顿饭吧,"谢尔德雷克说,"迪伊,我,还有你们二位。"

"《夏威夷婚礼曲》开始了。"布赖恩说。屏幕上出现三位上了年纪的夏威夷人,穿着阿罗哈衬衫,一边拨弄着夏威夷吉他,一边凄凄艾艾地大放悲声。

苏在伯纳德身边坐下,悄声对他说:"歌曲结束时,谁坐在你旁边你就得亲谁。"

"对不起,我还有工作要做。"埃莉说,"再见,刘易斯。"她把发辫甩到脑后,宛如母狮子般一甩尾巴,昂首阔步地走出门去。

"对不起,罗杰。"刘易斯·米勒说。他端起一杯没人要的迈泰,郁闷地用力吸着吸管。"出门之前埃莉和我吵了一架。目前我们的关系不太好。"

"你盼着回家吗?"苏问伯纳德。

"哦,我一时还不走。"伯纳德说,"我父亲还没出院,但说老实话,我一点也不急着赶回鲁米治去。"

"鲁米治!布赖恩的生意就在那里啊!"贝丽尔大声说。

布赖恩以超乎寻常的速度,手都没动一下,便掏出了一张名片:"里维埃拉太阳浴床。需要优惠的话,随时联系我。"

"你在鲁米治什么地方?"贝丽尔问伯纳德,他只好一边解释,一边竭力偷听刘易斯·米勒的谈话。

"我猜她已经准备把我甩了。"米勒说,"罗杰,跟你说句实话,分手我反倒觉得轻松了。我想孩子,想家,甚至想我的妻子。"

"我们应该留个联系地址,对吧?"贝丽尔正好瞥见林达·哈纳玛朝这边走来,便问:"能不能借用一下纸笔?"

"当然,"林达从夹子上撕下一页空白纸,"我是来通知您的,埃弗索普先生,有人在前台等着见您。一位名叫莫斯卡的先生?"

布赖恩·埃弗索普晒得通红的脸膛立时变得煞白,他马上按下录像机的停止键,屏幕上的夏威夷歌手消失不见了,苏失望地叫了一声。

"我们得走了,亲爱的。"布赖恩敏捷地从录像机里取出自己的录像带。

"可我们还没有留下地址呢。"贝丽尔说。

"咱们不留了。"布赖恩说着,一把从伯纳德手中将自己的名片抢过来,"晚安,各位。"然后催促着连声抱怨的贝丽尔快步离开。

"我也得走了。"伯纳德摇摇晃晃地站起身来。

"你不吻我们了吗?"苏问道。于是伯纳德轻轻啄了她一下。苏说:"我要是没有男朋友的话,肯定会考虑你的,伯纳德。代我向你父亲问好。"

伯纳德发现自己居然置身于怀基基冲浪人酒店的门厅里,至于自己是怎么来到这里的,他完全断片了。他走到前台拿到钥匙,同时还拿到一封信,打开后看见一封打印的信件,酒店经理祝他入住愉快,提醒他退房时间是中午十二点。

"如果我想再住一年,你们有没有房间?"伯纳德问。

"一年,先生?"

"对不起,我是说一周。"伯纳德摇摇头,然后用拳头砸了一下脑袋。前台查了下电脑,肯定地告诉他还可以再住一星期。

进入1509房间后,伯纳德脱去鞋子坐在床边。他用床头柜上的控制台关掉室内所有的灯,只亮着电话机上方的一盏台灯,然后拨通了赫秀拉公寓的电话。

"你跑哪里去了?"特丝问。

"对不起,我忘记时间了。现在几点?"他看了一眼手表,"老天,都八点半了。"

"听声音你好像喝醉了,是不是?"

"有一点吧。他们免费提供迈泰,可以敞开了喝。"

"我等不及了,刚才做了个煎蛋吃。"

"天呐,太抱歉了,让你连吃两天的煎蛋了。"

"不要紧。反正我又不想出门。我正收拾行李。"

"行李?干吗?"

"我明天坐飞机回家。明早八点四十的航班上正好有个空座。你能送我去机场吗?"

"当然。可你才刚刚来呀!"

"我知道,可是……家里需要我。"

"这么说你跟弗兰克通过电话了?"

"是。布赖沃妮被解职了。我走之后,每天半夜里帕特里克都把弗兰克吵醒,问他妈妈在哪里。"

"真够他煎熬的了。我还盘算着咱们能一起出去玩几天呢,去看看珍珠港,去海里潜水。我钱包里全是各种活动的优惠券。"

"伯纳德,谢谢你了,可我必须抢在帕特里克发病之前赶回去。爹地回家的事就靠你了。今天下午你离开医院之后,我跟大夫谈过,大夫说爹地一周以后就能出远门了。"返程的安排她巨细靡遗地嘱咐了一遍,说着说着,她突然刹住话头,"我们干吗要在电话里讲这些啊,你到底在哪?"

"我在回家的路上歇歇脚。马上就回去了。"

伯纳德挂断电话,开始拨尤兰德的号码。

"嗨,今天过得好吗?"尤兰德说。

"我不知道应该从何说起。"

"见面的情况如何?"

"大家都醉醺醺的。"

"醉醺醺?你是说圣约瑟夫医院允许你们喝酒?"

"噢,你是说爹地和赫秀拉的见面啊?挺顺利的。对不起,我想岔了。我刚参加完一个酒会,旅行团所有成员都可以参加,我还以为你是说这事。明天他们就要回家了。想起来了,没准特丝跟他们是搭同一班飞机呢。"

"特丝明天要回英格兰了?"

"是的。"然后他简要地讲述了特丝回家的理由。

"唉,这是她自己的生活,"尤兰德说,"我觉得吧,对她个人而言,她这算是重返牢笼了。赫秀拉和你父亲谈得还好吗?"

"还好,所有事情都和解了,谅解了。赫秀拉心满意足。我跟她说了,等我走后,你愿意去马凯庄园看她。这样说可以吗?"

"当然可以了,我很乐意去的。"

"我还跟她说,她的钱应该留给特丝的儿子帕特里克。"

电话的另一端沉默无语。过了一会儿尤兰德才说:"你为什么要这样做?"

"我记得你说过的话,知道不应该这样做。可不知怎么回事,今天是那么特殊，能帮助爹地和赫秀拉重逢又那么让人满足，我觉得自己不应该从这件事情上获取物质利益，这一点非常重要。也许是我太傻了。"

"也许这正是我爱你的原因，伯纳德。"尤兰德叹息一声。

"这样的话，我很高兴当个傻瓜。"伯纳德说，"噢，还有，今天晚上，我遇见你丈夫了。"

"什么？你遇到刘易斯了？怎么遇到的？在哪儿？"

"在酒会上。一个叫谢尔德雷克的家伙邀请他过去的。"

"真是难以置信。你跟他说话了吗？"

"谢尔德雷克给我们介绍了几句，当然，我没泄露我认识你的事。他好像跟女朋友吵架了。"

"埃莉？她也在场？"

"只坐了一小会儿，然后就怒气冲冲地走了。"

"后来呢？"

"后来就没啥了。他说女方准备跟她分手。"

"他这么说的？"

"是的。而且他还说，他想你，想家，想两个孩子。"

电话那头又是一阵沉默。"你姐姐在旁边吗？"最后尤兰德问。

"没有，她不在旁边，我是在怀基基冲浪人打的电话。想起来了，我要么继续保留这个房间，要么明早退房，你觉得呢？我是说，在这里跟你幽会，悄悄地，又没人知道，是很刺激。可是我想，既然，你看，既然我们的关系更加……嗯，正常，我们继续在这里约会就太奇怪了……这里，这个房间，从时空上来讲，就像个密封的容器，像一只气泡，没有地心引力，生活的各种规则全都不适用于此。你明白我的意思吧？而且特丝就要走了，也许我们可以在公寓里见面，现在我不会觉得别扭了。你说呢？"他气喘吁吁地收住话头。

"我想咱们还是晾一晾的好，伯纳德。"尤兰德说。

"晾一晾？"

"就是把咱们的事先放一放。我需要时间把你说的话考虑一遍。"

"那我去退房吗？"

"嗯，退了吧。"

"好，那我去退。"

"喂，我不是说我不想继续见你了。"

"不是吗？"

"当然不是。我们可以一起安排别的事情。"

"比如去珍珠港，去波利尼西亚文化中心？"

"如果你想去的话。伯纳德，你不是在哭吧？"

"当然没哭。"

"你肯定是在哭，你这个大傻瓜。"

"我恐怕是喝多了。"

"伯纳德，你必须理解，我不得不考虑刘易斯最近的情况。我真希望你没碰见他，真希望你没告诉我。"

"我也是。"

"可是你告诉我了，我怎么能置之不理呢。靠，瞧你把我也给弄哭了。你那不可救药的诚实！真是麻烦。"

"你哭只是因为这个吗？"

"听着，我不能再聊了。罗克茜刚刚进门。明天给你打电话，好吗？"

"好。"

"那么再见，最最亲爱的伯纳德。"

"阿罗哈。"他回答。

尤兰德笑了，但又有些吃不准他这话的意图："你想在我面前扮土著？"

"你好，再见，我爱你。"

4

"因此,当今神学界人士所面临的问题是:从末世论的废墟中我们还能抢救出些什么?

"传统的基督教从本质上来说具有目的论和启示的特征。它把人类的个体生活和集体生活作为线型情节,二者都趋向于同一个终点,终点之后便是没有时间的状态:死亡,审判,地狱,天堂。今生是为永生所做的准备,因为永生,今生才有了意义。'上帝为何造我?'对于这一问题,《教义问答手册》是这样回答的:'上帝造我,是让我在今生认识祂,爱祂,侍奉祂,并在来世中同祂一起永享幸福'。但是基督教教义经过代代相传,它所留给我们的关于来世的理念和憧憬,对于有思想、受过教育的人们来说,已经不再具备丝毫的可信度了。人死而有来世这种观念,遭到20世纪几乎所有神学大家的怀疑和嘲讽,或者干脆一言不发、忽略过去,比如德国的布尔特曼、巴特、朋霍费尔、蒂利希,甚至卡尔·拉纳,他们全都避而不谈人死而复生这一传统主张。人们通常认为,人死以后'被转移到一个有光的天上世界,在那里,自我注定了会收到一件天上的外衣,一个属灵的身体'。对于这种说法,布尔特曼认为:

'不仅任何一种理性思维都无法理解'，而且'完全没有意义'。拉纳在一次访谈中说：'死亡之后一切都会了结，生命成为过去，将来也不会有重生。'但是当他把这种想法付诸文字时，他的表述变得更加谨慎，认为人死之后灵魂将会存续下去，但却是存在于一种非人的'泛宇宙'的状态中：灵魂，在死亡中抛却了它那有限的肉体躯壳，向着宇宙敞开自己，获取了跟宇宙一样的特性，并在一定程度上变成了宇宙的一个共同决定因素，成为其他有灵与肉的个体生命之根本。但是，这种观点不过是玄学的胡诌罢了。它只是表明，跟粗鄙的、具有人形的来世概念相比，自己更倾向于体面的、抽象的来世概念，但是这样一种来世，并非人人都心向神往，并非人人都愿意为其献身。

"当然，现在仍然有许多基督徒，他们虔诚地、甚至狂热地相信具有人形的来世，还有为数更多的人也乐于相信这样的来世。同样，有很多基督教牧师在鼓励人们去相信来世，他们中有些是真心诚意的，有些则像美国电视福音传教士，动机颇为可疑。原教旨主义就是因为负责任神学对末世论的怀疑而兴盛起来的。今时今日，最活跃、最流行的基督教形式，从知性上而言都贫乏苍白。在20世纪人们的生活中，这个方面连同生活中的许多方面，都可以用叶芝的一行诗句一言以蔽之：'最好的，信仰沦丧，最坏的，激进昂扬。'"

伯纳德从讲稿上抬起头，扫了一眼全班二十多名学生，看他们是否仍在听自己讲话。自己不善于讲课，这一点他心里清楚。自己不能够跟学生保持目光接触，学生脸上只要稍稍露出一丝怀疑和厌倦，他就会突然卡壳，接不出下半句话来。他不会看几眼大纲就在课堂上口若悬河，只好多费些力气，预先把课上要讲的内容一句句全写下来。但这样一来，他讲课的信息量就过于紧凑密集，让听讲的学生难以消化。这些他都知道，但已是积习难改了。他只希望自己备课的认真能弥补授课方式的呆板。今天早晨只有三四个学生不在状态，其他人都聚精会神地抬头听讲，或者埋头记笔记。这二十几个学生五花八门，有拿学分挣文凭的，也有随便来听课的，有休假的传教士，也有攻读函授大学学位的家庭主妇，有宗教教育课的老师，几位非洲卫理公会的教长，还有两名忧心忡忡的圣公会嬷嬷。伯纳德觉得这两位很快就会改选别的课程。这学期才开学两周，自己还叫不全大家的名字。幸好前面几次课是介绍性质的，之后的课程就会组织大家研讨，这种方式伯纳德还比较喜欢。

"因此，近代神学陷入一种经典的双层困境中。一方面，既然上帝创造了这样一个充满邪恶和痛苦的世界，就需要为此负责。那么，从逻辑上来讲，就应当存在一个与今生相对应的来世，以纠正今生的邪恶，补偿今生的苦难；另一方面，传统的关于来世的观念已经不能让人从理智上信服，而新的来世说，比如拉纳所提出的那种，又不能激发大众的想象力，实际上，普通民众根本不知他所云为何物。所以近代神学的侧重点毫不奇怪地日益转向基督教对今生的改造。这种改造以各种不同的形式出现，比如朋霍费尔提出的'无宗教性的基督教'，蒂利希提出的基督教存在主义，还有解放神学的种种形式。

"但是，如果你将永生的应许（和永罚的威胁）从基督教中完全清除掉的话，基督教便失去了它传统的根基。那么它同世俗的人文主义还有何区别呢？有一种解答的方法就是，将这个问题换一角度再问：世俗的人文主义中有哪些理念不是起源于基督教的呢？

"《马太福音》第二十五章里有一段话，恰好跟我们所谈的内容相契合。《马太福音》在四卷对观福音书中，启示性质最为明显。有些学者将这段话称作'末日的布道'。它的结尾部分是大家所熟悉的关于基督复临和末日审判的描写：当人子在他荣耀里，同着众天使降临的时候，要坐在他荣耀的宝座上。万民都要聚集在他面前。他要把他们分别出来，好像牧羊人分别绵羊和山羊一般：把绵羊安置在右边，把山羊安置在左边。

"这纯粹是个神话故事。但基督君王是以什么标准区分绵羊和山羊的呢？可能跟你们期望的不一样，区分标准不是看人宗教信仰热诚与否，宗教信条正统与否，经常礼拜与否，遵守十诫与否。这些与宗教有关的都不是。

"于是，王要向那右边的说：'你们这蒙我父赐福的、可来承受那创世以来为你们所预备的国。因为我饿了，你们给我吃；渴了，你们给我喝；我做客旅，你们留我住；我赤身露体，你们给我穿；我病了，你们看顾我；我在监里，你们来看我。'义人就回答说：'主啊，我们什么时候见你饿了，给你吃，渴了，给你喝？什么时候见你做客旅，留你住，或是赤身露体，给你穿？又什么时候见你病了，或是在监里，来看你呢？'王要回答他说：'我实在告诉你们，这些事你们既做在我这弟兄中一个最小的身上，就是做在我身上了。'

那些义人惊异于自己得救，惊异于自己居然因为这个原因才得救，这种行善的方法无私、务实，本质上具有今生的特色。耶稣当初留下这一人文主义性质的信息，似乎早就预见到有那么一天，包裹这一信息的超自然神话的外壳，都将被世人摒弃。"

伯纳德抬眼，目光正好与一位嬷嬷相遇，便即兴发挥开了个玩笑："也许有人给他通风报信了。"嬷嬷脸一红，垂下目光。

"今天就讲到这里吧，"伯纳德说，"希望你们下周上课前读一下《马太福音》第二十五章。发下去的讲义上列出了对二十五章的各种评论，大家从奥古斯丁的文章开始读，依次全部读完。巴林顿先生，"他挑了一个看着还算可靠的宗教教育课老师，他正半脱产来此学习，"你能不能写一篇小论文，作为下节课讨论的开场白？"

巴林顿紧张地一笑，点点头。趁学生们陆续离开教室时，他走上讲台问伯纳德还应该看些什么参考书。等他也离开后，伯纳德收拾起自己的讲稿，感觉该喝杯咖啡休息一下了，便朝教工休息室走去。中途，他拐进院办公室去看看信箱里有没有邮件。贾尔斯·弗兰克林，传教研究方面的专家，也是系里资历最深的教师之一，正站在信箱前往一格格的信箱里塞黄色的油印便条。他笑嘻嘻地跟伯纳德打招呼，其实伯纳德就没见过他不笑嘻嘻的样子。他是个大嗓门的大块头，很小的时候就往教士的方向培养了。他面颊像两只又红又皱的苹果，一头白发，只有头顶处给天然剃度过了。他将一张纸条塞进伯纳德的手中。"给你，本学期教师座谈会的日程安排。我给你安排在11月15日了。顺便告诉你一声，"他压低声音，"听说你要转正，成为正式教师了，真替你高兴啊。"

"谢谢你，我也很高兴。"伯纳德说。他从自己的信箱中取出一叠信件和报纸，逐一翻看着。新学期伊始总会收到许多学校内部的信件。"也就是说，我能有一处不错的……"他翻到一只带有航空标记的黄色大信封，不禁愣住了。

"怎么了？"弗兰克林调侃说，"信还不敢打开看似的。你投递的稿子给退回来了？"

"不，不是。是封私人信件。"伯纳德说。

伯纳德没有去教师公用休息室，拿着信件转头来到楼外的校园里。已经十月了，天气晴好，阳光暖暖地照在他的肩膀上，却也能感受到一丝丝秋天的凉意。秋高气爽，空气能见度之好在鲁米治简直少见。马尔文斯的高气压引起微风，吹散了平素的雾霾。眼前各种颜色和形态都鲜艳清晰到不自然的程度，简直可以媲美市立美术馆中陈列的前拉斐尔派风景画。该画派的特点好像就是明亮的色彩和精致的细节。一朵朵小巧洁白的、毛茸茸的云彩在蔚蓝澄澈的天空中飘浮，像一群吃草的羊。在绿色草坪的尽头，在夏天玩槌球游戏的地方，一棵山毛榉红艳得如火如荼。树下有一只专为从前某位校长而设的木制长椅，现在成了伯纳德阅读诗歌时最爱去的角落。他在长椅上坐下，掂掂手中信封的分量，端详着尤兰德倾斜的笔迹，似乎想从中找到线索，猜测信件的内容。邮票上印着美国富兰克林总统的头像，邮戳只差一点就盖在他的脸上。其实，他内心忐忑不安，不敢打开信封。她为什么会给自己写信？她以前可从来没写过。这还是他第一次看到尤兰德的笔迹，要不是看见信封左上角寄信人的地址和姓名,他都不知道信是她写来的。自从伯纳德回到英国后,尤兰德每逢英国的周日清晨便给他打一次电话。每到约定好的时间,他就到宿舍楼下无人的大厅里,在公用电话亭附近转悠。只有十天前她破了一次例,在半夜时分打电话来报信,说赫秀拉姑妈已经在睡梦中平静地走了。接下来的那个周日,她打电话讲述了葬礼的情况。这周他仍然只是盼着一周一次的通话。他们通话的话题只限于赫秀拉的事情,要不就是聊聊彼此生活中的琐事,至于两人之间的关系,双方都心照不宣,暂时搁置不提。所以,她为什么要写信呢?他隐约记得,有一种叫作"亲爱的约翰"的绝交信。他用指甲沿着封口划开信封。

最最亲爱的伯纳德:

我写信是想给你讲讲赫秀拉去世前的事情,以及她葬礼的情况。虽然我刚刚在电话中给你讲过一遍了,但是有重要事情要谈的时候,电话到底有些差强人意,卫星线路上又常有回音吱呀作响。何况我明知你是站在学生宿舍楼的公用电话亭里,有时候长话也只好短说了。既然你已经转成正式教师了,希望你能安装一部自己的电话!

赫秀拉,她真是太可爱了。虽然我们相处才短短几周的时间,我是真心喜欢上她了。我们常常谈起你,她非常感激,说你不辞劳苦大老远地带着父亲赶来夏威夷。当然,这些你都知道了,但这话经得起重复,因为她要我保证,她病危的时候不要再一次把你喊过去。她知道你已经开学了,就算你能脱出身来,她说也不值得大老远再把你拖回来了。她的原话是:"等他赶到的时候,我也不能跟他说话了。"我打电话通知你赫秀拉去世的噩耗时,你一定吃了一惊吧。但这正是她所希望的通知你的方式。在她生命的最后一星期里,她的身体状况很差,连吞咽止痛药的气力都没有了,医生只好给她注射针剂。她也不能多说话,喜欢让我坐在她身边,握着她的手。有一次她悄声问:"你们干吗不让我走?"就在当天晚上,她在睡眠中静悄悄地走了。第二天一早,疗养院的伊妮德·达·库尔瓦打电话通知了我。

关于葬礼的问题,我和赫秀拉在前几个星期里讨论了很长时间。谈论葬礼事宜,并没有什么病态、压抑的心理在其中,只是想把一切后事都安排妥帖而已。起初赫秀拉想把骨灰抛进大海里,地点就是你和她停车眺望戴蒙德角的滨海公路边上。后来我们发现政府有一个公共卫生条例,这种做法是禁止的。此外,这个季节的风是从海上吹来的,有海风捣乱,抛撒骨灰的仪式就不好进行了。赫秀拉自己就说:"我可不想钻进我好朋友的头发里去,弄得他们最好的衣服上沾满了我。"她的幽默感真是强大,不是吗?最后,她决定把骨灰撒在怀基基附近的海水里。麦克菲神父在火葬场主持了一个简短的葬礼。索菲·克瑙伯弗勒马赫太太,还有十位左右赫秀拉生前的朋友都出席了,其中多数都是老太太。有些日子我不能前往马凯庄园探望,就由索菲过去。赫秀拉非常感激,可总是喜欢把索菲当成一个爱管闲事的人。麦克菲神父在葬礼上称赞了赫秀拉,还说她生病的时候家里人能来看望她,对她真是莫大的安慰。葬礼后神父说他要去德罗塞堡海滩抛撒骨灰,仪式谁都可以参加,于是索菲和我开车随他一道前去。那是一个周六的下午，神父约定的时间刚好也要举行一场夏威夷民歌弥撒。每逢周六的傍晚，陆军的随军神父部门都在德罗塞堡海滩搞（搞？举行？做？我不知道该搭配哪个动词才对）一台民歌弥撒。离海滩不远就是陆军总部。赫秀拉曾告诉过麦克菲神父，说她有时去那里参加弥撒，麦克菲神父刚好又认识那里主持弥撒的神父。

不用说，我认识赫秀拉之前根本不知道这里有弥撒这回事。你知道，我自己从不去教堂做礼拜的，我一到自己能独立行事的年龄，第一件事就是宣布礼拜天不跟家人一起去长老会做礼拜。从那以后，除了参加婚礼、葬礼和孩子的洗礼仪式，我再没跨进过教堂一步。实际上，我只参加过一次天主教弥撒，还是去参加我同事兼好友的婚礼。那是在罗得岛普罗维登斯的一座意大利式教堂，里面摆设了一些丑丑的雕塑。整个婚礼在我看来就像电视上的盛大表演：辅祭穿着红袍，神父穿着织有花纹的服饰，昂然地进进出出，还有蜡烛，铃声，唱诗班唱出的《万福玛利亚》。但是沙滩上的弥撒却非常不同。沙滩上只是简单地摆放了一张桌子，参加的人或坐或立，松散地围成一圈。有些人明显不是天主教徒，有来海滩玩耍的游客，有下班回家正好路过的军人，他们或驻足围观，或好奇地加入。有几位当地的年轻人给大家分发印有经文的小册子，我随信给你寄了一份，也许你会感兴趣。你知道，现场大多数经文是神父用英语念出来的，但是赞美诗却是几个小孩子在吉他伴奏下用夏威夷语演唱的，同时，还有几个当地女孩穿着传统的草裙跳起了呼拉舞。当然，我知道呼拉舞本来就是一种宗教舞蹈，后来才被旅游业和好莱坞电影糟蹋得面目全非。就算主教博物馆里展示的呼拉舞非常地道，其本质也具有表演的性质。在怀基基旅游区看到的呼拉舞则快要沦落到肚皮舞和脱衣舞的档次了。所以在参加弥撒时居然能看到呼拉舞表演，我很是吃了一惊。但那天的舞蹈确实非常成功，原因就是那几个女孩跳得不是特别在行，长得也不算特别漂亮。我是说，从舞技和长相上来讲，她们都还过得去，但她们没有特别出众之处。就好比高中生每个学期末举办的音乐会，演出水平虽然业余，却能让观众轻松自在。跳舞的小姑娘自然不像那些呼拉舞女，脸上没有那种固定不变、甜得起腻的笑容。她们的表情认真。索菲很感兴趣地从头看到尾，对我说舞蹈很动人，可惜在犹太人中间不可能流行起来。

那个黄昏很美。白天的暑气褪去，清新的微风从海面拂来。夕阳西斜，神父举起饼和杯的动作，都在沙滩上投下了长长的影子。他为了"赫秀拉灵魂的长眠"而祷告。这话让我觉得有趣。"长眠"，这几乎是一个异端的概念，好像不举行适当的仪式的话，死者的亡灵就无法静止休息一样。我不禁想起一句名言（是出自莎士比亚吗？反正你肯定知道）："我们这至暂至轻的生命，起承转合俱是睡眠。"

弥撒结束后，人们四散而去。麦克菲神父、索菲和我三个人登上一条海军的橡皮小艇，开船的士兵发动安在船舷外的小马达，我们便"扑嗒扑嗒"地朝海中驶去。幸好那天傍晚风平浪静，起码在德罗塞近海没起什么大浪，所以我们很平稳地驶出了四百多米。途中有一两次遇到稍大一些的海浪，索菲惊慌地用手捂着头发，好像怕风吹走似的。等我们驶过防浪堤后，士兵熄了马达，任小船随意漂泊。麦克菲神父打开装有赫秀拉骨灰的小盒子，把骨灰撒在船后的尾波里，让大海将骨灰溶入它的怀抱。刹那间海水给染上了颜色，但转瞬便消逝了。神父说了一句简短的祷告词，原话记不清楚了，但大意是将赫秀拉的骨灰寄托给大海深处。然后他建议我们默哀几分钟。

死亡，这事要是细想起来，真的有些滑稽。我一直以为自己是一个无神论者，一个唯物主义者，既然我们只有一次生命，当然要活他个淋漓尽致、潇潇洒洒。但在那个傍晚，我就是无法相信赫秀拉从此以后就干净彻底地消失无踪，一去不复返了。我想每个人都会经历这样片刻的怀疑，或者我应该说，信仰？关于这一点，前几天我恰好读到一篇耐人寻味的引文，不是在别处，竟然是在《读者文摘》上面。我当时在一家牙科诊所候诊，读完后就让前台接待帮我复印了一份，我也一并随信寄给你了。文章也许你早就读过，作者我从未听说过，我猜他是西班牙人。

索菲和麦克菲神父在默哀时闭上了眼睛，但我却回头朝岸上望去，我必须承认那天晚上的瓦胡岛大放异彩，就连怀基基都美丽之极。热带海洋的落日霞光辉映在怀基基的高楼之上，光彩熠熠，而背后逶迤的群山笼罩在云雨之中，沉郁肃穆。在群峰当中的一座小山之上，出现了一道彩虹，彩虹前方是希尔顿夏威夷村庄酒店的塔楼，塔楼外墙上绘有一幅巨型彩虹壁画。你从阿拉穆阿娜大街开车进入怀基基时一定看见过。据说那是世界上最大的一幅陶瓷壁画。我想这简直就是夏威夷的最佳写照：天然的彩虹得巴结讨好人工的彩虹。不论如何，当时的场景壮丽绚烂之极。默哀完毕后，神父朝士兵点点头，引擎发动起来，我们又"扑嗒扑嗒"地返回到岸边。我觉得我们已经帮赫秀拉的灵魂获得了长眠。

关于赫秀拉的遗嘱，之前已经给你讲过大概情况了，但有些事情我还是应该向你交代清楚。赫秀拉在咨询贝卢西律师之前，关于遗产分配曾经询问过我的意见，我就直说了。顺便说一句，那位贝卢西律师实际上挺有本事的，他摆在办公室的那些伪造哈佛耶鲁俱乐部的饰物差点误导了我。帮助帕特里克的最好方法就是贝卢西律师想出来的：在英国设立一个慈善信托基金，这样基金中的每一分钱英国政府都无法抢走，而且万一帕特里克有个什么意外（我不知道他的寿命能有多长），这笔钱还能用来救助其他处境艰难的孩子。设立信托基金一共用去了十五万美元，当然你也是基金托管人之一。设立基金的另一个好处就是，不用向美国政府上缴一分钱的遗产税。这样一来，赫秀拉的遗产除去上缴的税金之外，还剩十三万九千美元左右。其中三万五千美元归你父亲所有，条件是这笔钱他只能用于改善自己的生活，不能存起来不花。有了这笔钱就够他接待索菲·克瑙伯弗勒马赫了。你应该听说了吧？索菲一直嚷着明年夏天要去英国看你父亲。实际上，索菲说是你父亲邀请她去的。我猜你父亲肯定没料到自己的客气话人家当真了。还有，赫秀拉把自己收藏的小装饰品都留给了索菲，把一条金项链留给了我，我为了友谊欣然接受了。她也给特丝留下了一小笔钱款，用于支付她来回的路费是绰绰有余了。她全部的珠宝首饰也都留给了特丝。

这样，剩下的差不多十万美元都留给了你。伯纳德，我希望你接受下来，不要有丝毫顾虑。赫秀拉和我商量了好长时间，想合计出一个合适的数目，既能够派得上用场，又不至于因为钱数太多被你拒绝。根据你告诉我的鲁米治的房产价格，有了这笔钱你就可以买一套公寓，或者一座小房子了。我以未来房客的身份跟你提要求了，房子里必须有暖气和淋浴设施。赫秀拉跟我讲过英国的家居设施，很让人担心啊，不过那可能是从前的情形了。

从上文的内容你应该猜出来了，圣诞节时我要去看你，当然，前提是你仍然希望我过去。亲爱的伯纳德，你一直很有耐心。我们在夏威夷共度的最后一周里，你旧式的骑士风度，咱们纯洁的友谊，再加上野餐、冲浪、开车在海边兜风，我真的玩得很尽兴。即便你回到英国又过了几周，你依然耐心如初。咱们通话的时候，你从来不追问刘易斯的事，虽然每次说再见的时候，我都能从你的声音里听出你无言的疑问。

和你当初告诉我的一样，埃莉夏天的时候就已经厌倦刘易斯了，可能是遇到年龄跟她更相仿的人了吧。不管怎样，三个星期前，埃莉把他甩了，然后刘易斯给我写了封信，说自己过去是傻瓜，问我能否破镜重圆。他请我去吃饭，我就去了（奇怪得很，他也选了那家泰国餐馆，就是你、我和特丝见面的地方）。他说第一天晚上他不想谈埃莉的事，也不谈我俩重修旧好的可能性，他只想打破僵局，恢复联系，跟我聊聊孩子什么的。刘易斯要是肯费心的话，还是很有魅力的。于是我们在一瓶葡萄酒的帮助之下，非常文明地度过了一个傍晚。我们只谈论那些比较保险的话题，比如政府批准在茂伊岛一处古代夏威夷坟场兴建新的疗养院从而引发的争议。我言辞比较激烈，认为那些开着高尔夫球车的游客不应该去坟场打扰夏威夷古人长眠的灵魂。刘易斯本着开明自由的原则，虽然立场跟我相同，但听完我的话后仍然大吃了一惊。吃饭前是他开车接我去的饭店，所以饭后仍由他开车送我回家，到了门口他自说自话就进了家门，还说临睡前要喝上一杯。那会儿时间还早，罗克茜还没回来，没准父女俩事先就串通好了，因为他很快就想把我往床上哄。我拒绝了。他问我是不是另外有人了。我说他不在夏威夷。他又问是不是罗克茜提到的那个英国人？我说是的，而且我要去英国跟他一起过圣诞节。直到那一刻，我才知道自己做出了什么样的决定。但我又拖了几个星期才告诉你。拖延只是为了看清楚我自己的心意，现在，我已经看清楚了。刘易斯人还不错，但他不是一个实在人。既然我已经找到了一位至诚君子，那除却巫山都不是云了。

我跟刘易斯说，离婚官司我不想再拖下去了，提出跟他均分共有财产，共同监护罗克茜。他刚遭到拒绝的时候肯定惊愕不已，但熬过这个阶段后他会同意的，这一点我毫不怀疑。

亲爱的伯纳德，现在我还不知道是否想嫁给你，但是我愿意更加深入地了解你这个人，了解你住的那个名字奇特的地方，然后再找出答案。要是哪天真嫁给你了，我就得住到那个地方去了，是吧？我已经准备好离开夏威夷了，彻底改变一下环境，鲁米治肯定就是一个新天地。但在此之前，我至少还得在夏威夷待上一到两年，要等罗克茜高中毕业才能离开。此外，还要看罗克茜明年是否想跟他父亲住在一起。总之，什么都不确定，什么都没决定，除了我已经预订好飞往伦敦希思罗的机票,时间是12月22日。届时你能去机场接我吗?花环就不必破费了。不论将来如何,在一段时间之内,我们将会聚少离多,长时间纯洁的分离后,再享受短暂的激情四射的团聚。我亲爱的,这样总胜过长时间痛苦的相聚,短暂的分离吧。

我全部的爱
尤兰德

信封里面还找到了一本油印小册子,上面印着夏威夷民歌弥撒的经文;一张《读者文摘》的复印件,摘录了西班牙作家米格尔·德·乌纳穆诺所著《生命的悲剧意识》中的一段,用绿色荧光笔做了标记:

有人相信,死亡将永远终结人的意识甚至记忆。但是在他灵魂最为隐秘的角落里,在他本人可能都不知道的旮旯里,有一片影子正在游移,一片模糊的影子正在潜伏,那是怀疑的重重阴影留下的影子。他告诉自己说:"生命不过是瞬间消逝的日子,再无其他,因为生命仅有一次!"就在他说这话的同时,却听见自己内心最隐秘之处,自己的怀疑在小声嘀咕:"谁知道呢?……"他不知道自己听的对不对,但肯定是听到了声音。另一些人则虔诚地相信死后会有来世,在他们的灵魂深处,同样有一个压低的声音,怀疑的声音,对着他灵魂的耳朵说:"谁知道呢?……"这两种声音都微弱之极,简直就是山林中狂风呼啸时蚊子发出的嗡嗡声,让人几乎难以分辨。但是,在暴雨将至、狂风大作之际,这声音还是传到了我们的耳中。要是没了这份怀疑,我们要怎样才能活下去呢?

伯纳德将薄薄的信纸折好,连同小册子和复印件一起塞回到信封里。他仰起头,目光穿越山毛榉那火焰般流光溢彩的红叶间隙,望向蔚蓝的天空,展颜微笑。风吹树叶沙沙作响,一两片火舌般的红叶飘然落下,他昂着头,双臂舒展地扶在长椅的靠背上,完全沉浸在幸福的幻想之中。几分钟之后他站起身,迈着轻快的步伐走回了教学大楼,因为他心里突然涌起一阵强烈的喝咖啡的愿望。推开教师休息室的门,他差点跟正要出门的贾尔斯·弗兰克林撞了个满怀。"又碰上了!"弗兰克林说着,拉开门请伯纳德先进。他瞟了一眼伯纳德手中的信封,诙谐地问道:"好消息还是坏消息?"

"哦,好消息。"伯纳德说,"非常好的消息。"

夜色中御风而来
——新版译后记

1998年，刚刚毕业参加工作的我，有幸参与了罗教授负责的戴维·洛奇系列作品的翻译项目，在海大浮山校园的单身宿舍里整日埋首翻译。由于没有电脑，三稿之后留下大量的手抄书稿，一只鞋盒都装不下。要查的词条太多，得去外院的图书馆翻查词典；有涉及天主教仪式的用词，得去青岛天主教堂找当时的陈天浩神父求教；有些单词意思实在不明白，得去栈桥英语角逮几位老外问问清楚。忙碌大半年之后，文字终于交付印刷，心里也乐开了花。

时至2018年，我的翻译初衷并没有改变，还是想翻译出通顺好读的作品来。但是二十年的光阴毕竟留下了印记。国家的快速发展、个人生活环境的变化，多年教授笔译、口译的经验，对翻译理论的认识，自身阅历的积累和表达方式的迭代更新，一切都促使新版译文完全不同于旧版。

首先是内容上，1998年还觉得新奇、艳羡的境外旅游，到了2018年早已成为国人日常生活中的一部分。中国近年来的社会发展让译者和目标读者在参团旅游方面的眼界、阅历，都追赶上了原作者和原文读者，客观上为二者提供了达到视域融合的外部条件。换言之，原作者、源文本在原地坐等二十年，等到了赶上来的中国读者。于是小说的社会文化背景变得更容易被中国读者理解，从而大大减轻了译者的负担。如果我没有在二十年后接手重译《天堂消息》，根本就体会不到这种乘坐国家发展的快车，追赶上原作者，直接驶入原著主要场景的奇异经历。

为了进一步缩短原作与目标读者的距离，译者刻意更新了一些词汇。比如旧版使用"脆弱""没有品味的有钱人"，新版改成了"玻璃心""土豪"。利用这些词汇暗含的时代印记，给译文打上"10后"的标签。这样做也是因为原作者在小说开头中并没有明确交代故事发生的年代，具体时间要从细节中推断，比如夏威夷旅游统计数据的发布时间。这就给译者一定的自由，可以灵活使用词语，让读者感觉故事发生在近期、当代某个时间，距离自己并不遥远，以期减少读者跟原文之间时空上的距离感。

其次是上网查询词条、背景知识更是异常方便、快捷。但是我反而将旧版中上百条的译者注释大量删减，只剩下十几条。旧版的每一条注释都是煞费苦心、苦苦寻找而来，所以根本不舍得放弃，而且觉得读者肯定跟我一样，需要些背景知识才能理解故事情节。但深层次的原因是早年拜读张谷若先生翻译的《大卫·科波菲尔》。我至今仍记得在开篇的那几页，译者注释的篇幅甚至超过了译文正文。张谷若先生的译例让我见识到翻译大家严谨、负责的翻译态度，所以一心想要学习模仿。

译者在过去的二十年间又涉猎了更多翻译理论，如互文性、跨文本性，文学文本类型对翻译策略的差异化需求，读者接受美学，等等。尤其是亲耳听过 Christiana Nord 来海大演讲，以目标读者的身份对比评论《红楼梦》带注释和不带注释的两个英译本。于是在新版中，我将大量涉及双关、背景知识的注释删减、转化掉，将文学作品与学术论文加以区分，保持严谨的翻译态度，但尽量不用注释干扰读者阅读文学作品。

最后，我作为口、笔译教师的译者身份在翻译过程中明显发挥了作用。二十年前，我是凭着热情和语感来翻译。现在，我在处理某些特殊句式、修辞的时候，脑子里能清清楚楚地浮现出我的翻译榜样。比如我在课上多次讲述夏济安先生翻译中善于将英语的主谓句式改变成汉语的主题-述题结构，分析他在大量译例中如何消解主语，补充谓语。遇到双关等修辞方法时，会想起张谷若先生的众多案例，按其思路尝试灵活翻译。经过二十年对翻译理论、经典案例的研习，许多复杂的理论简化成了能够复制、仿照的例子，这是我在二十年前所欠缺的。

另外我因为长期教授口译、视译，回看旧版《天堂消息》中的人物对话，明显感觉拘禁、生涩，不能够反映出旅行团中不同人物的社会层次和背景。现在看来，戴维·洛奇可能在该小说中尝试了复调狂欢小说的风格。人物的对话如果译得过于刻板，就会将"复调狂欢"变成单调的千人一面。译者根据戴维·洛奇的人物刻画，竭力让人物说出口的话体现出他的性格、涵养，比如让律师语带锋芒（然后用名字加以嘲讽），让傻姑娘憨傻，让市侩夫妻庸俗，让老人唠叨。当然所有这些，也只是译者期望达到的目标。实际上能不能达到，一切要交由读者评说。

再次感谢罗贻荣教授当年不吝赐教，感谢当年帮我答疑的同事和抄书稿的学生，也感谢我先生的大力支持。

李力
中国海洋大学